2

Découvertes

Cahier d'activités

für den schulischen
Französischunterricht

Autorinnen und Autoren:
Dennis Fender, Köln
Christiane Freers-Jung, Gehrden
Christiane Neveling, Leipzig
Andreas Nieweler, Horn – Bad Meinberg
Michael Pfau, Leipzig
Julitte Ring, Saarbrücken

Beratung:
Tiana Lichte, Leipzig

Ernst Klett Verlag
Stuttgart • Leipzig • Dortmund

So lernst du mit Découvertes

Lernen und üben

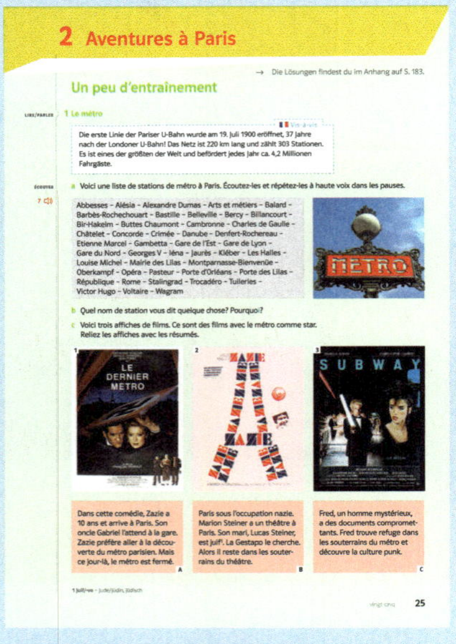

Am Anfang jeder **Unité** bekommst du die Möglichkeit, entweder deine Vorkenntnisse aufzufrischen, Kenntnisse aus der vorigen **Unité** zu überprüfen, oder neues Vokabular selbst zu entdecken.

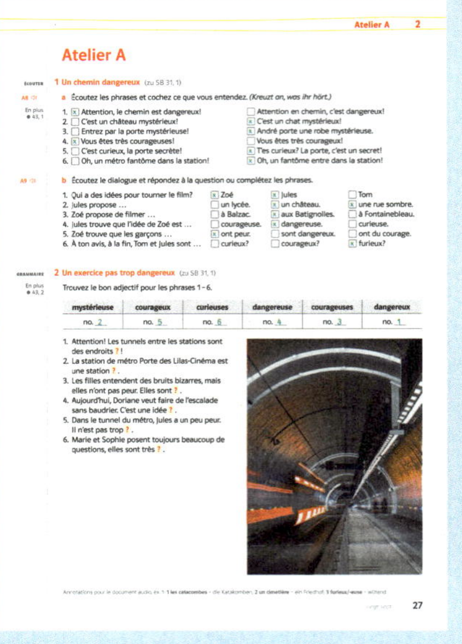

Atelier

Die Progression der **Unités** im Arbeitsheft folgt der Progression aus dem Schülerbuch. Der Aufbau in **Atelier A** und **Atelier B** ist absolut gleich.
Kurze **Erklärfilme** helfen dir beim Verstehen von Grammatik. **Tandembögen** unterstützen dich beim Sprechen.

In der Übung **„Fit für die Tâche"** kannst du die **Tâche finale** aus deinem Schülerbuch kleinschrittig, meistens in 3 Etappen vorbereiten.

Neu in Band 2: Zoom

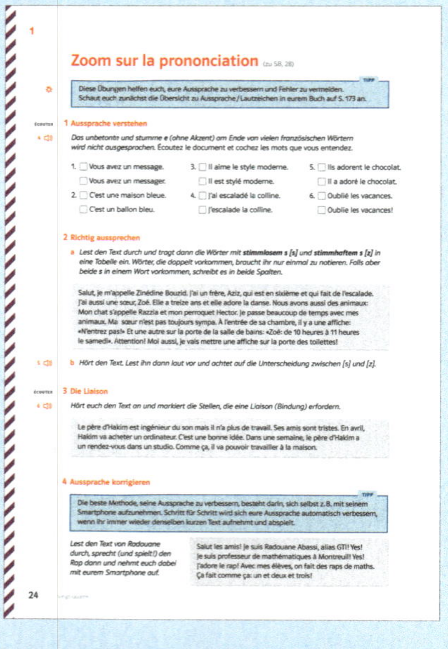

Verbessere deine Aussprache und deine Rechtschreibung im Französischen.

Plateau

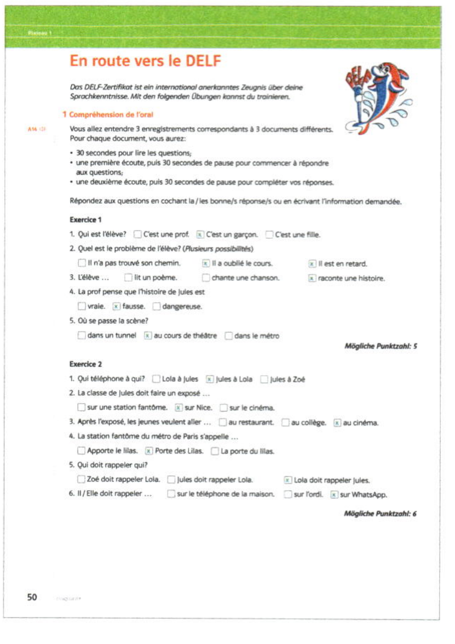

Hier findest du eine Übung zur **Medienkompetenz, Wiederholungsübungen** und kleine Tests zur Vorbereitung auf die **DELF-Prüfung**.

Partnerkarten

Ab Band 2 findest du die **Partnerkarten** online (D1) zum Ausdrucken und Laminieren mit denen du zusammen mit den **Tandembögen** mit einem Partner/einer Partnerin ins Gespräch kommen kannst.

Frankreich erleben

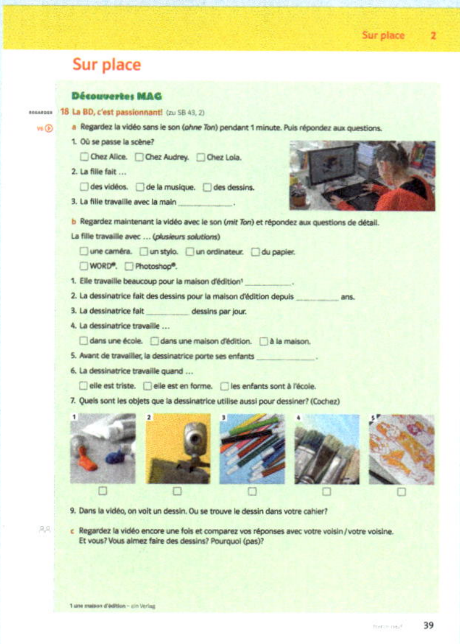

Sur place

Découvertes Mag: Hier kannst du eine Reportage passend zur jeweiligen Unité anschauen.

Capsules: In fast jeder Unité findest du einen kurzen Video-Clip zu einem landeskundlichen Thema.

Interaktive 360°-Bilder: Hier kannst du in die französische Lebenswelt eintauchen.

Testen und wiederholen

Bilan

Hier kannst du dich selbst **testen**: Vergleiche deine Lösungen mit denen im Anhang. Das ist eine gute Vorbereitung auf **Klassenarbeiten**. Wenn dein Test noch nicht so gut war, kannst du den Stoff wiederholen.

En plus – Différenciation

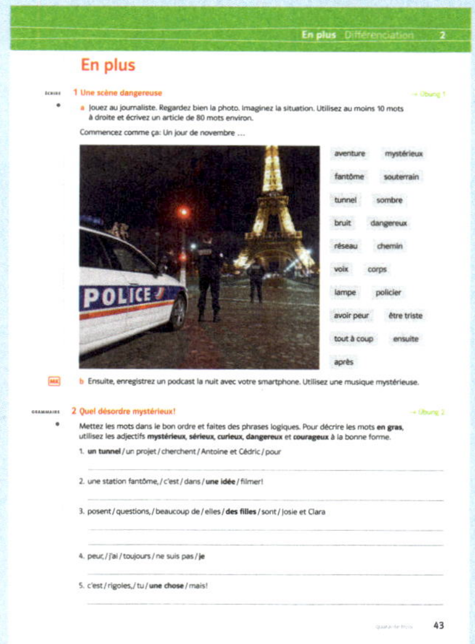

En plus

Zu wichtigen Aufgaben im Atelier gibt es hier **zusätzliche, einfachere und anspruchsvollere Übungen**.

Symbole im Buch

	Partnerarbeit
	Gruppenarbeit
	Bewegungslernen
	Schriftlich bearbeiten
KAP'S	Capsules
En plus 36, 2	Zusatzübung Seite 36, Übung 2
○ 36, 2	einfachere Parallelübung 2 auf Seite 36
● 36, 3	anspruchsvollere Parallelübung 3 auf Seite 36
G 12	Die Nummern verweisen auf die Grammatikkapitel
zu SB 16, 1	Der Verweis gibt an, zu welcher Stelle im Schülerbuch diese Übung passt.

A1	Verweis auf Audio Nummer 1
V1	Verweis auf Video Nummer 1
D1	Verweis auf Dokument Nummer 1
I1	Verweis auf interaktive Übung Nummer 1
	Den Zugang zu den Audios, Videos, Dokumenten und interaktiven Übungen findest du in diesem Cahier d'activités.
MK	Medienkompetenz
	Sprachbewusstheit, Sprachlernkompetenz

Audios, Videos, Dokumente und interaktive Übungen zum Arbeitsheft online und in der App verfügbar!

1. Auf **schueler.klett.de** registrieren
2. Nutzer-Schlüssel oder QR Code einlösen
3. Digitale Medien online nutzen oder in die **Klett Lernen App** laden

Nutzer-Schlüssel
yQtN-98rG-WxSQ

1 La rentrée des amis

→ Die Lösungen findest du im Anhang auf S. 182.

Un peu d'entraînement

1 Le lycée-collège Balzac

Vis-à-vis

Le lycée-collège international Honoré de Balzac se trouve dans le quartier des Batignolles (dans le 17e arrondissement) à Paris. Les élèves font 4 ans de collège et 3 ans de lycée. C'est le plus grand lycée-collège de Paris. Il y a environ 2000 élèves et 220 professeurs.

Voilà mon école. Le lycée-collège Honoré de Balzac. Je suis en 5e.

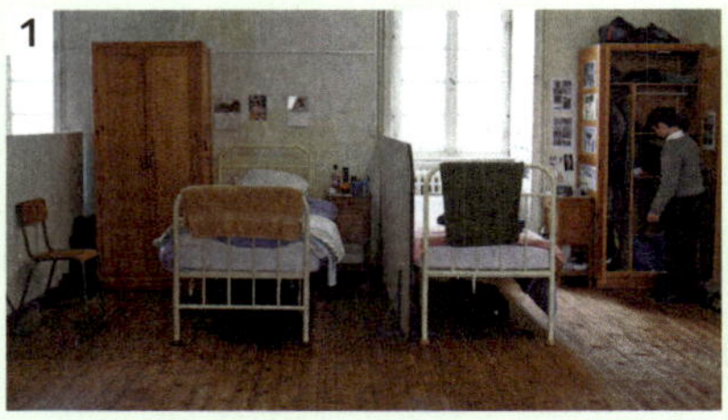

1 Le soir, les élèves qui ne rentrent pas à la maison restent à l'internat[1].

2 On fait beaucoup de sport dans la cour. On joue au ping-pong, au basket, au foot.

3 Au CDI, on fait nos devoirs[2]. On trouve des livres, des BD et des ordinateurs.

4 Ici on fait de la natation une fois par semaine.

5 La cantine est grande. Ici on fait environ 1300 repas à midi.

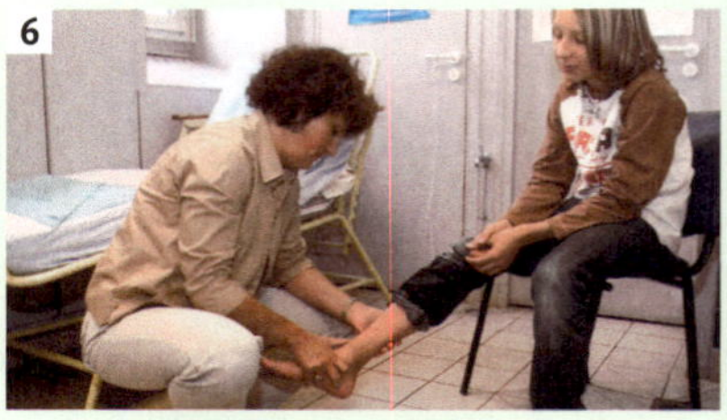

6 Un élève ne va pas bien. Mais il y a l'infirmerie[3].

Regardez les photos et lisez les textes. Puis complétez les phrases.

1. Le lycée-collège Balzac est dans le quartier ______________________________ à ____________.
2. Lola a douze ans. Elle va au ______________. Son frère Max a 17 ans, il va au ____________.
3. Le lycée-collège Balzac est très grand. Il y a __________ élèves et _________ professeurs.
4. Au cours d'E.P.S., les élèves trouvent des tables de ________________, des paniers de ___________ et _________________ pour la natation.
5. Quand ils ont mal, ils vont à ____________________.
6. Pour travailler, il vont au _________. Là, ils trouvent ____ et _____________________ pour faire des recherches sur Internet.
7. À midi, ils vont à ______________ pour manger.
8. Les élèves qui ne rentrent pas à la maison le soir restent à __________________.

1 un internat – ein Internat; **2 les devoirs** – die Hausaufgaben; **3 l'infirmerie** – das Krankenzimmer

2 Mots croisés

Notez les mots de l'école dans la grille.

Horizontal:
1. Les jeunes de 11 ans vont au …
2. À midi, les élèves mangent là.
3. Quand le prof parle, les élèves doivent …
4. Langue étrangère qu'on apprend à l'école.
5. Les élèves restent là le soir.
6. Il / Elle va à l'école.
7. Activité avec un texte.
8. Le lundi, j'ai 6 heures de …

Vertical:
1. C'est comme une bibliothèque.
2. C'est après le collège.
3. Pour être bon à l'école il faut …
4. Il faut … avec un stylo.
5. Première langue étrangère en Allemagne.
6. La langue des Romains (Römer).
7. Travail de l'école à faire à la maison.
8. Ces personnes donnent des cours (*pl.*).
9. Là, on a cours d'E.P.S.
10. Le jour après les vacances.

Lösungswort: Davon träumen alle Schüler! ♥

a b c d e f g h i j k

Atelier A

ÉCOUTER

A1

En plus ● 22, 1

1 La rentrée (zu SB 11, 2)

a Regardez le tableau. Écoutez la scène une première fois.
Notez les noms et les chiffres dans le tableau.

b Écoutez une deuxième fois et écrivez les détails.

Wer?	Collège / lycée?	Welche Klasse?	Wie lange noch bis zum Schulbeginn?	Gemeinsame Lehrer/Lehrerin
 ________	________	___-_____	________	________
 ________	________	___-_____	________	________
 ________	________	___-_____	________	________
 ________	________	Seconde	________	________

GRAMMAIRE

G 1

V1

En plus ● 22, 2

Erklärfilm
Die Adjektive *beau* und *nouveau*

2 Tout est nouveau! (zu SB 12, 2)

Complétez les phrases par l'adjectif **nouveau**.

1. C'est le 2 septembre. La ____________ année scolaire commence.
2. Les élèves de la 4e B cherchent leur ____________ salle de cours.
3. Il y a aussi un ____________ élève: Nathan.
4. Tiens? Il y a un ____________ prof de français!
   Où est madame Garnier?
5. «Bonjour chers élèves. Voici votre ____________ emploi du temps.
6. Et notez aussi les noms des ____________ professeurs.
7. Mais vous avez aussi beaucoup de ____________ copines et de
   ____________ copains! C'est cool la rentrée, non?»

VOCABULAIRE

3 Sprachenvergleich

Vis-à-vis

Der Schulbeginn in anderen Ländern

In den nächsten Jahren werdet ihr wahrscheinlich an einem Schüleraustausch im Ausland teilnehmen.
Wie der Schulbeginn in Frankreich aussieht, wisst ihr schon aus eurem Schülerbuch auf Seite 10. Bestimmt habt ihr auch im Englischunterricht schon über das Thema Schulbeginn gesprochen.
Wenn eure Eltern in einem anderen Land zur Schule gegangen sind, könnt ihr gerne die Tabelle entsprechend ergänzen.

Complétez le tableau des expressions de la rentrée.

France	Allemagne	Grande-Bretagne	Autre …
C'est la rentrée! Finies les vacances!			
On va à la cantine à midi?			
Le cours d'E.P.S est à 10 heures.			
Je suis en 6e. C'est la première année.			

LIRE

4 Ma rentrée (zu SB 12, 1)

a Cochez la bonne réponse. Qu'est-ce qu'on demande dans le test? Tu dois dire si …

	vrai	faux
1. … tu es content(e) de retrouver les copains de ta classe.	☐	☐
2. … tu montres tes photos de famille à tes nouveaux copains.	☐	☐
3. … tu aimes rigoler avec tes copains pendant le cours.	☐	☐
4. … le sport au collège est important pour toi.	☐	☐
5. … tu détestes apprendre des nouvelles choses.	☐	☐
6. … tu aimes bien le cours de français.	☐	☐
7. … tu as peu de temps pour d'autres choses avec les devoirs.	☐	☐
8. … le nouvel emploi du temps c'est l'horreur.	☐	☐
9. … dans la semaine, tu ne vas pas regarder des films le soir.	☐	☐
10. … tu vas beaucoup travailler cette année.	☐	☐

b Corrigez les questions fausses et notez la correction dans votre cahier.

PARLER

5 Présentez votre collège! (zu SB 13, 3)

a Vous préparez un projet avec un collège en France: Présenter son collège. Prenez d'abord des notes et des photos. Puis complétez le tableau.

	Des photos
1. Le nom de notre école, c'est: ____ 2. L'adresse de notre école, c'est: ____ 3. Dans notre école, il y a ____ élèves et ____ professeurs. 4. Le matin, les cours commencent à ____ heures. La fin des cours est à ____ heures. 5. Pour faire nos devoirs, on peut aller à ____.	
6. Pour faire du sport pendant la récréation, il y a ____ ____. 7. Comme langues, on peut apprendre ____, ____, ____. 8. Dans notre école, il y a: ☐ un CDI ☐ une infirmerie ☐ un gymnase ☐ une piscine ☐ une salle de musique ☐ un internat ☐ une cantine	

b Maintenant, présentez votre école devant la classe. Si vous avez des photos, vous pouvez faire par exemple une affiche ou une présentation PowerPoint pour illustrer votre présentation.

VOCABULAIRE

6 Un peu de stress à Fort-de-France (zu SB 13, 5)

Jules chatte avec son cousin Noah de la Martinique.
Complétez le texte de Noah. Mettez **beaucoup de / pas de / un peu de / plus de / des**.

Salut Jules,

Comment ça va?

____ plage, ce matin! C'est la rentrée. Je saute du lit à 7 heures et après la douche et le cacao, hop! Je saute dans le bus. Il y a déjà ____ gens! Je n'ai même ____ place! À l'école, il reste ____ temps pour chatter avec mes amis. Les cours commencent et il y a ____ choses à apprendre. Je n'ai ____ temps pour moi. Après l'école, j'ai ____ tonnes de devoirs à faire! Donc ____ rendez-vous avec les copains, ____ jeux vidéo. Je n'ai ____ vie[1]! Là, toute la famille est au lit. J'ai ____ temps pour chatter avec toi.
Et toi, comment ça va à Paris? Toujours ____ stress avec ta sœur?

À plus, Noah

1 **la vie** – das Leben

LIRE

7 Le journal d'Élise (zu SB 14, 6)

→ En plus Nr. 2

a Lisez d'abord la stratégie.

STRATÉGIE

Leseverstehen: Es gibt verschiedene Methoden, einen Text zu lesen:
- **Globales Leseverstehen** (man möchte sich einen Eindruck von einem Text hinsichtlich Textsorte, Thema und Inhalt verschaffen),
- **Selektives Leseverstehen** (man sucht gezielt nach bestimmten Informationen wie Uhrzeit, Ortsangaben, Mengenangaben, Personenbeschreibungen),
- **Detailliertes Leseverstehen** (man möchte z. B. den Ablauf einer Handlung verstehen).

Dabei sind folgende Punkte besonders zu beachten:
Textsorte, Überschrift, Textstruktur, Schlüsselbegriffe, Verbindungswörter, Zahlen, Bilder.

b Avant la lecture, lisez le titre et répondez aux questions.

1. Qu'est-ce que c'est comme texte? ☐ un roman ☐ un journal
2. À votre avis, l'auteur(e) va parler ☐ des devoirs? ☐ des activités? ☐ des sentiments?

c Lisez le texte une première fois.

Élise des Antilles

Dimanche 31 août
Il est 7 heures du matin. C'est mon dernier jour de vacances! Qu'est-ce que je vais faire aujourd'hui? Bon, il y a du soleil. Je vais aller à la plage pour faire un peu de surf. J'adore la plage le matin. Demain, c'est la rentrée. Hm! Je n'aime pas ça! J'ai un peu peur. Ma copine Vanessa quitte le collège Aimé Césaire de Fort-de-France pour aller au collège Sainte-Marie.
J'espère qu'on va pouvoir faire du surf ensemble le week-end. Je suis trop triste!

15 heures: Le surf, c'est génial. Ma cousine Zoé n'a pas cette chance à Paris! Mais maintenant, il y a du vent. Alors, fini le surf. Alors je vais aller chez mamie Stella. Elle a toujours un bon gâteau au chocolat. Et puis Arthur est tellement drôle quand il parle.

16 heures: Oh, la radio, on parle de l'ouragan Simone qui va arriver sur la Martinique. Mer …!
Ah non! Pas ça! Pas pour la rentrée! C'est déjà trop triste une rentrée, alors quand il pleut … Bon, peut-être que la rentrée ça va être la semaine prochaine, le 8 septembre ☺

18 heures: Ouh là là, le vent et la pluie sont là. Ah, ma cousine Zoé est en ligne. Elle est à la maison. Je vais vite chatter avec Zoé. Demain, c'est la rentrée pour elle aussi. Et il n'y a pas d'ouragan à Paris. J'espère que l'Internet fonctionne encore …

d Marquez les mots-clés (les noms, les heures).

____

____

____

____

____

____

____

____

____

____

e Lisez une deuxième fois le texte et répondez aux questions.

1. Quels sont les sentiments d'Élise à 7 heures du matin?

☐ Elle est contente. ☐ Elle est triste. ☐ Elle a froid.
☐ Elle a peur. ☐ Elle est drôle. ☐ Elle aime quelqu'un.

2. C'est le jour de la rentrée: ☐ vrai ☐ faux

Justification: ______________________________

3. Élise et Vanessa vont au collège Sainte-Marie à la rentrée. ☐ vrai ☐ faux

Justification: ______________________________

4. Élise adore …

☐ la rentrée. ☐ le surf. ☐ la pluie. ☐ les gâteaux au chocolat.
☐ Arthur. ☐ l'ouragan. ☐ le vent. ☐ la plage.

5. Quels sont les sentiments d'Élise à 15 heures?

☐ Elle est contente. ☐ Elle est triste. ☐ Elle a peur.

Élise adore aller chez sa grand-mère. Pourquoi?

Parce qu'elle a toujours ______________________________

Parce que chez mamie, il y a aussi ______________________________

6. Le temps à 18 heures: Il ______________ et il y a ______________________

7. Avant d'aller au lit, Élise veut chatter avec ______________________________

VOCABULAIRE

8 La rentrée (zu SB 13, 3)

a Cochez l'intrus.

1. être …
   - ☐ content(e)
   - ☐ graffeuse
   - ☐ triste
   - ☐ sympa

2. avoir …
   - ☐ un sac
   - ☐ un t-shirt
   - ☐ un anorak
   - ☐ un jean

3. aimer …
   - ☐ le foot
   - ☐ le ping-pong
   - ☐ la natation
   - ☐ le rap

4. chercher …
   - ☐ la cantine
   - ☐ le gymnase
   - ☐ la rue
   - ☐ l'internat

5. avoir …
   - ☐ un frère
   - ☐ une mère
   - ☐ une sœur
   - ☐ une copine

6. aller …
   - ☐ au collège
   - ☐ au CDI
   - ☐ au lycée
   - ☐ à l'école

b Remplacez l'intrus par un mot qui va avec les autres. Notez une phrase avec ce mot dans votre cahier.

PARLER

9 La cantine (zu SB 14, 6)

En Allemagne aussi, la viande est un sujet de discussion. (**A**) demande son avis à son / sa corres en France (**B**). Travaillez à deux. Décidez qui prend le rôle **A** et le rôle **B**.
A commence. Après, changez de rôle.

A Toi	B Ton / Ta partenaire
1. Du rufst deinen Brieffreund / deine Brieffreundin an, begrüßt sie und fragst, wie es ihm / ihr geht und wann die Schule in Frankreich beginnt.	**1.** [Bonjour Ben! Ça va? L'école commence quand en France?]
2. [Salut Sophie! L'école commence le 2 septembre.]	**2.** Du grüßt zurück und sagst, dass die Schule am 2. September anfängt.
3. Du sagst, dass es vorbei ist mit den Ferien am Strand und dass du traurig bist.	**3.** [Finies les vacances sur la plage! Je suis triste.]
4. [Je suis triste aussi. Finis les jeux vidéo, le coca et les chips. Je suis prêt(e) pour la nouvelle année.]	**4.** Du antwortest, dass du auch traurig bist, und dass es vorbei ist mit Videospielen, Cola und Chips. Du bist bereit für das neue (Schul-)Jahr.
5. Du fragst, ob er / sie sich auch auf die Kantine freut.	**5.** [Tu es content(e) de retrouver aussi la cantine?]
6. [La cantine est très bonne au collège Balzac.]	**6.** Du antwortest, dass die Kantine im Collège Balzac sehr gut ist.
7. Du sagst, dass du zu Hause isst und dass es in deiner Schule keine Kantine gibt.	**7.** [Je mange à la maison. Il n'y a pas de cantine dans notre école.]
8. [Pour moi, finie la viande cette année. Je ne veux plus manger ça!]	**8.** Du sagst, dass für dich ab diesem Jahr Fleisch tabu ist. Das möchtest du nicht mehr essen!
9. Du sagst, dass du viel Sport machst und dass du gerne Fleisch isst.	**9.** [Moi, je fais beaucoup de sport et j'aime la viande.]
10. [Alors je propose ça: après la rentrée, tu manges un peu de viande et moi, je ne bois plus de coca.]	**10.** Du schlägst vor, dass er / sie nach dem Schulbeginn ein bisschen Fleisch isst, und dass du keine Cola mehr trinkst.

LIRE

10 Comprendre le texte (zu SB 16, 7)

a Mettez les photos dans l'ordre.

A

B

C

D

b Qui est-ce et qu'est-ce que vous apprenez sur les personnes?

1. C'est ______________ . Elle est ______________________________ .
2. C'est ______________ . Elle ne mange pas ______________________________ .
3. C'est ______________ , ______________ de Max. Elle ______________________________ .
4. ______________ . Il a ______________________________ .

c C'est qui? Cochez la / les bonne(s) réponse(s).

Qui …	Lola	Mamie	Élise	Jules	Zoé	personne
1. … est la cousine préférée de Zoé?	☐	☐	☐	☐	☐	☐
2. … veut savoir si Zoé et Élise sont contentes de leurs nouvelles classes?	☐	☐	☐	☐	☐	☐
3. … n'est plus dans une classe avec sa copine?	☐	☐	☐	☐	☐	☐
4. … mange avec Lola le mercredi après l'école?	☐	☐	☐	☐	☐	☐
5. … raconte des histoires horribles sur les animaux?	☐	☐	☐	☐	☐	☐
6. … déteste aussi la viande?	☐	☐	☐	☐	☐	☐
7. … aime bien Ada?	☐	☐	☐	☐	☐	☐
8. … n'aime pas le t-shirt de Tom?	☐	☐	☐	☐	☐	☐
9. … trouve bête que le père d'Hakim n'a pas de travail?	☐	☐	☐	☐	☐	☐

GRAMMAIRE

G 2, 3

11 The power of vouloir and pouvoir (zu SB 16, 8)

a Reliez les éléments du programme.

	peu-		
je			-t
tu			-x
il / elle / on		veu-	
	ou		
nous	pouv-		-ons
vous		voul-	-ent
ils / elles	peuv-	veul-	-ez

b Mettez les verbes à la bonne forme.

1. Élise (vouloir) __________ faire du surf. Mais elle ne (pouvoir) __________ pas: il y a du vent.
2. Maman? Zoé et moi, nous (vouloir) ______________ faire un gâteau.
   Est-ce que nous (pouvoir) ______________ faire le gâteau chez nous?
3. Je (pouvoir) __________ aller dans ma chambre? Je (vouloir) __________ faire mes devoirs.
4. – Madame, vous (pouvoir) ____________ répéter le mot s'il vous plaît?
   – Bien sûr, si vous (vouloir) ____________ noter le mot dans votre cahier …
5. Les copains (vouloir) ____________ aller à la piscine. Ils (pouvoir) ____________ prendre nos vélos?
6. Max, tu (vouloir) __________ aussi aller à la piscine? Tu (pouvoir) __________ venir avec nous.
7. Ah non. Désolé! Ma copine et moi, nous (vouloir) ______________ aller au cinéma.
8. Ah, c'est pas cool. Il va faire beau! Allez! Quand on (vouloir) _________, on (pouvoir) _________!

ÉCOUTER

A2

12 Maman, je ne suis pas prêt! (zu SB 17, 11)

a Écoutez une première fois le texte et répondez aux questions suivantes.

1. Qui parle? ☐ une femme à un homme ☐ une mère à sa fille ☐ une mère à son fils
2. Où se passe la scène? ☐ dans une cuisine ☐ dans une chambre ☐ en classe

b Écoutez une deuxième fois la scène et répondez aux questions.

1. Aujourd'hui, c'est le ____ septembre et il est ____ heures du matin.
2. Ben est … ☐ content. ☐ triste. ☐ en colère.
3. Au début, la maman est … ☐ contente. ☐ triste. ☐ en colère.
4. Ben aime la rentrée: ☐ vrai ☐ faux

   Justification: ______________________________
5. La maman aime la rentrée: ☐ vrai ☐ faux

   Justification: ______________________________
6. Pour la rentrée, Ben a des nouvelles affaires:

☐ un baudrier ☐ un jean ☐ un ballon de foot ☐ des baskets
☐ une tablette ☐ un t-shirt ☐ un vélo ☐ un sac

c Qu'est-ce que vous pensez de la proposition de la mère de Ben? Écrivez 2–3 phrases.

____
____
____
____
____

LIRE

13 Comprendre le texte (zu SB 19, 2)

Relisez le texte dans votre livre et dites quel titre va avec quelle partie du texte.

1. Écrire un rap en cours d'histoire-géo? Partie ____
2. Après la récréation. Partie ____
3. On enregistre le rap. Partie ____
4. Une soirée de rap au collège. Partie ____
5. Le premier cours d'histoire-géo après la rentrée.

   Partie ____

Atelier B

VOCABULAIRE
En plus 23, 5

14 Faire sa valise (zu SB 19, 3)

Relisez encore une fois le vocabulaire dans votre livre pour décrire une personne.

a Notez les vêtements.

1. C'est ______________________. 2. C'est ______________________.
3. C'est ______________________. 4. C'est ______________________.
5. C'est ______________________. 6. C'est ______________________.
7. C'est ______________________. 8. C'est ______________________.
9. C'est ______________________. 10. Ce sont ______________________.

b Décrivez les 5 personnes et aussi leurs sentiments.

1. Lola porte ______________________________________
   Elle est ______________________________________
2. Hakim ______________________________________
   Il ______________________________________
3. Elise ______________________________________
4. Zoé ______________________________________
5. Max ______________________________________
   ____

GRAMMAIRE
G 4
V2
En plus ○ 23, 3, 4

15 La rentrée (zu SB 19, 4)

Erklärfilm
Die Relativpronomen qui, que, où

Quel désordre! Mettez les parties des phrases à leur place.

1. La rentrée / le moment / l'école / les grandes vacances / c'est / commence / où / après ______________________________________
   ______________________________________.
2. Les magasins / les jeunes / des nouveautés / que / veulent / avoir / offrent ______________________________________
   ______________________________________.
3. L'histoire-géo / une matière / Hakim / que / n'aime pas / est
   ______________________________________.
4. M. Bensoussan / un prof / du rap / fait / est / qui / aussi
   ______________________________________.
5. Il / ses élèves / un projet / les jeunes / que / à / aiment / propose
   ______________________________________.
6. Ils / le rap / Montreuil / ils / où / à / vont / enregistrer / vont
   ______________________________________.

GRAMMAIRE
G 4

16 A Montreuil (zu SB 19, 4)

Qui, que, où? Mettez le bon pronom relatif et la bonne forme de **vouloir**.

1. Nous ____________ aller à Montreuil. Elle est loin, cette ville _____ nous allons enregistrer le rap?
2. Non c'est une ville ______ se trouve près de Paris.
3. La fille ______ chante sur la scène c'est Ada, l'amie de Max. Elle _______ être une star plus tard.
4. Et les trois garçons ______ tu vois, ils ____________ enregistrer une chanson avec elle.
5. La chanson ______ ils vont enregistrer est nouvelle. Oh moi, je _______ aussi chanter avec Ada!
6. M. Bensoussan est un prof ______ est vraiment cool. Vous ___________ vraiment apprendre l'histoire-géo? Pas de problème avec lui.
7. C'est une matière ______ même Hakim aime maintenant.
8. À propos: où est Hakim? Il est à la maison _____ il cherche le texte du rap. Il ne _______ pas oublier le texte du rap pendant l'enregistrement.

GRAMMAIRE
G 5, 6

17 Le beau cahier (zu SB 20, 7)

Complétez les dialogues avec les terminaisons (*Endungen*) des verbes **écrire** et **lire**.

– Aujourd'hui, les enfants, nous écri_________ des poèmes pour le beau cahier. Toi, Hakim, tu écri___ un poème sur le sport. – Mais madame, les garçons n'écri________ pas de poèmes. – Ah bon? C'est nouveau ça. Les rappeurs écrivent des chansons, non? Alors écri_____ des raps, les garçons! – Et après, nous li______ les poèmes en classe? – Oui, bien sûr! Vous li_____ vos poèmes ou vos raps. – Mais madame, les garçons ne li______ pas! – Moi, je connais un garçon. Il s'appelle Hakim. Il va _____ son carnet de correspondance à ses parents. Et il va __________ un exercice de grammaire au tableau.

PARLER

18 Un look de rappeuse (zu SB 21, 9)

a Décrivez le look de la rappeuse.

____

____

____

____

____

____

b Écrivez dans les bulles. Qu'est-ce qu'elle pense? Qu'est-ce qu'elle dit? Qu'est-ce qu'elle chante?

MÉDIATION

19 Une star de France! (zu SB 21, 8)

STRATÉGIE

Erinnere dich: Bei einer Sprachmittlung musst du nicht alles wortwörtlich übersetzen. Damit die Kommunikation klappt, beachte bitte folgende Regeln:

1. Zahlen und andere wichtige Infos sollte der Dolmetscher / die Dolmetscherin sich notieren, damit er / sie sie nicht vergisst.
2. Zwischen den Sätzen sollte der Sprecher / die Sprecherin genügend Zeit für den Dolmetscher / die Dolmetscherin lassen.

Eure Schule hat den französischen Rapper Kamini zu einem Workshop eingeladen. Er kann aber kein Deutsch und deine Französischlehrerin kann sich an dem Tag nicht um ihn kümmern. Die Schulleiterin empfängt ihn, sie kann aber kein Französisch. Zwei Schüler dolmetschen.

Arbeitet zu dritt (A, B, C). Tauscht nach einem Durchgang die Rollen.

A (Kamini)	**B** (Dolmetscher)	**C** (die Schulleiterin)
		1. Guten Tag, Herr Kamini. Willkommen an unserer Schule.
2. Bonjour madame Langenbach! Je suis content d'être en Allemagne, surtout dans votre lycée.		
		3. Heute ist der erste Schultag an unserer Schule und unsere Französischlehrerin ist leider nicht da.
4. C'est pas dramatique. Pas de problème. Je suis content de faire un atelier de musique avec les élèves. Je vais dans quelle classe?		
		5. Ja, das ist für uns eine große Überraschung, dass Sie da sind. Danke vielmals! Sie halten den Workshop in der 7. Klasse.
6. Ah, classe 7? Hmm! Ils ont quel âge, les élèves?		
		7. Sie sind 13 Jahre alt.
8. Ah, alors c'est la classe de 4ᵉ en France. Super! Alors, on va écrire un rap qui parle du collège, de la rentrée.		
		9. Oh, da haben Sie bestimmt einen großen Erfolg bei unseren Schülern. Kommt der Rap auf YouTube?
10. Ça va être une surprise!		
		11. Vielen herzlichen Dank, Herr Kamini!

Sur place

Découvertes MAG

REGARDER

V3

20 Dans un hypermarché (zu SB 23, 2)

a Regardez la vidéo sans le son (*ohne Ton*) pendant 1 minute. Puis répondez aux questions.

1. Où se passe la scène?

☐ Au collège ☐ Dans un hypermarché ☐ Dans une librairie

2. Qu'est-ce qu'on voit en gros plan (Nahaufnahme) au début du film?

☐ une liste de livres ☐ une liste de fruits ☐ une liste de fournitures

3. Quels sont les objets (*Gegenstände*) qu'on ne voit pas dans le film?

1
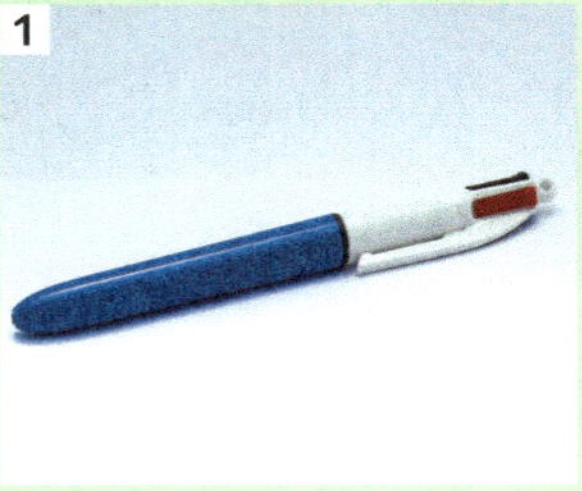
☐

2

☐

3

☐

4

☐

4. Qu'est-ce qu'on ne trouve pas au rayon (*Abteilung*) papeterie?

1	2	3	4
DESSIN	CAHIERS	BAUDRIERS	PROTÈGE-CAHIERS
☐	☐	☐	☐

5. Combien de mamans parlent devant la caméra? ________ maman(s) et ________ papa(s).

b Regardez maintenant la vidéo avec le son (*mit Ton*) et répondez aux questions de détail.

1. La scène se passe …

☐ à la fin de l'hiver. ☐ à la fin de l'été. ☐ à la fin de l'automne.

2. La hausse des prix (Preiserhöhung) de la rentrée cette année est de …

☐ 1% ☐ 1, 4% ☐ 4% ☐ 14%

3. La rentrée coûte en moyenne (durchschnittlich) …

☐ 70–20 euros. ☐ 110–210 euros. ☐ 110–200 euros. ☐ 170–200 euros.

4. En France, on donne une aide *(eine Unterstützung)* aux enfants pour la rentrée.

☐ vrai ☐ faux

Justification: ____

5. Les cahiers qui ont «une marque» coûtent ☐ plus cher ☐ moins cher que les autres.

6. L'aide pour la rentrée d'un enfant de ________ ans est de 360 euros!

c Regardez la vidéo encore une fois et comparez vos réponses avec votre voisin / votre voisine. À votre avis, quelles sont les différences avec la rentrée en Allemagne?

PARLER

21 Fit für die Tâche (zu SB 23, 3)

Bevor ihr die Tâche in eurem Schülerbuch macht, löst folgende Aufgaben.

1ère étape: L'intrus de la rentrée
Cherchez l'intrus de la rentrée.

1. un stylo	une tablette	un sac	un cinéma
2. le look	les profs	les cours	les élèves
3. l'allemand	la librairie	les maths	le français
4. la cantine	la salle de cours	le CDI	le magasin
5. fêter	parler	écouter	écrire
6. le look	les baskets	un sac	un cinéma
7. être triste	avoir faim	être content	avoir peur

2e étape: Les phrases de la rentrée
Reliez les parties de phrases.

1. – On peut prendre le bus
2. – D'accord, mais tu es dans
3. – Je suis grand, maintenant, je vais
4. – Ouah!!!! Cool! Tu peux m'aider
5. – Oui bien sûr. Tu as aussi madame
6. – Non, on a monsieur
7. – Madame Garnier nous donne
8. – Tu manges à la maison
9. – Je mange à la cantine. Alors
10. – D'accord! Mais, tu sais, je n'aime

a) quelle classe? 4e ou 3e?
b) Kerala. Il est très stricte.
c) à faire mes devoirs?
d) ou à la cantine à midi?
e) rendez-vous à midi?
f) pas la viande!
g) ensemble pour aller au collège, si tu veux.
h) beaucoup de devoirs, mais elle est sympa.
i) Garnier en français?
j) au lycée!

3e étape: Scènes de la rentrée
Regardez les images et cochez les situations typiques[1] de la rentrée.

Ça commence le 2 septembre!

C'est le 25 décembre!

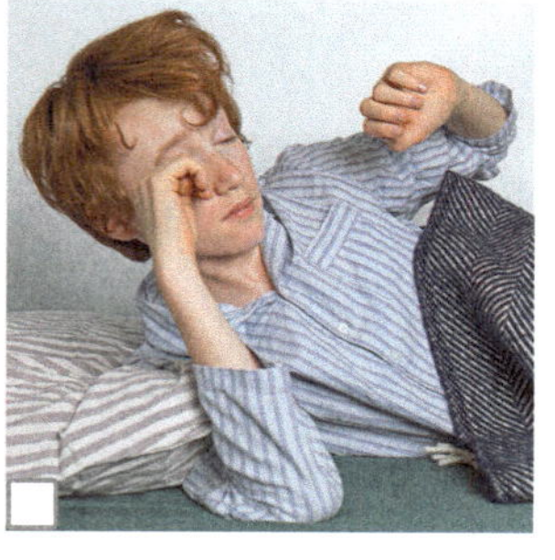
Finies les vacances!

Je vais pouvoir retrouver mes copains!

C'est génial 2 mois de vacances!

Finis les devoirs et les interros!

Je suis la nouvelle prof d'allemand!

On peut aller au cinéma ensemble si tu veux.

1 **les situations typiques** – die typischen Situationen

→ Die Lösungen zu den Bilan-Aufgaben findest du im Anhang auf S.182.

Bilan

1 Parler (nach SB 24, 1)

a *Ich kann meine Meinung und meine Gefühle ausdrücken.*

1. Il ____________

2. Elle ____________

3. ____________

4. Il ____________

b *Begründe, warum die Schüler sich so fühlen. Verwende dazu die folgenden Ausdrücke.*

Il / Elle trouve que c'est dommage / nul / …
Il / Elle trouve que c'est génial / cool / …
Il / Elle préfère …
Il / Elle espère que …

2 Écouter (nach SB 24, 2)

A3

Ich kann die Beschreibung einer Person verstehen. Écoutez les portraits-robots (*Phantombilder*), habillez les personnes et écrivez leur identité (homme, femme, garçon, fille) et leur style (rappeur, classique, sportif ou gothique).

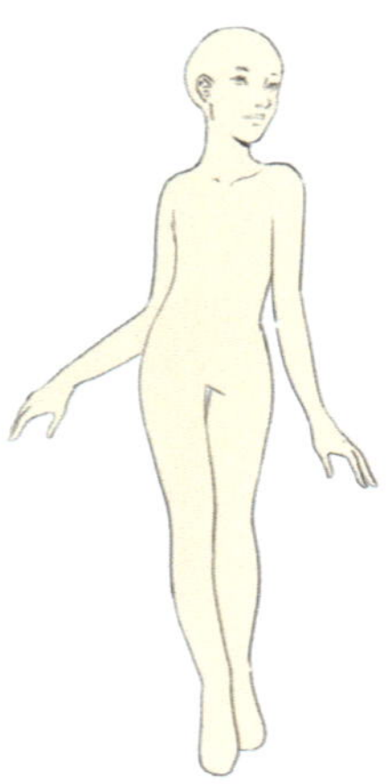

1. un homme style ____________

2. un garçon style ____________

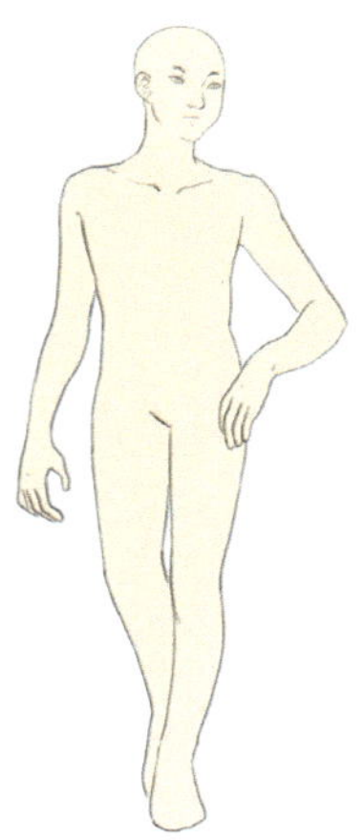

3. une fille style ____________

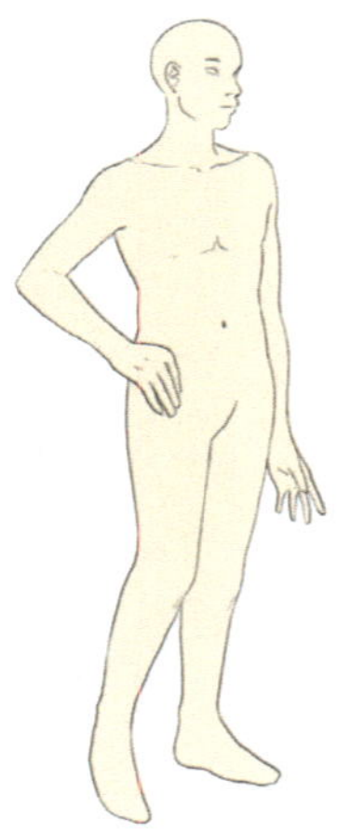

4. un garçon style ____________

3 Grammaire (nach SB 25, 5)

G 1, 4

Ich kann die Adjektive **nouveau** *und* **beau** *und die Relativpronomen* **qui** *und* **que** *korrekt anwenden.*

1. Regarde les ________________ chaussures ______ je porte. Elles sont très ________ .
2. La rappeuse? Voici son ________________ look ______ est très __________ !
3. Regarde ma ________________ robe ______ coûte 40 euros! – Tu es très __________ !
4. Tom trouve le __________ anorak _____ il cherche depuis un mois! Mais il n'est pas __________ !
5. Ah non! C'est un ______ anorak ______ coûte 50 euros dans le ________________ magasin de la ville.
6. D'accord, les ________________ vêtements sont toujours ___________ !
   Mais les ________________ modes ne sont pas toujours ___________ !

4 Grammaire (nach SB 25, 5)

G 2, 3

Ich erkenne die Formen von **vouloir** *und* **pouvoir**.

v	p	b	v	p	y	v	c	d	p	o
e	o	f	v	e	p	o	u	v	e	z
u	u	p	e	u	t	u	o	e	u	r
t	v	e	u	x	e	l	t	x	v	k
v	o	u	l	e	z	o	l	y	e	s
i	n	t	e	z	a	n	v	z	n	q
s	s	o	n	e	r	s	t	n	t	a
d	r	g	t	z	y	k	u	h	k	n

5 Médiation (nach SB 25, 6)

Ich kann über Personen sprechen und sie beschreiben.

Dein(e) französische(r) Freund / Freundin fragt dich, welche Kandidaten, du beim Junior ESC Wettbewerb kennst. Auf der Internetseite findest du folgende Informationen.

Fais son portrait en français.

Name: Liberakakis
Vorname: Stefania
Geburtstag: 17. Dezember
Haarfarbe: braun
Augenfarbe: braun
Berufswunsch: Lehrerin
Traum: Tänzerin
Größter Erfolg: Sie durfte Griechenland beim Junior ESC mit dem Song „Supergirl" vertreten.
Hobbys: tanzen, shoppen, Kleider

En plus

REGARDER V4 KAP'S

1 La rentrée

→ Übung 1

a Regardez d'abord la capsule sans le son (*ohne Ton*) et répondez aux questions.

1. Au début du film on voit 3 objets. Cochez les objets.

☐ un baudrier ☐ un masque ☐ un ordinateur

☐ un ballon de foot ☐ un short ☐ des palmes

2. Il y a trois bus et un avion[1] qui arrivent …

☐ d'Irlande. ☐ d'Islande. ☐ d'Espagne. ☐ du Portugal.

☐ de Norvège. ☐ de Grèce. ☐ d'Allemagne. ☐ de Turquie.

b Regardez encore une fois la capsule. Lisez d'abord les questions, puis répondez.

1. Le jour de la rentrée est en général le ______________________.

2. Dans la vidéo, on parle de la rentrée …

☐ des restaurants. ☐ des livres. ☐ des touristes. ☐ des hommes / femmes politiques.

☐ des médias. ☐ des professeurs. ☐ des sportifs. ☐ des policiers.

3. Pour la rentrée, les parents achètent surtout …

☐ des baskets[2]. ☐ des crêpes. ☐ des cahiers. ☐ des crayons[3].

☐ des voitures. ☐ des sacs. ☐ du coca. ☐ des vêtements[4].

4. Les chiffres: En France, la rentrée coûte ________ euros par enfant. Mais ______ millions de familles ont une aide. L'école commence à ______ ans.

5. Les différences France / Allemagne:

Les élèves français n'ont pas de «______________» et de «________________» mais les élèves allemands n'ont pas toujours une ______________ pour manger à midi à l'école.

GRAMMAIRE G 1–3

2 Shopping pour la rentrée

→ Übung 2, 11

Mettez les adjectifs **nouveau** et **beau** et utilisez la bonne forme de **vouloir** et **pouvoir**.

1. Oh, regarde, la ______________ BD de Spirou. Si tu _________, tu ________ prendre deux BD.
2. Merci maman. Oh, les __________ chaussures! Maman! Je _________ aussi les chaussures.
3. Oh, le ______ anorak. Maman, nous _____________ aussi un anorak!
4. Non, je ne _________ pas un _____________ anorak! Je _________ avoir une ______________ veste?
5. Oui. Vous __________ aussi des _______________ stylos? – Ah non, ils ne sont pas __________!
6. J'espère que pour la ______________ rentrée on va trouver de _______________ copains et de _______________ copines dans la ______________ classe.
7. Et j'espère que vos _______________ profs ______________ noter les _______________ informations dans votre ______________ carnet de correspondance.

1 un avion – ein Flugzeug; **2 les baskets** – die Sportschuhe; **3 un crayon** – ein Stift; **4 les vêtements** – die Kleider

GRAMMAIRE
G4
○

3 Une nouvelle qui s'appelle Emma.

→ Übung 15

Reliez les phrases et mettez le bon **pronom relatif**.

1. Emma est une fille
2. Elle vient de Nice
3. Elle a un frère
4. Sa famille habite dans une maison
5. Elle déteste les questions
6. Elle aime écrire des poèmes

qui
que
où

a) les autres posent tout le temps.
b) il y a aussi un grand jardin.
c) ses grands-parents habitent encore.
d) parlent de la vie dans la ville.
e) les jeunes ne connaissent pas encore.
f) est en 5e au collège Balzac.

GRAMMAIRE
G4
○

4 Qu'est-ce que c'est?

→ Übung 15

Trouvez la bonne définition. Pour votre réponse prenez le bon **pronom relatif**.

Exemple: un collège ? C'est l'école où les élèves vont à 11 ans.

une piscine un lycée

une cantine un cadeau une cour un professeur un jounaliste un gâteau

VOCABULAIRE

5 Les vêtements et les couleurs

→ Übung 14

STRATÉGIE

Im Französischen stehen Farbadjektive immer nach dem Nomen (une jupe bleue) und richten sich in Geschlecht und Zahl nach dem Nomen.

Ausnahme: Farbadjektive auf -e haben nur eine Form im Singular (un pullover rouge, une chemise rouge) und im Plural (mit -s: des jupes rouges, des chemisiers rouges). Nur marron und orange sind immer unveränderlich.

Décrivez les quatre personnes (cheveux, vêtements).

____

____

1. Le garçon a les cheveux ____________ et porte ______________________

____

2. La fille a ______________________ et porte ______________________
3. Le monsieur a ______________________ et porte ______________________

____

4. La dame a ______________________ et ______________________

____

Zoom sur la prononciation (zu SB, 28)

TIPP

Diese Übungen helfen euch, eure Aussprache zu verbessern und Fehler zu vermeiden.
Schaut euch zunächst die Übersicht zu Aussprache / Lautzeichen in eurem Buch auf S. 173 an.

ÉCOUTER

A4

1 Aussprache verstehen

Das unbetonte und stumme **e** *(ohne Akzent) am Ende von vielen französischen Wörtern wird nicht ausgesprochen.* Écoutez le document et cochez les mots que vous entendez.

1. ☐ Vous avez un message.
   ☐ Vous avez un messager.
2. ☐ C'est une maison bleue.
   ☐ C'est un ballon bleu.
3. ☐ Il aime le style moderne.
   ☐ Il est stylé moderne.
4. ☐ J'ai escaladé la colline.
   ☐ J'escalade la colline.
5. ☐ Ils adorent le chocolat.
   ☐ Il a adoré le chocolat.
6. ☐ Oublié les vacances.
   ☐ Oublie les vacances!

2 Richtig aussprechen

a *Lest den Text durch und tragt dann die Wörter mit* ***stimmlosem s [s]*** *und* ***stimmhaftem s [z]*** *in eine Tabelle ein. Wörter, die doppelt vorkommen, braucht ihr nur einmal zu notieren. Falls aber beide* ***s*** *in einem Wort vorkommen, schreibt es in beide Spalten.*

Salut, je m'appelle Zinédine Bouzid. J'ai un frère, Aziz, qui est en sixième et qui fait de l'escalade. J'ai aussi une sœur, Zoé. Elle a treize ans et elle adore la danse. Nous avons aussi des animaux: Mon chat s'appelle Razzia et mon perroquet Hector. Je passe beaucoup de temps avec mes animaux. Ma sœur n'est pas toujours sympa. À l'entrée de sa chambre, il y a une affiche: «N'entrez pas!» Et une autre sur la porte de la salle de bains: «Zoé: de 10 heures à 11 heures le samedi». Attention! Moi aussi, je vais mettre une affiche sur la porte des toilettes!

A5

b *Hört den Text. Lest ihn dann laut vor und achtet auf die Unterscheidung zwischen [s] und [z].*

ÉCOUTER

A6

3 Die Liaison

Hört euch den Text an und markiert die Stellen, die eine Liaison (Bindung) erfordern.

Le père d'Hakim est ingénieur du son mais il n'a plus de travail. Ses amis sont tristes. En avril, Hakim va acheter un ordinateur. C'est une bonne idée. Dans une semaine, le père d'Hakim a un rendez-vous dans un studio. Comme ça, il va pouvoir travailler à la maison.

4 Aussprache korrigieren

TIPP

Die beste Methode, seine Aussprache zu verbessern, besteht darin, sich selbst z. B. mit seinem Smartphone aufzunehmen. Schritt für Schritt wird sich eure Aussprache automatisch verbessern, wenn ihr immer wieder denselben kurzen Text aufnehmt und abspielt.

Lest den Text von Radouane durch, sprecht (und spielt!) den Rap dann und nehmt euch dabei mit eurem Smartphone auf.

Salut les amis! Je suis Radouane Abassi, alias GTI! Yes!
Je suis professeur de mathématiques à Montreuil! Yes!
J'adore le rap! Avec mes élèves, on fait des raps de maths.
Ça fait comme ça: un et deux et trois!

→ Die Lösungen findest du im Anhang auf S. 182.

Un peu d'entraînement

LIRE/PARLER

1 Le métro

Vis-à-vis

Die erste Linie der Pariser U-Bahn wurde am 19. Juli 1900 eröffnet, 37 Jahre nach der Londoner U-Bahn! Das Netz ist 220 km lang und zählt 303 Stationen. Es ist eines der größten der Welt und befördert jedes Jahr ca. 4,2 Millionen Fahrgäste.

ÉCOUTER

A7

a Voici une liste de stations de métro à Paris. Écoutez-les et répétez-les à haute voix dans les pauses.

Abbesses – Alésia – Alexandre Dumas – Arts et métiers – Balard – Barbès-Rochechouart – Bastille – Belleville – Bercy – Billancourt – Bir-Hakeim – Buttes Chaumont – Cambronne – Charles de Gaulle – Châtelet – Concorde – Crimée – Danube – Denfert-Rochereau – Etienne Marcel – Gambetta – Gare de l'Est – Gare de Lyon – Gare du Nord – Georges V – Iéna – Jaurès – Kléber – Les Halles – Louise Michel – Mairie des Lilas – Montparnasse-Bienvenüe – Oberkampf – Opéra – Pasteur – Porte d'Orléans – Porte des Lilas – République – Rome – Stalingrad – Trocadéro – Tuileries – Victor Hugo – Voltaire – Wagram

b Quel nom de station vous dit quelque chose? Pourquoi?

c Voici trois affiches de films. Ce sont des films avec le métro comme star. Reliez les affiches avec les résumés.

1

2

3

Dans cette comédie, Zazie a 10 ans et arrive à Paris. Son oncle Gabriel l'attend à la gare. Zazie préfère aller à la découverte du métro parisien. Mais ce jour-là, le métro est fermé. **A**

Paris sous l'occupation nazie. Marion Steiner a un théâtre à Paris. Son mari, Lucas Steiner, est juif[1]. La Gestapo le cherche. Alors il reste dans les souterrains du théâtre. **B**

Fred, un homme mystérieux, a des documents compromettants. Fred trouve refuge dans les souterrains du métro et découvre la culture punk. **C**

1 **Juif/-ve** – Jude/Jüdin

VOCABULAIRE

2 Les transports à Paris

a Surlignez les 7 mots des moyens de transport à Paris.

x	v	f	h	v	x	y	v	t	g	b	m	n
v	m	m	m	é	t	r	o	s	s	r	h	ö
v	t	r	h	l	x	x	i	p	y	y	d	k
q	a	v	i	o	n	b	t	r	a	i	n	x
q	x	k	n	o	q	b	u	s	f	l	a	l
k	i	q	z	z	m	y	r	s	k	m	n	o
k	s	f	g	h	l	ö	e	g	o	p	s	t

b Complétez le texte avec les mots de **a** et avec les mots ci-dessous. Pour les verbes, attention à la forme.

visiter chemin
bouger tourner
continuer
bouger
transports
un arrêt
une station
arriver chercher

À Paris à vélo ...

Vous connaissez la chanson: À Paris, à ___________, on dépasse[1] les autos? Mais pour ___________ dans Paris aujourd'hui, les vélos électriques dépassent aussi les ___________ et les ___________ en commun[2] comme le ___________ ou le ___________. Bien sûr, quand vous ___________ à Paris en ___________ à Roissy-Charles-de-Gaulle ou en ___________ à la gare de l'Est, ou quand vous ___________ un ___________ de bus ou une ___________ de métro avec un grand sac, alors le ___________, c'est pratique. Parfois, le chauffeur de taxi tourne à gauche, ___________ à droite, puis il ___________ son chemin et prend deux, trois fois le même ___________ ... Alors ça coûte cher! Alors, mes amis, quand vous ___________Paris, prenez un petit sac! Et prenez un vélo électrique. Ça va très vite! C'est bien, faites du sport et visitez Paris!

1 dépasser – überholen; **2 les transports en commun** – die öffentlichen Verkehrsmittel

Atelier A

ÉCOUTER

1 Un chemin dangereux (zu SB 31, 1)

A8

En plus ● 43, 1

a Écoutez les phrases et cochez ce que vous entendez. *(Kreuzt an, was ihr hört.)*

1.	☐ Attention, le chemin est dangereux!	☐ Attention en chemin, c'est dangereux!
2.	☐ C'est un château mystérieux!	☐ C'est un chat mystérieux!
3.	☐ Entrez par la porte mystérieuse!	☐ André porte une robe mystérieuse.
4.	☐ Vous êtes très courageuses!	☐ Vous êtes très courageux!
5.	☐ C'est curieux, la porte secrète!	☐ T'es curieux? La porte, c'est un secret!
6.	☐ Oh, un métro fantôme dans la station!	☐ Oh, un fantôme entre dans la station!

A9

b Écoutez le dialogue et répondez à la question ou complétez les phrases.

1. Qui a des idées pour tourner le film?	☐ Zoé	☐ Jules	☐ Tom
2. Jules propose …	☐ un lycée.	☐ un château.	☐ une rue sombre.
3. Zoé propose de filmer …	☐ à Balzac.	☐ aux Batignolles.	☐ à Fontainebleau.
4. Jules trouve que l'idée de Zoé est …	☐ courageuse.	☐ dangereuse.	☐ curieuse.
5. Zoé trouve que les garçons …	☐ ont peur.	☐ sont dangereux.	☐ ont du courage.
6. À ton avis, à la fin, Tom et Jules sont …	☐ curieux?	☐ courageux?	☐ furieux?

GRAMMAIRE

2 Un exercice pas trop dangereux (zu SB 31, 1)

En plus ● 43, 2

Trouvez le bon adjectif pour les phrases 1–6.

mystérieuse	courageux	curieuses	dangereuse	courageuses	dangereux
no. ___	no. ___	no. ___	no. ___	no. ___	no. ___

1. Attention! Les tunnels entre les stations sont des endroits ?!
2. La station de métro Porte des Lilas-Cinéma est une station ?.
3. Les filles entendent des bruits bizarres, mais elles n'ont pas peur. Elles sont ?.
4. Aujourd'hui, Doriane veut faire de l'escalade sans baudrier. C'est une idée ?.
5. Dans le tunnel du métro, Jules a un peu peur. Il n'est pas trop ?.
6. Marie et Sophie posent toujours beaucoup de questions, elles sont très ?.

Annotations pour le document audio, ex. 1: **1 les catacombes** – die Katakomben; **2 un cimetière** – ein Friedhof; **3 furieux/-euse** – wütend

VOCABULAIRE

3 Sprachenvergleich

Vis-à-vis

Reisen mit dem Zug im Ausland

Sobald man mit dem Zug in Europa unterwegs ist, wird man mit Hinweisschildern konfrontiert, die man nicht auf Anhieb versteht. Manche Schilder können aber Leben retten. In vielen französischen und deutschen Städten gibt es Hinweise in verschiedenen europäischen Sprachen (Französisch, Englisch, Deutsch, Italienisch, Türkisch, Russisch). Achtet auch auf die Durchsagen in den Bahnhöfen. Sie können auch extrem wichtig für eure Sicherheit sein.

a *Schaut euch die Schilder genau an. Was bedeuten sie? Markiert die Wörter / Zeichen, die euch dabei helfen.*

En cas d'urgence, appelez le 112.
Le téléphone de secours se trouve dans l'entrée.

Hier kannst du …
- ☐ eine Wetterstation anrufen.
- ☐ die Polizei anrufen.
- ☐ den Rettungsdienst anrufen.

PIÉTONS ATTENTION
Il est formellement interdit de traverser les voies

Bedeutung:
- ☐ Bald kommt ein Zug.
- ☐ Bitte nicht einsteigen!
- ☐ Das Überqueren der Gleise ist untersagt.

b *Verbinde die Schilder, die zusammenpassen.*

Ne pas se pencher au dehors	È pericoloso sporgersi
ALARME Ne tirer la poignée qu'en cas de danger	It is forbidden to use the W.C. when train is standing in the station
Tout abus sera puni	**NOTBREMSE** Handgriff nur bei Gefahr ziehen!
L'utilisation des toilettes est interdite pendant l'arrêt du train en gare	Jeder Missbrauch wird bestraft
	E vietato servirsi della ritirata durante le fermate nelle stazioni
	Ogni abuso verrà punito
	Nicht hinauslehnen!

A10

c Écoutez les messages et cochez la signification.

Message 1
- ☐ Vergessen Sie ihr Gepäck nicht!
- ☐ Kennzeichnen Sie Ihr Gepäck!

Message 2
- ☐ Alkoholkonsum verboten!
- ☐ Rauchen am Bahnsteig verboten!

Message 3
- ☐ Vorsicht, Zug fährt ein!
- ☐ Vorsicht, Polizeikontrolle!

Message 4
- ☐ Geben Sie Ihr Gepäck auf!
- ☐ Lassen Sie Ihr Gepäck nicht unbeaufsichtigt!

LIRE

4 Comprendre le texte (zu SB 33, 3)

Lisez le texte page 32 dans votre livre, puis corrigez les phrases suivantes.

1. Jules, Zoé et Marc ont décidé de tourner leur film devant la tour Eiffel.

2. Pour la visite du dernier groupe, il y a encore six places.

3. Zoé adore l'endroit et Jules est très courageux.

4. Zoé prend des photos et filme des rats.

5. Dans le tunnel, Tom a marché sur un truc bizarre. Pour lui, c'est un rêve!

MÉDIATION

5 Spreepark (zu SB 39, 6)

Du planst mit deinem / deiner französischen Austauschpartner/in einen Ausflug nach Berlin. Bei deiner Suche nach einer spannenden Freizeitbeschäftigung findest du einen Werbetext und Bilder zum Spreepark. Schlage deinem / deiner Austauschpartner/in diese Tour vor und erkläre ihm / ihr, was man dabei erlebt und was man beachten muss. Schreibe eine digitale Nachricht (auf Französisch).

Geheimer Tourtipp Nummer 1 in Berlin: der Spreepark

Du suchst einen mysteriösen Ort? Du planst ein Abenteuer? Dann ist eine Tour durch den Spreepark genau das Richtige für dich und deine Freunde!
Der Spreepark, ein ehemaliger Vergnügungspark[1] im Osten Berlins, ist seit 2002 für die Öffentlichkeit geschlossen. Und trotzdem lieben die Besucher diesen bizarren Ort mit seinen geheimen Türen und der ungezähmten Natur. Die geführten Touren starten immer freitags, samstags und sonntags um 11.00 und 14.00 Uhr, eine Anmeldung per E-Mail ist notwendig.
Sei dabei, wenn unsere Tourguides Interessantes und Spannendes zur Geschichte des Parks erzählen.
Es lohnt sich! Aber Vorsicht: Der Park darf nicht alleine betreten werden, sonst können gefährliche Dinge passieren … Bist du neugierig? Na dann, nichts wie los und auf zur Spreeparktour in Berlin!!!

1 **ein Vergnügungspark** – un parc d'attractions

ÉCOUTER

A11

6 Les cataflics (zu SB 32, 2)

a Écoutez une première fois la scène.
Notez les mots que vous connaissez de la leçon.

____

____

b Lisez les questions, puis écoutez encore une fois la scène.
Répondez ensuite aux questions.

1. C'est un reportage de ☐ journal. ☐ radio. ☐ télévision.
2. L'ambiance[1] est …
   ☐ courageuse. ☐ mystérieuse. ☐ dangereuse.
3. Qu'est-ce qu'ils portent, les «cataflics»? Cochez.
   ☐ des bougies. ☐ des casques. ☐ des caméras. ☐ des lampes. ☐ des baudriers.
4. Qu'est-ce qu'il y a dans les souterrains?
   Il y a de l'______________, des squelettes et des ______________.
5. Qu'est-ce que les «cataflics» cherchent dans les catacombes?
   Ils cherchent des ______________ qui cherchent leur chemin[2].
6. La salle dans les ______________ est grande comme une église[3].
7. Qu'est ce que les jeunes font dans les catacombes?
   ☐ Ils font un métro. ☐ Ils mangent. ☐ Ils font de la musique. ☐ Ils font de l'escalade.

c À votre avis, comment dire «cataflic» en allemand? ______________________

GRAMMAIRE

G7

V5

En plus
● 44, 3

7 On compose le passé (zu SB 33, 5)

Erklärfilm
Das *Passé composé*

a Conjuguez les verbes au **passé composé**.

demander	**oublier**	**trouver**	**poser**
j'	il	nous	ils
habiter	**écouter**	**visiter**	**raconter**
tu	elle	vous	elles

b Complétez avec les verbes donnés au **passé composé**.

Hier, Aurélie et ses amis ______________ (travailler) pour l'école. Ils ______________ (faire) un film pour un projet. Maxime ______________ (beaucoup rigoler) parce que Karim ______________ (chanter) une chanson bizarre. La mère d'Aurélie ______________ (ne pas aimer) ça: «Ton père et moi, nous ______________ (inviter) des amis pour ce soir. Et je ______________ (ne pas adorer) vos bruits!» Aurélie: «Mais maman, toi et papa, vous ______________ (ne pas parler) avec moi hier. Mes amis adorent faire le projet ici chez nous.» Mais la mère d'Aurélie ______________ (ne pas discuter) avec les jeunes. Enfin, Aurélie et ses amis ______________ (chercher) un autre endroit pour tourner leur film.

1 **l'ambiance** *(f.)* – die Stimmung 2 **un chemin** – ein Weg 3 **une église** – eine Kirche

PARLER

8 Un jeu mystérieux (zu SB 34, 7)

Tu (**A**) veux jouer en ligne avec ton / ta correspondant(e) français(e) (**B**) au jeu Mobile Legends. Avant, tu lui expliques au téléphone le jeu. Travaillez à deux. Attention au **passé composé**. Décidez qui prend le rôle **A** et le rôle **B**. **A** commence. Après, changez de rôle.

A Toi	B Ton / Ta correspondant(e)
1. Du begrüßt deine(n) französische(n) Partner(in). Du sagst, dass du ein neues Onlinespiel gekauft hast.	**1.** [Salut! J'ai acheté un nouveau jeu en ligne.]
2. [Salut! Comment s'appelle le jeu?]	**2.** Du grüßt zurück und fragst, wie das Spiel heißt.
3. Du sagst, dass das Spiel Mobile Legends heißt. Es gibt unheimliche Geister, geheime Türen und finstere Schlösser.	**3.** [Le jeu s'appelle Mobile Legends. Il y a des fantômes mystérieux, des portes secrètes et des châteaux sombres.]
4. [Où est-ce que tu as trouvé le jeu vidéo?]	**4.** Du fragst, wo er / sie das Videospiel gefunden hat.
5. Du sagst, dass dein Bruder das Videospiel schon gespielt hat.	**5.** [Mon frère a déjà joué au jeu vidéo.]
6. [Mais le jeu n'est pas trop dangereux?]	**6.** Du fragst, ob das Spiel nicht zu gefährlich sei.
7. Du verneinst und fragst, ob er / sie ein gutes Netz hat.	**7.** [Non, le jeu n'est pas dangereux. Tu as un bon réseau?]
8. [Ma mère a déjà travaillé en ligne. Alors on a un bon réseau à la maison. Pas de problème.]	**8.** Du sagst, dass deine Mutter schon online gearbeitet hat und dass ihr ein gutes Netz zu Hause habt. Das sei kein Problem.
9. Du sagst, dass du Jungs aus deiner Klasse zum Spielen mit Mobile Legends eingeladen hast.	**9.** [J'ai invité des garçons de ma classe pour jouer à Mobile Legends.]
10. [J'ai trouvé un jeu vidéo dans les affaires de mon père. Il s'appelle «À plus, Âge sombre». Tu as déjà joué le jeu?]	**10.** Du erklärst, dass du ein Videospiel in den Sachen deines Vaters gefunden hast: Es heißt „Bis bald, dunkles Zeitalter". Du fragst, ob er /sie es schon gespielt hat.

ÉCRIRE

G7

9 Le samedi de madame Chavanne (zu SB 34, 7)

Françoise Chavanne est professeure aul lycée-collège Balzac à Paris. Vous voyez comment elle a passé son samedi. Regardez les images et écrivez son samedi au **passé composé**.

manger | croissant | boulangerie | travailler

Samedi matin, Françoise Chavanne ______________________

____.

Elle ______________________________ sur l'ordinateur.

appeler | copine | discuter | projet | et | rendez-vous | magasin | l'après-midi

Après, __________________ Sonia, __________________.

Elles __________________ de __________________

________ au travail et de leur __________________

au magasin ______________________________.

quitter | oublier

____

____

____

acheter | aimer

____

____

____

chercher | regarder | ne pas trouver

____

____

____

____

contacter | boulangerie | portable de Sonia | parler | retrouver

____

____

__________________________ à la vendeuse. Plus tard,

elle ______________________________________

ÉCOUTER

A12

10 Le film d'horreur (zu SB 34, 6)

a Écoutez une première fois la scène. Notez surtout les heures, les endroits et les personnages.

1. Qui écoute l'histoire et pose des questions? ☐ Zoé ☐ Tom ☐ Max
2. De quoi parlent les jeunes? ☐ un film ☐ le week-end ☐ leur aventure ☐ la semaine
3. La scène se passe quand? ☐ le matin ☐ à midi ☐ l'après-midi ☐ le soir

b Écoutez une deuxième fois la scène et complétez l'emploi du temps du samedi pour Jules et Tom. Attention au **passé composé**.

À ______ heures …
Jules et Tom ____________________ avec Zoé.

À ____________ …
on ________________ deux heures.

À ______ heures …
on ________________ une porte.

À ______ heures …
on ______________ une autre porte.

À ______ heures …
on ________________ un groupe.

À ______ heures …
On ____________________ le métro.

À ______ heures …
on ____________________ des gens dangereux (des rats en vérité).

À ______ heures …
des policiers ____________________ la prison.

Atelier B

LIRE

11 Rencontre souterraine (zu SB Übung 35, 1)

Lisez le texte page 35, puis complétez les phrases logiquement.

1. Dans les escaliers, Tom et Jules ne bougent pas parce qu'il y a ______________________________
______________________________.
2. Jules entend __________ mais Tom ______________________________.
3. La fille dans les escaliers s'appelle __________, elle est là ______________________________.
4. Jules et Tom disent à la fille qu'ils ______________________________.
5. La fille dit qu'elle a raconté ______________________________.
6. Pour trouver la sortie, les deux garçons ____________________ et montent ____________________.

GRAMMAIRE

G8

En plus ○ 44, 4

12 On n'attend pas, on répond! (zu SB Übung 35, 2)

a Complétez la grille.

répondre	entendre	perdre	attendre
je	tu	il	elle
nous	vous	ils	elles

b À l'aide de l'exercice **a**, traduisez les phrases en français.

1. Sie warten vor der Metrostation. ______________________________
2. Hört ihr das Geräusch auf der Treppe? ______________________________
3. Charlotte und Sophie warten seit 2 Stunden, aber Julie antwortet nicht.
____
4. Julie verläuft sich in Les Halles. ______________________________
5. Sie ruft die Freundinnen an. ______________________________
6. Wo wartet ihr? ______________________________
7. Wir warten vor dem Louvre. ______________________________

LIRE **13 Comprendre le texte** (zu SB Übung 38, 4)

Lisez le texte page 36. C'est vrai ou faux? Trouvez une justification dans le texte.

1. Nova prend le métro un lundi matin avec sa sœur.

☐ vrai ☐ faux → Justification: ____________________

2. Le passant aime le tag de Nova. Pour lui, c'est une œuvre d'art.

☐ vrai ☐ faux → Justification: ____________________

3. Quand les agents de la RATP arrivent, les deux filles n'ont pas peur.

☐ vrai ☐ faux → Justification: ____________________

4. Les filles ont perdu leur chemin et elles ne vont pas retrouver la sortie.

☐ vrai ☐ faux → Justification: ____________________

5. À la fin, Nova fait un tag près de la sortie.

☐ vrai ☐ faux → Justification: ____________________

MÉDIATION

14 Le métro et ses secrets (zu SB Übung 39, 6)

Du sollst im Geografieunterricht einen kleinen Vortrag über Besonderheiten in europäischen Städten halten. Zur Vorbereitung findest du spannende Details über die Pariser U-Bahn auf einer Homepage. Fasse die Informationen für deine Klasse in deutscher Sprache zusammen. Notiere dazu Stichpunkte.

Le métro de Paris transporte 5 millions de personnes par jour. Au total, il y a 16 lignes, ça fait 215 km avec 300 stations! La vitesse moyenne est 27 km/h. Le métro est ouvert tous les jours de 5 h 30 à 1 h 15 du matin.

Après 17 mois de construction, le métro de Paris ouvre en 1900 pour l'Exposition universelle[1]. La première ligne, la ligne 1, est longue de 13 km et le ticket a coûté 15 centimes!

La station de la Cité est la seule station sur une île à Paris. Elle est à 20 mètres de profondeur[2]! Pour arriver à cette station, le métro passe sous la Seine.

La ligne 6 est très belle parce qu'elle ne passe pas seulement sous Paris, c'est aussi une ligne aérienne[3]. De la ligne 6, on peut voir par exemple la tour Eiffel.

La ligne 14 est la première ligne automatisée de Paris. C'est une ligne qui fonctionne seule, sans conducteur[4]...

À la station Javel – André Citroën, ligne 10, il y a des vitrines qui présentent la vie et l'entreprise d'André Citroën, le constructeur d'automobiles. On peut voir aussi quelques photos des voitures.

1 **l'Exposition universelle** – die Weltausstellung; 2 **la profondeur** – die Tiefe; 3 **une ligne aérienne** – eine Hochbahn *(überirdisch)*; 4 **un conducteur** – ein Fahrer

GRAMMAIRE G8

15 Vous entendez [d]? (zu SB Übung 39, 7)

STRATÉGIE

Achte in der Aussprache darauf, dass bei den Verben auf **-dre** im Singular des Présent das **-ds** bzw. **-d** am Ende nicht gesprochen wird, z. B. bei *je répon**ds**, tu atten**ds*** oder *il per**d***. Man hört es nur bei den Pluralformen, z. B. bei *nous répon**d**ons, vous atten**d**ez* oder *ils per**d**ent*.

A13

a Écoutez les phrases. Qu'est-ce que vous entendez? Cochez la bonne forme.

1. ☐ réponds ☐ répon**d**ent
2. ☐ entends ☐ enten**d**ent
3. ☐ attend ☐ atten**d**ons
4. ☐ perd ☐ per**d**ent
5. ☐ attends ☐ atten**d**ez
6. ☐ répond ☐ répon**d**ons

b Lisez les phrases suivantes.

Il attend près de la porte. / Les élèves répondent au prof. / Sophie entend un bruit mystérieux. / Nous perdons notre chemin. / Tu attends devant l'entrée? / Je ne réponds pas.

c *Übe die Gegensatzpaare in Aufgabe **a** mit deinem Nachbarn / deiner Nachbarin. Ergänzt dann passende Personalpronomen und bildet kurze Sätze.*

Exemple: 1. Je réponds à la prof. – Ils répondent aux élèves.

GRAMMAIRE G9

En plus ● 45, 5, 6

16 C'est toi ou moi? (zu SB Übung 40, 10)

Mettez-vous à la place de Carla et faites des phrases. Utilisez un **pronom personnel** au lieu *(anstatt)* des mots en gras.

Baptiste	Carla
1. Ce soir, je mange chez **Paul et Marie**.	1. Ah, tu manges chez eux.
2. À midi, je vais à la cantine avec **Tom**.	2. Ah, tu vas à la cantine ____________.
3. L'après-midi, je regarde un film avec **mamie**.	3. Ah, tu regardes un film ____________.
4. Après, je fais de l'escalade avec **Carla**. ☺	4. Ah, tu fais de l'escalade ____________.
5. Demain, je vais travailler sans **mes copines**.	5. ____________
6. Et finalement, je vais prendre une pizza chez **mes amis**.	6. ____________

PARLER

17 Le train fantôme (zu SB 41, 11)

a Tu (**A**) es à Disneyland Paris avec ton / ta correspondant(e) français(e) (**B**) et sa classe. Il / Elle est dans le train fantôme. Mais le train tombe en panne. Mais vous avez votre téléphone portable. Travaillez à deux. Attention aux temps des verbes. Décidez qui prend le rôle **A** et le rôle **B**. **A** commence. Après, changez de rôle.

A Toi	**B Ton / Ta correspondant(e)**
1. Du rufst deine(n) französische(n) Partner(in) an und fragst ihn / sie, wo er sich befindet.	**1.** [Allô? Tu es où?]
2. [Je suis dans un tunnel sombre. J'ai perdu mon chemin.]	**2.** Du sagst, dass du in einem dunklen Tunnel bist und dass du dich verlaufen hast.
3. Du sagst ihm / ihr, dass du schon zweimal angerufen hast, dass er / sie aber nicht reagiert hat.	**3.** [J'ai appelé déjà 2 fois mais tu n'as pas répondu.]
4. [J'ai déjà appelé tes parents.]	**4.** Du sagst ihm / ihr, dass du schon die Eltern von deinem Partner / deiner Partnerin angerufen hast.
5. Du fragst, ob er / sie die anderen Jungen aus der Gruppe im Tunnel verloren hat.	**5.** [Tu as perdu les autres garçons du groupe dans le tunnel?]
6. [Oui. Mais bientôt, je n'ai plus de réseau.]	**6.** Du bejahst und sagst, dass du bald keinen Empfang mehr hast.
7. Du sagst, dass du ihn / sie trotzdem gut verstanden hast.	**7.** [Mais j'ai bien entendu.]
8. [Est-ce que tu peux appeler la police?]	**8.** Du fragst, ob er / sie die Polizei anrufen kann.
9. Du wunderst dich und fragst, ob er / sie verrückt geworden ist.	**9.** [Quoi? Appeler la police? Tu as perdu la tête?]
10. [J'ai peur et le tunnel est sombre.]	**10.** Du sagst, dass du Angst hast und dass der Tunnel dunkel ist.
11. Du sagst, dass du einen Angestellten der Geisterbahn schicken wirst.	**11.** [Je vais envoyer un agent du train fantôme.]
12. [Merci. J'entends déjà des voix.]	**12.** Du bedankst dich und sagst, dass du schon Stimmen hörst.

b Jouez la scène à deux.

Sur place

Découvertes MAG

REGARDER ÉCOUTER

18 La BD, c'est passionnant! (zu SB 43, 2)

V6

a Regardez la vidéo sans le son (*ohne Ton*) pendant 1 minute. Puis répondez aux questions.

1. Où se passe la 2e partie de la vidéo?

☐ Chez Alice. ☐ Chez Audrey. ☐ Chez Lola.

2. La fille fait …

☐ des vidéos. ☐ de la musique. ☐ des dessins.

3. La fille travaille avec la main ____________.

b Regardez maintenant la vidéo avec le son (*mit Ton*) et répondez aux questions de détail.

La fille travaille avec … (*plusieurs solutions*)

☐ une caméra. ☐ un stylo. ☐ un ordinateur. ☐ du papier.

☐ WORD®. ☐ Photoshop®.

1. Elle travaille beaucoup pour la maison d'édition[1] ____________.
2. La dessinatrice fait des dessins pour la maison d'édition depuis ____________ ans.
3. Pour dessiner les personnages, la dessinatrice utilise des ____________.
4. La dessinatrice travaille …

☐ dans une école. ☐ dans une maison d'édition. ☐ à la maison.

5. Elle travaille à la maison, parce qu'elle a des ____________.
6. La dessinatrice ne travaille que quand les enfants sont à l'école.

☐ vrai ☐ faux

7. Quels sont les objets que la dessinatrice utilise aussi pour dessiner? (Cochez)

1 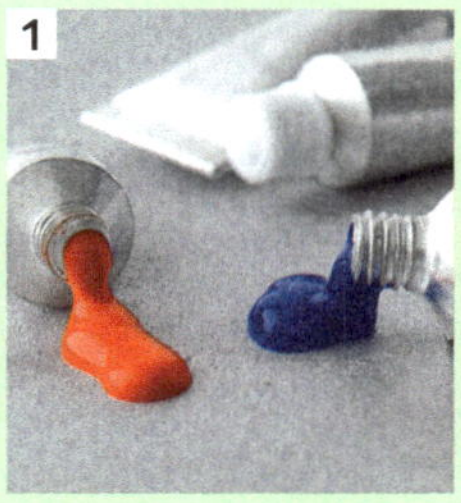 ☐

2  ☐

3  ☐

4  ☐

5  ☐

c Regardez la vidéo encore une fois et comparez vos réponses avec votre voisin / votre voisine.
Et vous? Vous aimez faire des dessins? Pourquoi (pas)?

[1] **une maison d'édition** – ein Verlag

PARLER

19 Fit für die Tâche (zu SB 43, 3)

Bevor ihr die Tâche in eurem Schülerbuch macht, löst folgende Aufgaben.

1ère étape: L'image
Trouvez un titre pour ces 3 affiches de cinéma.

______________ ______________ ______________

______________ ______________ ______________

2e étape: Onomatopées
Lisez et répétez les onomatopées. Expliquez les bruits en allemand.

Aïe!	______	Glou glou!	______	Ratatata!	______
Atchoum!	______	Ha ha	______	Snif!	______
Baff!	______	Krash!	______	Splatsh!	______
Badaboum!	______	Miam!	______	Tadam!	______
Beurk!	______	Miaou!	______	Tagada	______
Bip!	______	Ouaf!	______	Taratata	______
Bla bla bla	______	Ouf!	______	Tchou-tchou!	______
Bof!	______	Oups!	______	Teuf-teuf!	______
Chlac!	______	Paf!	______	Toc-toc!	______
Clic!	______	Plouf!	______	Tut tut!	______
Dring!	______	Pouêt!	______	Vroom!	______
Flap flap!	______	Prout!	______	Waouh!	______
Gla gla!	______	Pschitt!	______	Zip!	______

3e étape: Le texte / les bulles
Remplissez la bulle. Utilisez les onomatopées. Mettez des couleurs.

→ Die Lösungen zu den Bilan-Aufgaben findest du im Anhang auf S. 183.

Bilan

1 Parler (nach SB 44, 1)

Ich kann eine gefährliche Situation in Worte fassen.

________________ ________________ ________________ ________________

________________ ________________ ________________ ________________

2 Écrire (nach SB 44, 3)

*Ich kann eine gefährliche Situation **in der Vergangenheit** beschreiben.*

Regardez la scène. Imaginez la situation. Utilisez au moins 10 mots de la liste à droite et écrivez un texte de 80 mots environ.

Commencez comme ça: Dans un tunnel sombre …

aventure	mystérieux
fantôme	souterrain
tunnel	sombre
bruit	dangereux
réseau	chemin
voix	corps
policier	avoir peur
être triste	

3 Grammaire (nach SB 45, 4)

Ajoutez les terminaisons correctes.

1. Excusez-moi, mais votre question n'est pas très séri______ !
2. Alexandre est vraiment un garçon courag______ . Il n'a pas peur dans le noir.
3. Hé, les filles, ne prenez pas ces portes secrètes – elles sont trop danger______ !
4. Vous avez déjà visité les tunnels mystéri______ de Dresde? Ils sont près de l'Elbe.

4 Grammaire (nach SB 44, 3)

G7

Formez des phrases au **passé composé**.

1. Hier – Miriam – **visiter** – la tour Eiffel – avec sa copine Franka.

   ____

2. Après – les deux filles – **retrouver** – leur copain Yves.

   ____

3. Il – **proposer** – aller au «Miam Miam» – restaurant super.

   ____

4. Alors – ils – **manger** – spécialités de Paris.

   ____

5. Miriam: «Je – **aimer** – la visite de la tour Eiffel. Qu'est-ce que – vous – **adorer**?»

   Miriam: ______________________________

6. Yves et Franka: «Nous – **rigoler** – beaucoup ensemble!»

   Yves et Franka: ______________________________

5 Grammaire (nach SB 44, 3)

G8

Reliez pour avoir des phrases correctes.

1. Mon frère et moi	as entendu	votre chemin, madame?
2. Je ne peux pas	attendons	à votre question, monsieur.
3. Est-ce que tu	ne perd pas	le bruit hier soir?
4. Les deux sœurs	avez perdu	ses affaires. Elle fait toujours attention.
5. Vous	répondre	devant l'école.
6. Marlène	entendent	une chanson bizarre.

6 Grammaire (nach SB 45, 5)

G9

Soulignez le bon **pronom personnel**.

1. Olivier a peur, mais Marie, lui / toi / elle, est très courageuse.
2. «Tu vas au cinéma avec moi?» – «Oui, je vais avec tu / toi / moi.»
3. Nous jouons au foot, mais eux / ils / lui, ils font de l'escalade.
4. Eh ben, je / moi / toi, qu'est-ce que je fais ce soir … ?
5. «Tu manges chez Carlo?» – «Non, pas chez elle / il / lui, mais chez Nina et Christine.»
   – «Ah, d'accord, tu aimes manger chez leur / elles / eux.»

En plus

ÉCRIRE

1 Une scène dangereuse

→ Übung 1

●

a Jouez au journaliste. Regardez bien la photo. Imaginez la situation. Utilisez au moins 10 mots de la liste à droite et écrivez un article de 80 mots environ.

Commencez comme ça: Un jour de novembre …

aventure · mystérieux · fantôme · souterrain · tunnel · sombre · bruit · dangereux · réseau · chemin · voix · corps · lampe · policier · avoir peur · être triste · tout à coup · ensuite · après

MK

b Ensuite, enregistrez un podcast la nuit avec votre smartphone. Utilisez une musique mystérieuse.

GRAMMAIRE

2 Quel désordre mystérieux!

→ Übung 2

●

Mettez les mots dans le bon ordre et faites des phrases logiques. Pour décrire les mots **en gras**, utilisez les adjectifs **mystérieux**, **sérieux**, **curieux**, **dangereux** et **courageux** à la bonne forme.

1. **un tunnel** / un projet / cherchent / Antoine et Cédric / pour

____

2. une station fantôme, / c'est / dans / **une idée** / filmer!

____

3. posent / questions, / beaucoup de / elles / **des filles** / sont / Josie et Clara

____

____

4. peur, / j'ai / toujours / ne suis pas / **je**

____

5. c'est / rigoles, / tu / **une chose** / mais!

____

GRAMMAIRE G7 ●

3 D'un temps à l'autre

→ Übung 7

a Parlez de l'anniversaire de Benjamin au **passé composé**.

1. D'abord, Laure achète un gâteau pour l'anniversaire de Benjamin.
2. Puis, les copains de Benjamin mangent le gâteau ensemble. Ils adorent!
3. Ensuite, je chante une chanson pour lui et mon frère filme.
4. Après, nous dansons et jouons à des jeux.
5. Enfin, Benjamin propose d'aller au parc pour un concert.

b Ajoutez quatre phrases au passé composé. Utilisez les verbes **parler**, **enregistrer**, **regarder** et **fêter**.

GRAMMAIRE G8 ○

4 Jouez au professeur!

→ Übung 12

Remplacez les formes qui sont fausses. Utilisez les verbes **attendre**, **entendre**, **perdre** et **répondre**.

1. «Allô? Tu ~~perds~~? J'~~perds~~ devant le cinéma.»
2. Hier, Manon ~~a répondu~~ des bruits mystérieux dans sa chambre.
3. Demain, nous ~~allons entendre~~ aux questions de nos copains sur Internet.
4. Doriane et Raphaël ne peuvent pas rentrer. Ils ~~ont entendu~~ le chemin.

GRAMMAIRE
G9
●

5 Vous, vous faites l'exercice

→ En plus 16

a Complétez les phrases avec un **pronom personnel**.

1. Les profs arrivent à 07 h 30, mais les élèves, ________, arrivent à 8 h 15.
2. J'habite à Erfurt, mais Lucas, ________, habite à Gotha.
3. Martha travaille à Marseille, mais sa copine, ________, travaille à Saint-Étienne.
4. Nous aimons les chansons de ZAZ, mais Célia et Amandine, ________, adorent la musique de Bigflo et Oli.

b Répondez aux questions à l'aide des mots allemands donnés.

1. Qui mange avec Julie ce soir? → (du) ________________
2. Et qui achète un cadeau pour mamie? → (wir) ________________
3. Ce sont les parents de Carla là-bas? → (ja, das sind sie) ________________
4. Avec qui est-ce que je filme? → (mit mir) ________________

GRAMMAIRE
G7, 8, 9
●

6 Paris mystérieux

→ En plus 16

Dans le texte, il manque des mots. Choisissez le bon numéro (1–13) pour chaque lettre (A–J). Attention, il y a trois mots de trop.

À Paris, il y a des stations de métro (A), où on tourne des films. Ces stations sont fermées, et on peut dire que ce sont des endroits (B), avec des portes secrètes et parfois aussi des (C) bizarres. Si on veut, on (D) même visiter ces stations à la Journée du Patrimoine. Comme il y a toujours un guide, la visite n'est pas (E). Hier, un groupe de trois jeunes (F) la station Porte des Lilas - Cinéma, mais ils (G) leur chemin! Ils ont cherché (H) et les lampes de leurs portables (I) à trouver le bon chemin. Ils ont même rencontré Nova, la graffeuse. Enfin, les trois jeunes (J) leurs familles à la fin de la journée.

1 dangereuse
2 ont perdu
3 a visité
4 moi
5 ont aidé
6 fantômes
7 ont retrouvé
8 peut
9 la sortie
10 mystérieux
11 bruits
12 samedi
13 sérieuses

A	B	C	D	E	F	G	H	I	J
6									

Le coin médias

→ Die Lösungen findest du im Anhang auf S. 183.

MK

1 Entwickeln und produzieren: Ein Tag in meiner Schule

STRATÉGIE

Ein Video für eine Partnerschule drehen

Besprecht gemeinsam in der Klasse, wie man mit einfachen Mitteln, z. B. mit iMovie, mit dem Tablet oder dem Handy ein kleines Video drehen kann.
Macht euch zunächst mit den Funktionen des Programms vertraut.
Arbeitet dann in der Gruppe. Überlegt euch, wie ein typischer Schultag aussieht und welche Besonderheiten es in der deutschen Schule gibt (z. B. das Pausenbrot). Stellt eine typische Szene im Klassenraum, in der Pause, in der Mensa, in der Bibliothek oder in der Turnhalle nach. Ihr könnt natürlich auch zeigen, was euch an eurer Schule gefällt und was ihr nicht mögt.
Erstellt zunächst eine Mindmap mit den Vokabeln, die ihr benötigt, um über euren Schulalltag zu sprechen. Jede Gruppe verwendet hierfür ein DIN-A2-Blatt.
Erstellt dann ein Szenario.
Bevor ihr zum Schluss mit dem Filmen beginnt, denkt daran,

→ …, dass ihr Andere nicht ohne deren ausdrückliches Einverständnis filmen dürft!
→ …, dass ihr das Video nur für schulinterne Veranstaltungen verwenden dürft!

Und dann: Kamera ab!

Scénario

scène	heure	où	qui	quoi	description
1	7.50	dans la cour du collège	des élèves	attendent / discutent / rient	du bruit
2	7.55	dans la salle de classe	….	….	

LIRE

2 Le plaisir de lire: Au Père Lachaise

a Lisez le texte.

Jules, Zoé et Tom veulent explorer d'autres sites à Paris …

Zoé: Maintenant on va au Cimetière du Père Lachaise. On peut prendre des photos des tombes mystérieuses et faire un collage avec.
Tom: Mais Zoé, il est presque 18 heures! Aller au cimetière à cette heure, c'est dangereux!
Zoé: Écoutez, ce soir, il y a une visite guidée, quand c'est fermé pour le public. Et nous, nous allons visiter le cimetière avec le guide.
Jules: Je ne sais pas …
Zoé: Ah quel lâche! Venez, les garçons, ça va être excitant.
Les trois jeunes retrouvent le guide et entrent avec les autres dans le cimetière.
Le guide: Chers visiteurs, le Père Lachaise est le plus grand cimetière parisien …
Puis le guide explique où se trouve les tombes intéressantes des écrivains, des artistes, des chanteurs. Mais déjà les trois jeunes n'écoutent plus.
Zoé: Vite filons. Allons chercher la tombe d'Édith Piaf.
Tom: De qui?
Jules: Quoi? Tu ne connais pas *La môme Piaf* et sa chanson *Non, je ne regrette rien*?
Très vite les trois jeunes sont seuls. Ils passent devant une tombe bizarre: pleine de fleurs en plastique et une statue couverte de graffitis.
Zoé: Oh, regardez! C'est la tombe de Jim Morrison, le fameux chanteur américain.
À ce moment-là, il y a un bruit. Crac crac! Zoé, Tom et Jules écoutent et regardent. Il y a encore d'autres bruits bizarres. Qu'est-ce que c'est? Il commence à faire sombre. Tom trouve l'endroit horrible. Tout à coup, ils entendent une musique. Derrière une tombe voisine, il y a un groupe de jeunes qui dansent et chantent.
Zoé: Mais regardez, ce sont des fans du chanteur qui font la fête. Ils ont peur des gardiens.

b Vrai ou faux? Cochez la bonne réponse. Corrigez les phrases fausses.

	vrai	faux
1. Zoé, Jules et Tom veulent tourner un film sur le Père Lachaise.	☐	☐
2. Tom n'aime pas aller au cimetière le soir.	☐	☐
3. Zoé propose de participer à une visite guidée.	☐	☐
4. Les trois jeunes écoutent bien le guide.	☐	☐
5. Le guide veut leur montrer la tombe d'Édith Piaf.	☐	☐
6. Tom ne connait pas Édith Piaf.	☐	☐
7. Devant la tombe d'un chanteur, ils voient les gardiens derrière une statue.	☐	☐
8. Ils voient des jeunes qui écoutent de la musique.	☐	☐

3 Quels mots vont ensemble?

a Barrez l'intrus.

1. un emploi du temps – un livre – un carnet de correspondance – ~~une camarade~~
2. le kébab – ~~les animaux~~ – la viande – la glace
3. ~~l'infirmerie~~ – la planche à voile – l'escalade – la natation
4. la chemise – un jean – le pantalon – ~~les lunettes~~
5. être content – être triste – ~~être en retard~~ – être en colère
6. le rappeur – la graffeuse – la chanteuse – ~~le professeur~~
7. ~~écouter le guide~~ – lire un livre – écrire un texte – tourner un film
8. ~~la gare~~ – l'avion – la voiture – le bus

b Quelle explication va avec quel numéro de **a**? Notez le bon numéro.

quelque chose à manger ____
un sport ____
un sentiment ____
un vêtement ____
un / une artiste ____
quelque chose pour l'école ____
un moyen de transport ____
une activité en classe ____

c Lisez à haute voix les mots avec la bonne explication.

Exemple: Zoé, Jules et Max ce sont des (pré-)noms.

4 L'anniversaire de Marie

Après la fête, Marie parle avec un copain de son anniversaire …

Samedi, D'abord, Puis, Après, Enfin,	je tu il/elle nous vous ils / elles	appeler manger regarder jouer oublier inviter fêter écouter	mon anniversaire. des copains. un gâteau. un film. au *monopoly*. ma cousine. un CD. le cadeau.

À tour de rôle *(abwechselnd)*: Faites des phrases **au passé composé** avec les expressions ci-dessus et notez-les.

Exemple: – Samedi, j'ai invité mes copains pour mon anniversaire.
– D'abord, nous …
– Puis, nous …
– Après, on …
– Enfin, nous …

5 Être poète

Faites des poèmes d'après l'exemple:

attendre
j'attends
tu attends
elle attend
nous attendons
vous attendez
… ils ne
viennent pas

À vous maintenant. Utilisez les verbes **entendre**, **répondre**, **perdre**.
Dessinez aussi une image qui va avec votre poème! Faites une exposition en classe.

6 La journée du patrimoine

Faites des deux phrases une seule à l'aide des pronoms relatifs **qui**, **que** ou **où**.

1. Porte des Lilas est une station fantôme. Jules, Tom et Zoé vont tourner un film dans la station.

   ____

2. Pour la journée du patrimoine il y a une visite guidée. La visite commence à 16 heures.

   ____

3. Le guide donne des explications sur les stations fantômes. Les trois jeunes n'écoutent pas les explications.

   ____

4. Le groupe entre dans le tunnel par une petite porte. Tom trouve l'entrée mystérieuse.

   ____

5. Dans la station ils voient un métro. Il n'a pas l'air très moderne.

   ____

6. On monte dans la rame. On a déjà tourné beaucoup de films dans la rame.

   ____

7. Jules prend des photos dans la rame. Les autres visiteurs quittent la rame.

   ____

7 Avec moi?

Tu aimes être avec tes amis? Alors pose des questions.

Exemple: Je vais partir pour Berlin. — Je peux partir avec toi?

1. Nous allons au cinéma. — Je peux ______________________________?
2. Après Jules va retourner à la maison. — Je ______________________________?
3. Zoé va à la piscine aujourd'hui. — Nous ______________________________?
4. Ils vont passer les vacances dans une colonie. — Nous pouvons partir ______________________________?
5. Les filles vont faire un stage de surf. — Nous ______________________________?

En route vers le DELF

Das DELF-Zertifikat ist ein international anerkanntes Zeugnis über deine Sprachkenntnisse. Mit den folgenden Übungen kannst du trainieren.

1 Compréhension de l'oral

A14

Vous allez entendre 3 enregistrements correspondants à 3 documents différents. Pour chaque document, vous aurez:

- 30 secondes pour lire les questions;
- une première écoute, puis 30 secondes de pause pour commencer à répondre aux questions;
- une deuxième écoute, puis 30 secondes de pause pour compléter vos réponses.

Répondez aux questions en cochant la / les bonne/s réponse/s ou en écrivant l'information demandée.

Exercice 1

1. Qui est l'élève? ☐ C'est une prof. ☐ C'est un garçon. ☐ C'est une fille.
2. Quel est le problème de l'élève? (*Plusieurs possibilités*)
   ☐ Il n'a pas trouvé son chemin. ☐ Il a oublié le cours. ☐ Il est en retard.
3. L'élève … ☐ lit un poème. ☐ chante une chanson. ☐ raconte une histoire.
4. La prof pense que l'histoire de Jules est
   ☐ vraie. ☐ fausse. ☐ dangereuse.
5. Où se passe la scène?
   ☐ dans un tunnel ☐ au cours de théâtre ☐ dans le métro

Mögliche Punktzahl: 5

Exercice 2

1. Qui téléphone à qui? ☐ Lola à Jules ☐ Jules à Lola ☐ Jules à Zoé
2. La classe de Jules doit faire un exposé …
   ☐ sur une station fantôme. ☐ sur Nice. ☐ sur le cinéma.
3. Après l'exposé, les jeunes veulent aller … ☐ au restaurant. ☐ au collège. ☐ au cinéma.
4. La station fantôme du métro de Paris s'appelle …
   ☐ Apporte le lilas. ☐ Porte des Lilas. ☐ La porte du lilas.
5. Qui doit rappeler qui?
   ☐ Zoé doit rappeler Lola. ☐ Jules doit rappeler Lola. ☐ Lola doit rappeler Jules.
6. Il / Elle doit rappeler … ☐ sur le téléphone de la maison. ☐ sur l'ordi. ☐ sur WhatsApp.

Mögliche Punktzahl: 6

Exercice 3

1. Quel est le sujet du bulletin d'information?
   ☐ le sport ☐ les transports ☐ la rentrée
2. C'est le bulletin d'information ☐ du matin. ☐ de midi. ☐ du soir.
3. Le problème est sur les lignes ☐ 6 et 9. ☐ 10 et 9. ☐ 6 et 19.
4. Le problème est à la station ☐ Calogero. ☐ Gros casino. ☐ Trocadéro.
5. Qu'est-ce qui a donné l'alarme? ☐ un système ☐ des jeunes ☐ Jules
6. Qui est là pour trouver une solution au problème?
   ☐ des rappeurs ☐ les policiers ☐ la télévision
7. Qui est dans le tunnel?
   ☐ une équipe de cinéma ☐ des touristes ☐ des jeunes
8. Le tunnel est …
   ☐ merveilleux. ☐ dangereux. ☐ courageux.
9. Dans le tunnel, il y a … ☐ des coiffeurs. ☐ des gaffeurs. ☐ des graffeurs.
10. À cause des gens, le métro a …
    ☐ du retard. ☐ un départ. ☐ du stress.
11. Le problème va peut-être durer jusqu'à …
    ☐ demain. ☐ la semaine prochaine. ☐ décembre.
12. L'alternative, c'est le bus … ☐ N° 2 et 22. ☐ N° 22 et 42. ☐ N° 22 et 32.
13. C'est un bulletin de …
    ☐ France Inter. ☐ France Info. ☐ France Télévisions.
14. Le journaliste s'appelle …
    ☐ Tom Dunan. ☐ Tim Durand. ☐ Tom Durand.

Mögliche Punktzahl: 14

2 Compréhension des écrits

Exercice 1

Vous savez décrire votre école?
Regardez les images et écrivez le numéro qui correspond dans le tableau.
Attention, il y a 8 images et 7 phrases.

1

2

3

4

5

6

7
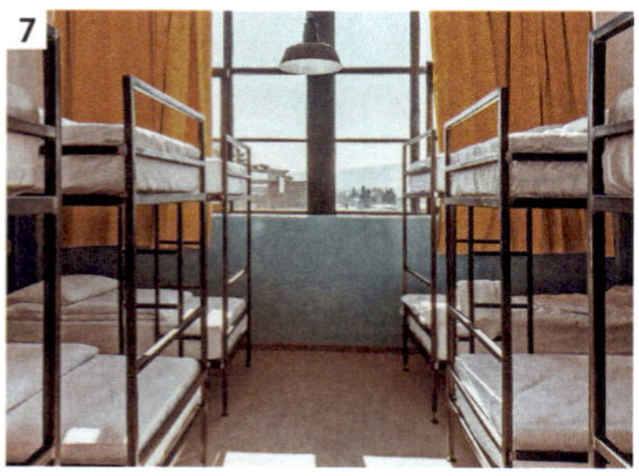

8

	Photo n°:
Les élèves qui habitent trop loin et ne rentrent pas à la maison peuvent dormir là.	
À 10 heures, on va là pendant la récréation.	
On peut manger là, même si on est végan.	
Pour les élèves qui préfèrent la lecture ou faire des recherches sur ordinateur, c'est un endroit génial.	
Les élèves vont là quand ils ont mal.	
Pour les élèves qui adorent les jeux de rôle, c'est un cours génial.	
Les élèves qui aiment le sport adorent aller là.	

Mögliche Punktzahl: 7

Exercice 2

Quel moyen de transport électrique choisir en ville?

On ne peut plus continuer comme ça! Il y a trop de voitures dans les villes. Comment faire pour aller au travail, à l'école ou pour les activités du week-end et rester en même temps un bon écologiste? Commençons par utiliser le métro (à Paris, Lille, Lyon ou Strasbourg, ou le bus (dans presque toutes les villes) ce n'est pas un problème). Depuis quelques années, il existe des nouveaux moyens de transport individuels comme le segway, le skate électrique ou le vélo électrique. Deux questions se posent:

La première est de savoir combien d'autonomie proposent ces moyens de transport. 20 km? 40 km? Si vous faites un tour au centre ville, pas de problème. Mais si vous allez chez mamie qui habite à 20 km du centre ville et au retour, paf! Plus de batterie! Où trouver une station électrique? L'autre question est celle du prix: un segway neuf coûte entre 4 000 et 7 000 euros! Mais combien coûte par exemple un vélo électrique? Entre 2 000 et 3 000 euros. Est-ce qu'un élève a 2 000 euros dans son porte-monnaie? Bien sûr, mamie peut faire un cadeau et offrir comme cadeau le vélo électrique. Mais les mamies n'ont plus beaucoup d'argent aujourd'hui.

Pas facile d'être jeune et écologiste!

Répondez aux questions en cochant la / les bonne/s réponse/s.

1. Quel est le sujet de l'article? ☐ l'argent ☐ les transports ☐ le travail en ville
2. Quels sont les 3 domaines pour lesquels on utilise un moyen de transport en ville?
   • ______ • ______ • ______
3. D'après l'article, dans quelle ville française est-ce qu'il y a un métro? *(plusieurs solutions)*
   ☐ Paris ☐ Nice ☐ Lyon ☐ Fontainebleau ☐ Lille
4. Le segway est un moyen de transport en commun. ☐ vrai ☐ faux
   Justification: ______
5. Dans l'article on parle de la voiture électrique. ☐ vrai ☐ faux
   Justification: ______
6. Les moyens de transport électriques ont ______ problèmes.
7. Les problèmes des moyens de transports électriques sont …
   ☐ la couleur. ☐ la vitesse. ☐ le poids. ☐ l'autonomie. ☐ le prix.
8. Le choix d'un moyen de transport est un problème … *(plusieurs solutions)*
   ☐ d'argent. ☐ de temps. ☐ d'écologie. ☐ de travail.
9. Combien coûte un segway? ______
10. Combien coûte un vélo électrique? ______

Mögliche Punktzahl: 10

Exercice 3

Vous êtes à Paris et vous voulez manger dans un petit restaurant pour les jeunes. Vous cherchez un plat avec au moins un dessert et une boisson, mais vous avez seulement 10 euros dans votre porte-monnaie. Vous n'êtes pas obligé(e) de prendre une entrée avec le plat principal. En plus, vous êtes végan(e). Faites deux propositions.

MENU

Nos entrées

Crudités	2,50€
Salade niçoise	3,50€
Soupe aux carottes	2,50€

Nos plats principaux

Steak-frites	7,50€
Lasagne verte aux épinards	5,00€
Spaghetti bolognese	5,50€

Nos desserts

Glace (1 boule)	1,50€
Crème caramel	2,00€
Mousse au chocolat	2,50€

Boissons

Coca	2,00€
Orangina	2,00€
Eau minérale	3,50€
Rouge ¼	3,50€
Blanc ¼	3,50€

Votre commande	Le prix
	Total:

Votre commande	Le prix
	Total:

Votre commande	Le prix
	Total:

Votre commande	Le prix
	Total:

Mögliche Punktzahl: 8

3 Production écrite

Exercice 1

Pendant votre séjour à Paris, vous avez observé des jeunes dans un tunnel du métro. Décrivez la scène, les personnes, l'endroit, les actions du policier du commissariat et donnez votre avis. (60 à 80 mots).

Mögliche Punktzahl: 13 *→ S. 58*

Exercice 2

Vous avez reçu ce message:

Nouveau message
De: Julesleroy@free.fr
Objet: recherche de correspondant

Bonjour!

Je m'appelle Jules Leroy et je cherche un correspondant en Allemagne. J'habite à Paris, j'ai 13 ans. Je suis en 4e au collège Honoré de Balzac. Je suis au club d'escalade, j'aime le rock, le sport, les jeux vidéo mais je déteste la natation.
J'ai 2 sœurs, Alice et Zoé. Mon père s'appelle Olivier et ma mère Anita. Elle est de la Martinique.
Tu préfères quoi? Tu peux répondre sur Facebook? Je suis content d'être ton correspondant!
À bientôt,

Jules

Vous répondez à Jules en 60 - 80 mots. Parlez de vous, de votre famille.

Nouveau message
À: Julesleroy@free.fr
Objet: recherche de correspondant

____
____
____
____
____
____
____
____
____
____
____
____
____
____
____
____

Mögliche Punktzahl: 12 *→ S. 58*

4 Production orale

Cette épreuve d'expression orale comporte 3 parties. Elle dure de 6 à 8 minutes.
Vous avez 10 minutes de préparation pour les parties 2 et 3.

Exercice 1 – Entretien dirigé

1. Vous vous présentez.
2. Quelles sont vos activités préférées?
3. Qu'est-ce que vous faites quand vous n'êtes pas à l'école?

Exercice 2 – Monologue suivi
Présentez le dernier film que vous avez vu au cinéma ou à la télévision.

1. Qui sont les acteurs?
2. Quel est le sujet du film?
3. Est-ce que vous avez aimé le film? Pourquoi?
4. Allez-vous souvent au cinéma?

Exercice 3 – Exercice en interaction

Aujourd'hui, c'est l'anniversaire de votre ami(e). Vous voulez lui faire une surprise et un cadeau.
Vous voulez organiser une petite fête. Où allez-vous faire la fête? Qui voulez-vous inviter?
Qu'est-ce que vous voulez manger et boire?
Quel cadeau voulez-vous faire à votre ami(e)?

Mögliche Punktzahl: 25 *→ S. 59*

Auswertung

1. Hast du bei jedem Aufgabenteil mindestens 5 Punkte erreicht? ☐ Ja ☐ Nein
2. Hast du insgesamt 20 oder mehr als 10 Punkte erreicht? ☐ Ja ☐ Nein

MK

- Zweimal „Ja"? Prima! Du hast diese Mini-DELF-Prüfung bestanden!
- Falls du nicht bestanden hast, schaue dir die Capsule „DELF scolaire" vom Deutsch-Französischen Institut Erlangen im Internet an oder teste dein Niveau auf der Plattform „DELF@klett" im Internet.

Grille d'évaluation: DELF Production écrite

Grille d'évaluation: 13 points (Exercice 1)

Ich kann: die Arbeitsanweisungen verstehen und beachten und die erforderliche Mindestanzahl von Wörtern einhalten.	1	2		
Ich kann: kurze, einfache, alltägliche Nachrichten und Mitteilungen schreiben.	1	2	3	4
Ich kann: sehr einfache persönliche Dankes- und Entschuldigungsschreiben verfassen.	1	2		
Ich kann: ein Repertoire an elementaren sprachlichen Mitteln verwenden, um mich in vertrauten Situationen weitgehend phonetisch korrekt schriftlich zu äußern. Ich benutze dabei jedoch nicht immer die übliche Rechtschreibung.	1	2		
Ich kann: einfache grammatische Strukturen der Situation entsprechend verwenden, mache aber noch einige Fehler.	1	2	2,5	
Ich kann: einen einfachen zusammenhängenden Text schreiben und Verbindungswörter benutzen.	1	1,5		

Grille d'évaluation: 12 points (Exercice 2)

Ich kann: die Arbeitsanweisungen verstehen und beachten und die erforderliche Mindestanzahl von Wörtern einhalten.	1			
Ich kann: das entsprechende sprachliche Register adressaten- und situationsgerecht anwenden. Ich kann dabei die geläufigen Formen der Begrüßung und der Verabschiedung verwenden.	1			
Ich kann: angemessen in einem Gespräch reagieren, einen einfachen persönlichen Brief verfassen und einen Dank / eine Entschuldigung ausdrücken oder einen Vorschlag unterbreiten.	1	2	3	4
Ich kann: ein Repertoire an elementaren sprachlichen Mitteln verwenden, um mich in vertrauten Situationen weitgehend phonetisch korrekt schriftlich zu äußern. Ich benutze dabei jedoch nicht immer die korrekte Rechtschreibung.	1	2		
Ich kann: einfache grammatische Strukturen der Situation entsprechend verwenden, mache aber noch einige Fehler.	1	2	2,5	
Ich kann: einen einfachen zusammenhängenden Text schreiben und Verbindungswörter benutzen.	1	1,5		

Grille d'évaluation: DELF Production orale

Entretien dirigé (1 minute environ)

Ich kann: mich auf einfache Weise vorstellen und auf Fragen antworten.	1	2	3	
Ich kann: auf einfache Fragen antworten und ein einfaches Kontaktgespräch führen.	1			

Monologue suivi (2 minutes environ)

Ich kann: einen Sachverhalt, eine Aktivität, ein Vorhaben, einen Ort mit einfachen sprachlichen Mitteln darstellen, sofern es sich um bekannte Situationen handelt.	1	2	3	
Ich kann: Informationen auf sprachlich einfache Weise miteinander verbinden.	1	2		

Exercice en interaction (3 à 4 minutes environ)

Ich kann: in Alltagsgesprächen Informationen erfragen und geben, Vorschläge annehmen oder ablehnen.	1	2	3	4
Ich kann: einfache Kontaktgespräche führen und gängige Redemittel verwenden.	1	2		

Pour l'ensemble des 3 parties de l'épreuve

Ich kann: einen begrenzten, aber angemessenen Wortschatz verwenden, um mich in einfachen, routinemäßigen Situationen des täglichen Lebens zu verständigen.	1	2	3	
Ich kann: einfache grammatische Strukturen verwenden. Die Aussage bleibt trotz elementarer Fehler verständlich.	1	2	3	4
Ich kann: mich hinreichend verständlich ausdrücken. Manchmal sind Nachfragen notwendig.	1	2	3	

Grille d'évaluation du livre et du cahier

Selbsteinschätzung: Hier kannst du feststellen, wie fit du bist. Kreuze an, welche Übung du erfolgreich bearbeitet hast. Wenn du unsicher bist, wiederhole die Übungen.

Unité	Aufgaben	Übungen		✓		✓
1 La rentrée des amis						
	– Jetzt kannst du über deine Schule berichten.	Buch	S. 12, Nr. 1	☐		
			S. 13, Nr. 3	☐		
			S. 13, Nr. 5	☐		
		Cahier	S. 8, Nr. 5	☐	S. 19, Nr. 20	☐
			S. 11, Nr. 9	☐		
	– Jetzt kannst du eine Person vorstellen und beschreiben.	Buch	S. 19, Nr. 3	☐		
			S. 21, Nr. 9	☐		
		Cahier	S. 15, Nr. 14	☐	S. 23, Nr. 5	☐
			S. 16, Nr. 18	☐		
	– Jetzt kannst du einen Wunsch, deine Meinung und dein Einverständnis ausdrücken.	Buch	S. 16, Nr. 9	☐		
			S. 17, Nr. 12	☐		
		Cahier	S. 18, Nr. 20	☐		
			S. 20, Nr. 1	☐		
2 Aventures à Paris						
	– Jetzt kannst du eine Geschichte schreiben und als BD oder Fotoroman gestalten.	Buch	S. 34, Nr. 7	☐		
		Cahier	S. 31, Nr. 8	☐	S. 40, Nr. 19	☐
			S. 32, Nr. 9	☐		
	– Jetzt kannst du von einem Ereignis oder einem Konflikt berichten.	Buch	S. 41, Nr. 11	☐		
			S. 41, Nr. 12	☐		
		Cahier	S. 38, Nr. 17	☐		
			S. 43, Nr. 2	☐		

→ Die Lösungen findest du im Anhang auf S. 185.

Un peu d'entraînement

LIRE/PARLER

1 Les sports d'hiver à Grenoble

Vis-à-vis

Die Region Grenoble ist ideal für den Wintersport. Sei es Ski oder Schlitten, für jeden ist etwas dabei: **Saint-Pierre-de-Chartreuse**, 20 Kilometer von Grenoble entfernt, ist der geeignete Wintersportort für Familien mit kleinen Kindern oder Wintersportneulinge. Auf den 70 Kilometer gespurter Pisten kann man dort wunderbar Langlauf machen. Wer etwas mehr auf Tempo bedacht ist, fährt nach **Alpe d'Huez**, 35 Minuten von Grenoble entfernt. Hier erwarten die Skibegeisterten 237 Kilometer Abfahrtspisten unterschiedlicher Schwierigkeitsstufen. Für den Riesenspaß für Große und Kleine gibt es in **Lans-en-Vercors** eine Schlittenpiste mit eigenem Lift.

la luge [lalyʒ]

le ski de fond [ləskidfɔ̃]

le snowboard [ləsnobɔʀd]

le vélo-ski [ləveloski]

TIPP

Faire du sport

Um über eine sportliche Aktivität zu sprechen, verwendet man das Verb **faire + de** und den entsprechenden Sport. **Exemple:** Jules fait **de l'**escalade / **du** ski / **de** la natation.

a Qu'est-ce que vous aimez / adorez / détestez dans les sports d'hiver?
Begründet eure Aussage. Verwendet zum Beispiel:
avoir peur de tomber / Ça va très vite / C'est dangereux / amusant / super

Exemple: Je déteste faire du snowboard. J'ai peur d'aller trop vite.

b Regardez les photos sur Facebook. Qu'est-ce que les jeunes font? Complétez les commentaires.

Là, je ______________________ à la Chartreuse. ______________________

Et là, nous ______________________ à Saint-Pierre-de-Chartreuse.

Mes sœurs préfèrent ______________________ ____________ à Lans.

Là, nous sommes dans le Vercors. Nous ______________________

ÉCRIRE

2 Dans le train pour Nice

Faites des phrases au **passé composé**.

> **TIPP**
> **Beim Passé composé:** Vergiss nicht, dass regelmäßige Verben auf **-er** im Passé composé auf **-é** und Verben auf **-dre** auf **-u** enden.

écouter | ne pas entendre

1. Vendredi soir, Max ____________ ____________ dans le train et il ______________ le contrôleur[1].

regarder | parler

2. Lola ______________________ une BD puis ________________ à son frère.

attendre

3. Nos grands-parents Armand et Josie ______________________ à la gare de Nice.

discuter | sonner | ne pas répondre

4. Les jeunes ________________ le programme avec les grands-parents. Le portable de Max ______________________ mais il ________________________ .

filmer | crier

5. Nous ______________________ Max et Lola depuis la plage. Ils ________________________ .

marcher | raconter

6. Vous êtes en retard! Vous ____ ______________ sur un oursin[2]? Ou alors, vous ______________ une histoire?

1 le contrôleur / la contrôleuse – der Schaffner / die Schaffnerin **2 un oursin** - ein Seeigel

Atelier A

VOCABULAIRE

1 La famille de Rose (zu SB 52, 2)

Complétez la famille. Mettez les mots à la bonne forme.

oncle | tante | père | mère | cousin | cousine | grand-père | grand-mère

frère | sœur | fille | fils

Ma grand-____________ Joséphine a trois enfants avec mon ____________ Marcel: mon p____________ Éric, ma ____________ Sonia et mon ____________ Pierre. Mon ____________ Éric a deux enfants: mon ____________ Mathias et moi. Ma belle-____________ Anita a deux enfants aussi: Jules et sa ____________ Alice. Ma ____________ Sonia n'a pas d'enfants, mais mon ____________ Pierre a deux ____________: mes ____________ Philippe et Daniel et une ____________: ma ____________ Nina.

GRAMMAIRE

G 10
G 11

En plus
81, 4

2 On va au cinéma. (zu SB 53, 5)

a Écrivez la bonne forme des deux verbes dans la grille. Mettez aussi le pronom, si nécessaire.

doiventsaisdevezsaissavonsdoitsavezdoissaventdoissaitdevons

	savoir		devoir
je			
		tu	
il / elle / on			
		nous	
vous			
		ils / elles	

b Complétez le dialogue. Mettez les verbes **devoir** ou **savoir** à la bonne forme.

- Allez, allez, nous ____________ être au cinéma à 8 heures!
- Je ____________, mais pour être beau, ça prend du temps!
- Tu ____________, le film *Parents d'élèves*, est très drôle.
- Les garçons, vous ____________ passer avant chez mamie et papi.
  Ils ____________ vous donner des cadeaux!
- Mais maman, est-ce qu'ils ____________ que nous ____________ passer?
- Mamie ____________ savoir. J'ai téléphoné. Vous ____________,
  ils vous adorent!
- Alors on ____________ aller d'abord chez eux. Le cinéma,
  c'est pour plus tard.

ÉCOUTER
A15

3 On sait ou on sait pas! (zu SB 53, 5)

→ En plus, Nr. 2

a Vous connaissez déjà les verbes **avoir** et **pouvoir**. Écoutez maintenant les phrases et cochez quels verbes vous entendez en plus de **pouvoir** et **avoir**.

	devoir	avoir	savoir	pouvoir
1.				
2.				
3.				
4.				
5.				
6.				
7.				
8.				
9.				

b Écoutez encore une fois le dialogue. Demandez la transcription du texte à votre professeur(e) et jouez la scène. Il y a 4 rôles: Éric, Anita, Mathias et Rose.

LIRE

4 Comprendre le texte (zu SB 54, 7)

Quel titre va avec quelle partie du texte? Notez les titres dans le bon ordre dans votre cahier et ajoutez la date (*das Datum*).

1. Première soirée chez maman. ______
2. Jules change d'avis. ______
3. Anita, la mère d'Alice et Jules invite ses enfants à Grenoble. ______
4. Dans la chambre de Mathias. ______
5. Dans le TGV pour Grenoble. ______

ÉCRIRE

5 C'est comme ça! (zu SB 55, 8)

Dans le train pour Grenoble, Jules n'est pas content. Il n'aime pas l'idée de rencontrer Éric, le nouvel ami de sa mère. Mais le lendemain de son arrivée, il trouve Éric sympa. Pourquoi? Relisez le texte p. 54 puis écrivez ce que Jules va noter dans son blog. Attention à la stratégie!

STRATÉGIE

Strukturieren eines Textes

- Für die zeitliche Gliederung verwende: d'abord / ensuite / puis / après / enfin.
- Um einen Text lebendiger zu gestalten, verwende Verbindungswörter: et, parce que, quand, mais, comme, qui, que, où.
- Um Gefühle auszudrücken, ergänze: **c'est / ça a été** triste / dommage / nul / horrible / trop bien / génial / super / cool.

GRAMMAIRE

G 12

6 Le cambrioleur (zu SB 55, 9)

La police parle avec monsieur Nesaisrien. Ajoutez **ne personne / ne rien**.

1. – Quand vous quittez la maison, vous entendez une voix ou quelqu'un dans la maison?
   – Non, ____________________.
2. – Et à midi, vous rentrez avec quelqu'un?
   – Non, ____________________.
3. – Vous avez tout de suite remarqué quelque chose?
   – Non, d'abord ____________________.
4. – Vous avez vu quelqu'un dans la maison?
   – Non, ____________________.
5. – Mais vous avez vu quelque chose?
   – Non, ____________________.
6. – Alors vous avez appelé un voisin?
   Non, je ____________________.
7. – Mais pourquoi avez-vous contacté la police?
   – Moi, je ____________________!

ÉCOUTER
A16

7 Le mystère de la Grande Chartreuse (zu SB 56, 12)

Avant l'écoute:
Lisez le titre. À votre avis, qu'est-ce que c'est la Grande Chartreuse?
Faites des recherches sur Internet.

Pendant l'écoute:

a Écoutez une première fois la scène et répondez aux questions.

1. Où se passe la scène? ☐ dans la maison d'Éric ☐ dans la montagne ☐ dans une voiture ☐ dans le métro
2. Il y a combien de personnages? ☐ 2 ☐ 3 ☐ 4 ☐ 5

b Écoutez une deuxième fois la scène, lisez les questions et répondez.

1. Éric propose de visiter … ☐ la Grande Chevreuse. ☐ la Grande Chartreuse. ☐ la grande désastreuse. ☐ la Chartreuse de Parme.
2. Les jeunes ne sont pas d'accord pour aller à la montagne. ☐ vrai ☐ faux
   Justification: ______
3. Quel est le leitmotiv de la scène? (un mot qu'on entend plusieurs fois) ______
4. Qu'est-ce que Rose cherche dans la montagne?
   ☐ une station de ski ☐ un téléphérique ☐ une chambre d'hôtel ☐ un camping
5. C'est un endroit très ______.
6. Éric a vu un Chartreux. ☐ vrai ☐ faux
   Justification: ______
7. Il / Elle a vu le Chartreux … ☐ dans le refectorium. ☐ derrière une fenêtre. ☐ devant l'église. ☐ dans la boutique.
8. Dans la scène, il y a un mot en latin. Lequel?
   ☐ balneum ☐ refectorium ☐ dormitorium ☐ boutique
9. Le mot latin, c'est quoi en français? ______
10. À la fin, Éric veut faire un cadeau aux enfants: qu'est-ce que c'est? ______

Après l'écoute:

1. Dans la scène, on parle d'un film. Quel est le titre du film? ______
2. Présentez le film en classe.

VOCABULAIRE

En plus
○ 79, 1, 2

8 La maison d'Éric et d'Anita (SB 56, 11)

a Alice et Jules téléphonent à leur sœur Zoé. Ils parlent de la maison d'Anita et d'Éric. Regardez bien le plan de la maison. Utilisez le vocabulaire supplémentaire sous la photo. Voici quelques expressions qui peuvent vous aider:

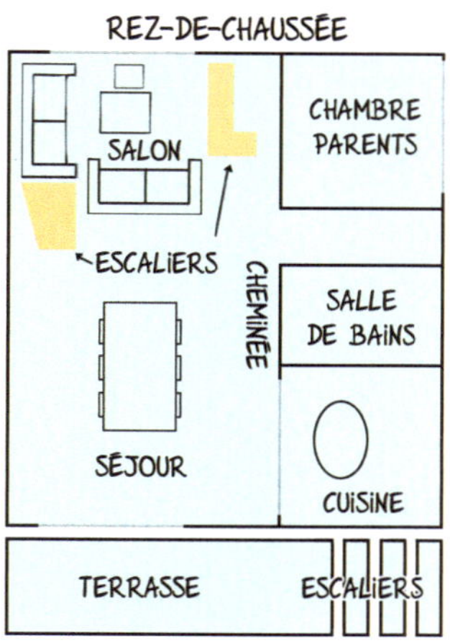

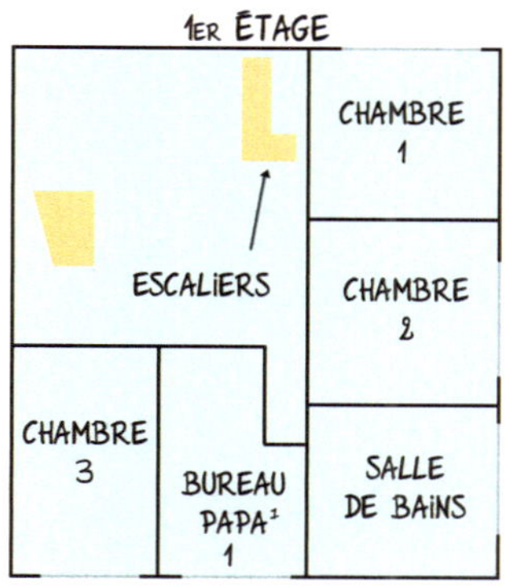

Au premier étage, il y a …

Voici, c'est …

Où est … ?

La chambre se trouve …

Qu'est-ce que c'est?

Tu nous montres … ?

un lit

une table

une chaise

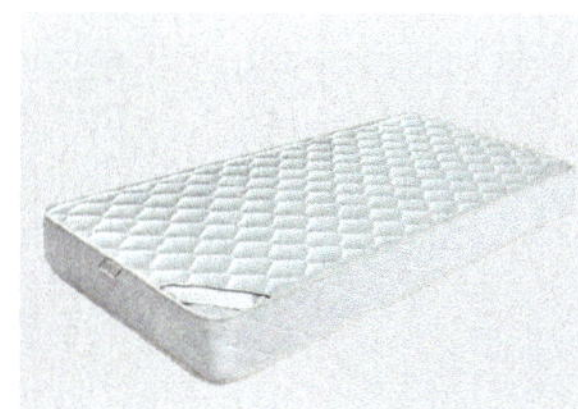
un matelas

un frigo[2]

les toilettes

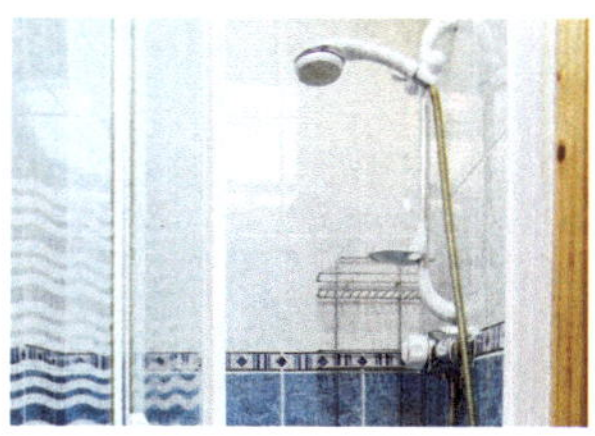
une douche[3]

un canapé[4]

b Faites un plan de votre appartement / de votre maison et expliquez à votre camarade.

Prononciation:
1. un bureau [ɛ̃byʀo]
2. un frigo [ɛ̃fʀigo]
3. une douche [ynduʃ]
4. un canapé [ɛ̃kanape]

GRAMMAIRE

G 13

9 À la découverte de Grenoble (SB 57, 13)

a Notez à côté des infinitifs des verbes leur **participe passé**.

être	
avoir	
prendre	
faire – écrire	
devoir	
pouvoir – savoir – lire – voir	
vouloir	

360°-Material
Grenoble

b Complétez le texte avec les verbes au **passé composé**.

1. Nous (commencer) ____________________ notre visite de Grenoble à la place Grenette. Là, nous (prendre) _______________ une limonade dans un café.

2. Alice (écrire) ____________ une carte postale à ses grands-parents.

3. Mathias (proposer) _______________ d'aller voir la Passerelle Saint-Laurent.

4. Rose (vouloir) _____________ passer la journée au parc. Mais (ne pas pouvoir) elle _______________.

5. Les autres (voir) __________ le téléphérique de Grenoble Bastille. Ils (avoir) ____________ envie de monter pour avoir une belle vue sur la ville.

6. Finalement, ils (devoir) _____________ rentrer à la maison.

PARLER

10 La journée de Zoé (zu SB 57, 13b)

Zoé n'a pas fait le voyage à Grenoble. Alors Jules appelle Zoé et le frère et la sœur racontent leur week-end. Tu **(A)** joues le rôle de Zoé et ton / ta partenaire **(B)** joue le rôle de Jules. Travaillez à deux. Attention au passé composé. Décidez qui prend le rôle **A** et le rôle **B**. **A** commence. Après, changez de rôle.

A Toi (Zoé)	**B Ton partenaire** (Jules)
1. Du begrüßt Jules am Telefon. Du fragst, wie es ihm geht.	**1.** [Allô Jules, comment ça va?]
2. [Salut Zoé. Ça va. J'ai passé un week-end génial. J'ai été dans la montagne et nous avons fait du ski.]	**2.** Du grüßt zurück und erzählst, dass du einen tollen Tag verbracht hast, dass du in den Bergen warst, dass du Ski gelaufen bist.
3. Du fragst, ob er mit der Seilbahn gefahren ist und ob er keine Angst hatte.	**3.** [Alors tu as pris le téléphérique? Tu n'as pas eu peur ensuite?]
4. [D'abord, j'ai eu peur, mais enfin, j'ai trouvé le téléphérique super!]	**4.** Du sagst, dass du zuerst Angst hattest, aber dass du die Seilbahn schließlich toll gefunden hast.
5. Du fragst, ob Éric sein Auto genommen hat.	**5.** [Éric a pris sa voiture?]
6. [Éric a voulu prendre sa voiture, mais on a pris le bus parce qu'il y a eu trop de neige.]	**6.** Du antwortest, dass zunächst Éric sein Auto nehmen wollte, dass ihr dann aber den Bus genommen habt, weil zu viel Schnee lag.
7. Du fragst, warum er nicht geschrieben hat.	**7.** [Pourquoi est-ce que tu n'as pas écrit?]
8. [Je n'ai pas eu de réseau dans la montagne et je n'ai pas pu appeler. Et toi, qu'est-ce que tu as fait pendant le week-end?]	**8.** Du antwortest, dass du in den Bergen keinen Empfang hattest und auch nicht anrufen konntest. Du fragst, was sie übers Wochenende gemacht hat.
9. Du sagst, dass du ein tolles Buch gelesen hast (Fatou Rama), dass du danach mit eurer Cousine Élise gechattet hast und dass du schließlich am Sonntag ins Kino gegangen bist.	**9.** [J'ai lu un livre super: Fatou Rama. Ensuite, j'ai chatté avec notre cousine Élise. Enfin, dimanche, j'ai été au cinéma.]
10. [Qu'est-ce que tu as vu comme film?]	**10.** Du fragst, was für einen Film sie gesehen hat.
11. Du sagst, dass du mit Max und Lola ins Kino gegangen bist, und dass ihr „Das große Schweigen" gesehen habt.	**11.** [J'ai été au cinéma avec Max et Lola et nous avons regardé «Le grand silence».]
12. [Philip Gröning a fait le film près de Grenoble.]	**12.** Du sagst, dass Philip Gröning den Film in der Nähe von Grenoble gedreht hat.

Atelier B

ÉCRIRE

MK

11 Une journée extraordinaire (SB 57, 14)

Écrivez un texte d'une journée extraordinaire pour votre blog. Notez-le dans votre cahier.

STRATÉGIE

Einen Blogeintrag schreiben

In einem Blogeintrag berichtet ihr über ein besonderes Erlebnis. Beachtet, an wen sich der Blogeintrag richtet, z.B. an eure Freunde. Denkt daran, es gibt keine direkte Anrede! Überlegt, worüber ihr berichten wollt, z.B. was ihr an diesem Tag gemacht habt, mit wem ihr zusammen wart, ggf. wen ihr getroffen habt und was euch (nicht) gefallen hat.

1. Sammelt zunächst eure Ideen in einer Tabelle. Denkt dabei schon daran, welche sprachlichen Strukturen ihr benötigt. Ihr müsst euren Text strukturieren: Findet zunächst eine Überschrift, die zum Weiterlesen einlädt.
2. Schreibt dann eine Einleitung: Imagine, ce qui m'est arrivé … / ce que j'ai fait l'autre jour / ce qui s'est passé pendant mes vacances …
3. Im Hauptteil erzählt ihr dann, was ihr gemacht habt. Denkt daran, das **Passé composé** zu verwenden: Hier, j'ai eu ma première leçon de mini-ski … Lundi, j'ai vu … / En ville, j'ai …
4. Schildert dann den Ablauf des Tages. Für die notwendigen sprachlichen Strukturen lest noch einmal den Strategiekasten „Über Erlebtes berichten" im Schülerbuch (S. 55) / im Cahier (S. 65).
5. Denkt am Ende eures Eintrags an eine Art Zusammenfassung: En bref / Finalement …

GRAMMAIRE

G 14

En plus
○ 82, 6

12 Je vais partir pour dormir (SB 58, 1)

a Marquez les formes de **partir** et **dormir** dans la grille.

R	D	O	M	D	O	R	T	M	P
N	O	R	F	O	R	D	G	N	A
B	R	P	A	R	T	O	N	S	R
D	S	A	Y	M	V	R	B	D	T
O	P	A	R	S	H	M	W	O	E
R	D	O	R	M	I	O	X	R	Z
M	P	A	R	T	I	N	S	S	H
E	A	P	A	R	T	S	G	J	I
N	R	B	D	O	R	M	E	Z	L
T	S	C	P	A	R	T	E	N	T

b Écrivez maintenant des petits poèmes avec les verbes **dormir** et **partir**. Exemple avec **lire**:

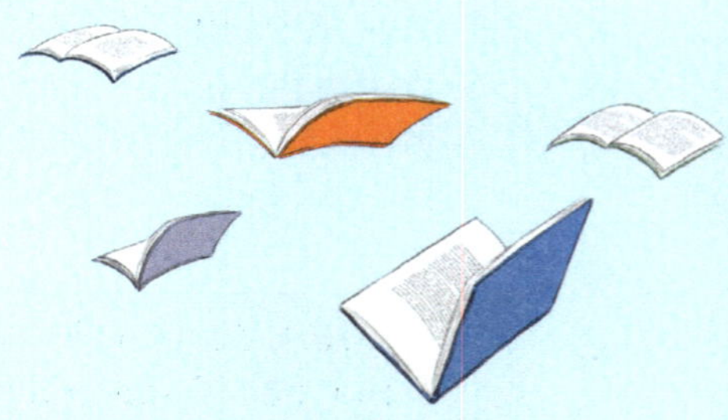

je lis un livre
tu lis un livre?
il lit un livre au lit
nous lisons des livres
vous lisez des livres?

____

c *Legt ein „Beau cahier" an, in dem ihr eure literarischen Produktionen aufbewahren könnt.*

LIRE

13 Comprendre le texte (SB 60, 5)

a Relisez le texte à la page 59. Écrivez ensuite la bonne solution.

1. Les membres de la famille qui sont là pour le début du concert:

____

2. Le lieu où se passe la scène: _______________

3. Le moment de la journée: _______________

4. Et Jules et Mathias, qu'est-ce qu'ils ont fait? Cochez la bonne réponse:
   - ☐ Jules et Mathias ont rencontré une cousine à la montagne.
   - ☐ Jules et Mathias sont tombés d'un rocher.
   - ☐ Jules et Mathias ont fait un tour à vélo.
   - ☐ Jules et Mathias arrivent en retard.

b Notez la personne et citez un passage du texte qui justifie votre choix.

Qui	C'est / Ce sont	citation (Textstelle)
1. est sorti l'après-midi pour préparer le concert?		
2. est retourné à la maison?		
3. a peur quand le concert a commencé sans les garçons?		
4. ouvre la porte de la salle de spectacle sans bruit pendant le concert?		
5. est Nina?		
6. a trouvé le concert génial?		
7. invite Jules pour son anniversaire?		
8. aime bien Jules?		

360°-Material
Grenoble

MÉDIATION

14 Office de tourisme (zu SB 61, 9)

Du hast von deinem / deiner französischen Austauschpartner/in einen Link zu der Homepage von Grenoble Tourisme erhalten. Leider funktioniert die Sprachauswahl „Deutsch" gerade nicht. Zur Vorbereitung eines Vortrags in der Schule versuchst du, die Informationen für deine Klasse in deutscher Sprache zusammenzufassen. Mache dir dazu Stichpunkte in deinem Heft.

Le téléphérique de Grenoble existe depuis 1934. Il va des bords de l'Isère au Fort de la Bastille à 266 mètres de hauteur. Depuis 1976, les cabines sont des bulles. Six personnes peuvent prendre place dans une cabine. Elles sont le symbole de la ville.

Si vous aimez les endroits mystérieux, visitez le beau château de Vizille. Là, vous pouvez visiter le Musée de la Révolution française.

La Bastille est un fort militaire au-dessus de Grenoble. C'est aussi le terminus du téléphérique. Sur le toit de la gare du téléphérique, il y a une webcam. Elle montre la ville à 220°.

Le monastère de la Grande Chartreuse est le premier monastère de l'ordre des Chartreux. Le premier moine chartreux a été Bruno de Cologne (Bruno von Köln). Aujourd'hui, c'est un site de silence au milieu de la montagne.

La via ferrata «Les prises de la Bastille» est un parcours d'escalade qui commence à Grenoble et va jusqu'au fort de la Bastille. Il fait 2,7 kilomètres et on met 2 h 30 pour faire le parcours.

Les Halles Sainte-Claire sont le paradis des gourmets. On trouve tout: des fruits, des légumes, de la viande, des poissons, des fruits de mer, …
Hmmmm! Ça donne faim!

GRAMMAIRE
G 15

15 Après le concert? (SB 61, 7)

Après le concert, Nina veut faire une photo souvenir. Mettez la bonne forme de **venir**.

1. Alice, tu __________ ? On va faire une photo avec toute la famille.
2. Je __________ mais encore deux minutes, je parle avec Zoé.
3. Et vous, Jules et Mathias, vous ne __________ pas?
4. Si, si, nous __________ .
5. Et Éric, il __________ aussi?
6. Éric et Rose vont __________ tout de suite.
7. Et les cousins de Lyon, ils ne __________ pas? Ils parlent encore avec les autres femmes de «L'Is'Air».
8. Mais quelques minutes plus tard, ils sont __________ .

REGARDER
V7

GRAMMAIRE

Im Text „Retard et rencontre" wird von etwas berichtet, das in der Vergangenheit liegt. Dafür wird das **Passé composé** verwendet. Sieh dir die Formen des **Passé composé** im Text noch einmal an. Was fällt dir auf? Richtig, es wird gebildet mit dem Hilfsverb:

________ oder _______ und dem **Participe passé** des entsprechenden Verbs.

Erklärfilm
Das Passé composé mit *être*

GRAMMAIRE
G 16
En plus 81, 5

16 Passé composé (SB 61, 7)

a *Notiert in der Tabelle das **Participe passé** der entsprechenden Verben.*

Infinitif	participe passé	infinitif	participe passé
prendre – dormir		aller – arriver – rester – retourner – tomber	allé – arrivé – resté – retourné – tombé
devoir – savoir – pouvoir lire – voir		partir – sortir	
vouloir – attendre		venir – descendre	
faire – écrire			
être			
avoir			
→ bilden das Passé composé mit __________		→ bilden das Passé composé mit __________	

b Qui a écrit ce message? Travaillez avec un(e) partenaire.
Woran erkennt ihr, wer was geschrieben hat? Markiert die Angleichung (accord) und die entsprechenden Personen mit verschiedenen Farben.

1. Nous sommes parties tôt pour préparer le concert.
2. Nous sommes encore restés en ville.
3. Nous sommes rentrées avec Éric
4. Je suis arrivé en retard au concert de maman.
5. Je suis allée avec papa au concert.

a. Rose et Alice
b. Les femmes de «L'Is'Air»
c. Rose
d. Mathias et Jules
e. Jules

GRAMMAIRE

G 16

En plus
80, 3, 7

17 Après le concert (SB 61, 8)

a Regardez les dessins. Décrivez chaque dessin et faites une phrase au **passé composé**. Utilisez les verbes donnés.

descendre

aller

entrer

rester

attendre son amie

entrer

tomber

prendre

rentrer

b Jouez à deux. L'élève **A** choisit un dessin et mime l'action de son dessin. L'élève **B** devine l'action. Si l'élève **B** trouve la solution, il / elle mime maintenant l'action de son dessin.

Sur place

Découvertes MAG

REGARDER

18 Vacances à la neige (zu SB 64, 2)

V8

a Regardez la vidéo sans le son (*ohne Ton*) pendant 1 minute. Puis répondez aux questions.

1. Les gens font quel sport?

☐ de l'escalade ☐ du ski ☐ une via ferrata

2. La station propose comme activités du ski de ____________ et du bi____________.

3. Comment est la météo? (*Plusieurs possibilités*)

☐ Il y a du soleil.
☐ Il y a de la neige.
☐ Il fait beau.
☐ Il fait très chaud.
☐ Il pleut.
☐ Il y a du vent.

b Regardez maintenant la vidéo avec le son (*mit Ton*) et répondez aux questions de détail.

1. Le monsieur avec des lunettes de soleil est …

☐ graffeur. ☐ professeur. ☐ moniteur.

2. Le monsieur avec des lunettes de soleil s'appelle …

☐ Jason. ☐ Blason. ☐ Maison.

3. Est-ce que les touristes font aussi du ski alpin?

☐ oui ☐ non

4. Donnez un synonyme de «touriste»: ______________________________

5. La jeune fille ne fait pas du ski alpin ou du ski de fond, mais du ski de ____________________.

6. Est-ce que c'est une saison de ski normale?

☐ oui ☐ non

Pourquoi (pas)? Parce qu'il y a le/la C____________.

7. Est-ce qu'on peut aller à l'école de ski?

☐ oui ☐ non

Pourquoi (pas)? Parce qu'elle _________________________.

8. À la Contamine, on a perdu[1] cette année… ____________ milliards d'euros.

c Regardez la vidéo encore une fois et comparez vos réponses avec votre voisin / votre voisine. Et vous? Vous aimez le ski? Pourquoi (pas)?

1 **perdu** *(→ perdre)* – verloren

PARLER

19 Fit für die Tâche (zu SB 64, 3)

Bevor ihr die Tâche in eurem Schülerbuch macht, löst folgende Aufgaben.

1ère étape: Photos et légendes

Voici trois photos. Trouver les légendes *(Legenden)*.

Chartreuse | La Grande | Grenoble | vert(e) | ski | ville | station | monastère

____

____

____

____

2e étape: Les sports de montagne

Regardez les dessins et reliez les images avec le bon sport.

- Le parapente
- Le canyoning
- La randonnée
- Le patinage
- L'escalade
- Le ski
- Le bobsleigh
- Le snowboard

GRAMMAIRE

G 7
G 16

3e étape: Raconter une histoire au passé

Complétez le texte avec les verbes donnés au **passé composé**.

Salut Max,

Tu ______________ (voir) les photos de Jules sur Instagram? Alice et Jules ______________ (passer) quelques jours à la montagne, près de Grenoble. Non, ils n' ______________ (ne pas faire) du camping. Ils ______________ (habiter) dans la maison d'Éric et Anita. Il ______________ (faire) beau, car il écrit: «Nous ______________ (prendre) le téléphérique et Alice et moi, nous ______________ (avoir peur). Nous ______________ (devoir) fermer les yeux à cause du vertige[1]. Ensuite, Anita et Éric ______________ (aller) faire du ski. Et nous, on ______________ (faire) du snowboard dans la neige.» C'est bizarre cette histoire, non? Tu imagines Jules sur un snowboard? Il ______________ (prendre) des photos des touristes, pas plus!

Lola

1 **le vertige** – der Schwindel

Bilan

1 Parler (nach SB 65, 1)

*Ich kann über ein Erlebnis berichten und dabei das **Passé composé** verwenden.*
Verwendet folgende Ausdrücke:

Éric et moi · partir tôt le matin · la via ferrata · faire de l'escalade · prendre le matériel nécessaire · faire beau · une montée difficile · mettre 3 heures · arriver à la Bastille · avoir une belle vue · faire des photos · l'après-midi · descendre · téléphérique

2 Écouter (nach SB 65, 2)

A17

Ich kann ein Telefongespräch über die Ausstattung von Ferienhäusern verstehen.

1

- [ ] cuisine
- [ ] salle à manger
- [ ] toilettes
- [ ] chaise(s)
- [ ] table(s)
- [ ] salle de bains
- [ ] salon
- [ ] chambre(s)
- [ ] lit(s)
- [ ] chat / chien

2

- [ ] cuisine
- [ ] salle à manger
- [ ] toilettes
- [ ] chaise(s)
- [ ] table(s)
- [ ] salle de bains
- [ ] salon
- [ ] chambre(s)
- [ ] lit(s)
- [ ] chat / chien

3

- [ ] cuisine
- [ ] salle à manger
- [ ] toilettes
- [ ] chaise(s)
- [ ] table(s)
- [ ] salle de bains
- [ ] salon
- [ ] chambre(s)
- [ ] lit(s)
- [ ] chat / chien

4

- [ ] cuisine
- [ ] salle à manger
- [ ] toilettes
- [ ] chaise(s)
- [ ] table(s)
- [ ] salle de bains
- [ ] salon
- [ ] chambre(s)
- [ ] lit(s)
- [ ] chat / chien

3 Grammaire (nach SB 66, 5)

G 10, G 11

*Ich kann die Verben **devoir** und **savoir** anwenden.*

1. Jules, tu ___________ téléphoner à Lola. 2. Oui, je ___________, mais je vais d'abord finir ma BD. 3. Mais, vous ___________ encore faire la présentation pour le cours de géographie. 4. Non, nous ne ___________ pas faire la présentation maintenant. 5. La prof est malade et nous ne ___________ pas encore quand elle va revenir. 6. Mais les autres, ils le ___________ peut-être? 7. Attends, c'est la prof principale de ma sœur: elle ___________ savoir quand la prof va être là.

4 Grammaire (nach SB 66, 6)

G 13

*Ich kann das **Passé composé** der unregelmäßigen Verben verwenden.*

Cher papa,

1. Aujourd'hui, j'___________ (être) à la Bastille pour le concert de maman. 2. Alice, Mathias et moi, nous___________ (faire) un tour en ville. 3. Au café, Alice ___________ (écrire) une carte postale aux grands-parents. 4. Après, elle ___________ (vouloir) retourner à la maison. 5. Mathias et moi, nous ___________ (pouvoir) rester en ville. 6. À 18 heures, nous ___________ (prendre) le téléphérique. 7. Nous ___________ (avoir) une belle vue sur la ville de Grenoble.

Bises Jules

5 Grammaire (nach SB 66, 5)

G 14, G 15

*Ich kann die Verben **dormir**, **partir** und **venir** verwenden.*

Anita: Les enfants, votre train ___________ à quelle heure?

Jules: Mais maman, nous ___________ encore. Il est 7 heures seulement.

Alice: Nous ___________ à midi. Est-ce qu'Éric, Mathias et Rose ___________ aussi à la gare?

Anita: Non, Éric ne ___________ pas. Il (passé composé) ___________ avec les cousins de Lyon. Mais Mathias et Rose vont ___________ avec nous.

Alice: Attends, maman, je ___________ tout de suite pour prendre le petit-déjeuner.

6 Grammaire (nach SB 66, 6)

G 16

*Ich kann das **Passé composé** der Verben der Bewegungsrichtung bilden.*

1. Aujourd'hui, Lola ______________ (partir) à 8 heures. Elle ______________ (aller) à l'arrêt du bus. 2. À 9 heures, elle ______________ (descendre) du bus avec Zoé. 3. Les deux filles ______________ (arriver) à 10 heures au collège. 4. Tom et Léo ______________ (venir) leur dire bonjour. 5. Les quatre amis ______________ (rester) dans la cour pendant la récréation. 6. Puis, Léo ______________ (retourner) dans la salle de cours et les filles ______________ (partir) pour faire une excursion avec la prof d'histoire-géo. 7. Tom ______________ (rester) au collège.

En plus

VOCABULAIRE

1 Chez moi

→ Übung 8

a Qu'est-ce que c'est? Notez les mots sous l'image. N'oubliez pas l'article!

b Barrez les intrus.

1. une table – une chaise – un lit – une lampe
2. le cousin – la tante – l'entrée – le père
3. un appartement – une veste – une maison – un camping

ÉCRIRE

2 C'est là que j'habite!

→ Übung 8

a Vous venez d'avoir le nom et l'adresse de votre correspondant(e). Dans un e-mail, vous lui décrivez comment vous habitez. Décrivez votre appartement ou votre maison. N'oubliez pas une photo de votre maison.

TIPP

Écrire un e-mail

Beginne mit der Anrede: Cher / Chère … / Coucou! / Bonjour …
Dann schreibe einen Einleitungssatz.
Danach nennst du deine Adresse, das Viertel, in dem du wohnst, ob es einen Garten gibt, du beschreibst die Zimmer eurer Wohnung oder eures Hauses, dein Zimmer und ggf. das Zimmer, in dem dein Partner / deine Partnerin schlafen wird.
Denke an eine Schlussformel: À bientôt / Bises

b À tour de rôle: Lisez votre mail à un partenaire qui dessine un plan de votre chambre d'après votre texte. Est-ce qu'il/elle a compris? Comparez le dessin avec le texte. Dessinez les mots de l'exercice 1 sur le plan.

Le plan de la chambre de ton / ta partenaire

ÉCRIRE

3 Une journée de congé, c'est super!

→ Übung 17

Regardez les dessins. Complétez le texte au **passé composé**.

être

1. À 9 heures je / j' ____________ encore au lit.

prendre

2. ____________________ le petit-déjeuner.

faire un tour

3. ____________________ ____________________

avoir

4. À 14 h 45 heures, nous ________ ________ rendez-vous avec Julie.

attendre

5. Je / J'____________________ ____________________

voir

6. ____________________ un film intéressant.

devoir

7. J'____________________ rentrer à 18 heures.

vouloir

8. ____________________ ____________________ à 18 h 15.

lire

9. À 20 heures, ____________________ ____________________

GRAMMAIRE G 10 G 11

4 devoir et savoir

→ Übung 2

Complétez les formes des verbes **devoir** et **savoir** dans la grille.

N				D					S	■	J		S				■	■	■
	U		O	I		■				E				T	■	■	■	■	■
			S	D	E					■			S						T
				S				V	E			■	T			A	I	S	■
■	I		D			T	■	■	■				S	S					S
			E					■	V						V			■	■
■	■	■	■	■	D		■	■	■	■	■	■	■	■	■	S		■	■

GRAMMAIRE G 16

5 Verben der Bewegungsrichtung

→ Übung 16

a Trouvez le contraire.

●

aller – ______________
arriver – ______________
entrer – ______________
monter – ______________
retourner / venir – ______________

→ Passé composé mit ____________

G 16

b Mathias ne fait jamais ce qu'on lui dit. Complétez le texte au **passé**.

Mathias ...	**Papa demande:**
(aller) ______________ dans la cuisine.	Pourquoi est-ce que tu n'______________ avec nous.
(sortir) ______________ dans le jardin.	______________ dans le salon.
(monter) ______________ dans sa chambre.	______________ aider Anita.
(arriver) ______________ en retard au concert.	______________ à l'heure.
(retourner) ______________ trop tard.	______________ avec nous.

GRAMMAIRE G14 A18 ○

6 dormir, partir

→ Übung 12

Écoutez et complétez les phrases. Cochez la bonne solution.

1. ________________ dormis ☐ dormies ☐ dorme ☐ dormi ☐

2. ________________ partis ☐ parti ☐ parties ☐ partie ☐

3. Je dore ☐ dors ☐ dorme ☐ dort ☐

4. Ils partent ☐ part ☐ pars ☐ partes ☐

5. Vous dormez ☐ dormer ☐ dormé ☐ dormais ☐

6. Tu part ☐ pars ☐ pare ☐ pares ☐

7. Ils dormons ☐ dorent ☐ dortent ☐ dorment ☐

8. Nous parons ☐ partons ☐ partont ☐ partent ☐

GRAMMAIRE G7 G16

7 Le concert

→ Übung 17

Complétez le texte avec les verbes suivants au **passé composé**.

monter | écouter | aller | prendre | trouver | partir | attendre | arriver

aider | bien dormir | vouloir | retourner (2x) | voir | filmer | jouer | écrire

Vendredi: Jules et Alice ________________ à Grenoble pour le concert de leur maman. Ils ________________ à 9 heures de Paris. À la gare de Grenoble, Anita et Éric ________________ les enfants. Ils ________________ à la maison. Le soir, la cousine de Toulouse ________________. Les jeunes ________________ au Monopoly, puis ils ________________ Éric à préparer le dîner. Jules ________________ la cousine très sympa.

Samedi: Tout le monde ________________. Après le petit-déjeuner, ils ________________ le bus pour aller en ville. Ils ________________ faire un tour. À 15 heures, Alice et Rose ________________ à la maison, Jules et Mathias ________________ à la Bastille. Ils ________________ des jeunes faire de l'escalade à la via ferrata. Jules ________________ leur montée. À la Bastille, ils ________________ le groupe de leur mère. Ils ________________ un message avec une photo à Zoé.

Zoom sur l'orthographe (zu SB, 69)

TIPP

Diese Übungen helfen euch, eure **Rechtschreibung** zu verbessern und Fehler zu vermeiden. Schaut euch zunächst die Übersicht zur Rechtschreibung in eurem Buch auf S. 69 an.

A Rechtschreibung verstehen

PARLER/ ÉCOUTER

A19

1 Die Rolle der Akzente bei der Aussprache und der Bedeutung

a Wiederholt fünf Mal hintereinander folgende Sätze und kontrolliert euch gegenseitig.

1. Zoé a trouvé un bébé à côté du ciné.
2. Mon frère est au collège, mon père est près de ma mère.
3. L'évènement est intéressant mais l'élève déteste la météo.
4. Une bête fête avec une crêpe à la fenêtre.

b Kontrolliert gegenseitig eure Aussprache.

c Lest folgenden Text und setzt die richtigen Akzente.

«Allo? C'est la mere de Zoe au telephone: Ma chere fille, on va au cinema ou au theâtre ce soir?» C'est un grand evenement aujourd'hui: l'anniversaire de Zoe. Elles vont passer la soiree en tête a tete. Le film est bien, mais la piece est interessante aussi. C'est un grand succes! Zoe quitte le college et retrouve sa mere a l'arret du bus a côte du cafe Merlin. Elle est déja la. Madame Leroy a vu les repetitions l'apres-midi. La piece est drole! Il y des stars sur scene, mais Zoe a oublie sa camera. Apres le theatre, la mere et la fille vont a l'arret du bus. Oh, la meteo n'est pas bonne. On est en aout. Aıe! C'est bete, il pleut! Mais il y a un taxi la-bas. Oh là là, ca coute cher! Chez les Leroy, c'est la fete. Il y a un gros gateau bien sur. Zoe est comme dans un reve. C'est bien les anniversaires quand on a l'age de Zoe.

ÉCOUTER

2 Besonderheiten

Lest die Sätze, sprecht sie nach und streicht die fehlerhaften Sätze durch.

1. Le garcon a lu sa leçon.
2. Allez, commençons la leçon!
3. C'est quoi sa?
4. Ça, c'est une çerise.
5. Tu as trouvé la solluçion?
6. Tu sais ou est mon caillet?
7. Il est dans ton sac bien sur!
8. Ou il est sûr la table!

1. Le garçon a lu sa leçon.
2. Allez, commencons la leçon!
3. C'est quoi ça?
4. Ça, c'est une cerise.
5. Tu as trouvé la solution?
6. Tu sais où est mon cahier?
7. Il est dans ton sac bien sûr!
8. Où il est sur la table!

B Richtig schreiben

ÉCRIRE

1 Wie kann man den Laut [s] schreiben?

Ergänzt den oder die fehlenden Buchstaben für den Laut [s] im folgenden Text.

Atten___ion, ___a va commen___er. Les gar___ons sont prêts pour la fashion week fran___aise, la ___emaine de la mode à Paris. On entend une chan___on de ___éline Dion. ___ur le catwalk, on peut admirer les gar___ons en chau___sures de ___ki, pantalons de ___ki, anoraks Karl Lagerfeld. ___'est pa___ionnant! Quel est le me___age de Lagerfeld ___ette année? La ___tation de ___ki, bien ___ûr!

ÉCRIRE

2 Silbentrennung

Grundsätzlich trennt man nach den Sprechsilben und zwischen Doppelbuchstaben:
z.B. bou-lan-ge-rie, fem-me, mes-sage
*Lest folgende Texte durch und kreuzt die Zeilen an, die eine **falsche** Trennung aufweisen.*

À Grenoble, il y a de nom- ☐
breux centres internationa- ☐
ux de recherche scienti- ☐
fique. Grenoble est au- ☐
ssi depuis longtemps une vil- ☐
le verte. C'est pourqu- ☐
oi, on voit là-bas des voitu- ☐
res électriques et des vé- ☐
los, typiques pour la ville.
Il y a aussi un grand téléph- ☐
érique.

Près de Grenoble, on peut fa- ☐
ire beaucoup de sport: du kayak,
du ski, ou faire de l'es- ☐
calade sur une via ferr- ☐
ata. Si vous préférez l'histo- ☐
ire, visitez le Château de Vizil- ☐
le. Vous aimez manger? La spéci- ☐
alité de Grenoble, ce sont les
noix. Les gâteaux sont exce- ☐
llents!

C Rechtschreibung korrigieren

a *Ergänzt folgendes Regelwerk.*

Um einen Text auf Französisch erfolgreich zu schreiben, muss ich folgende Punkte berücksichtigen und überprüfen:

1. Die ____________: Sie geben einen Hinweis auf die Aussprache von Buchstaben wie a, e, i, o, u.
2. Die Schreibung des ____________ [s] ist besonders wichtig.
3. Die ______________________ ist eigentlich einfach. Getrennt wird nach den Silben.
4. Die ______________________schreibung ist einfach. Nur Eigennamen werden großgeschrieben.
5. Wenn ich ein neues Verb lerne, lerne ich auch seine ______________, da sie für die Konjugation wichtig sind.

b *Markiert die Wörter, die falsch geschrieben sind, und korrigiert sie.*

Le garcon habité a Grénoble. Il adore les serises et l'éscalade.

4 À table! On mange.

→ Die Lösungen findest du im Anhang auf S. 186.

Un peu d'entraînement

VOCABULAIRE

1 À boire et à manger (→ Seite 194 Challenge)

a Classez les mots dans la bonne catégorie. Attention, il y a un intrus!

une boisson | une boulangerie | une buvette | un café | une cantine | un dessert | une crêpe | une eau minérale | un gâteau | une gaufre | une glace | un macaron | un orangina | un sandwich | un thé

Les boissons	Les desserts	Les endroits
______	______	______
______	______	______
______	______	______
______	______	______
______	______	
	______	

Voici l'intrus: ______________________

b Complétez le texte avec les mots de **a** et aussi avec des nouveaux mots du dessin. Attention au pluriel!

Vous connaissez la boulangerie *La baguette de Paris*? C'est là où madame Garnier achète des ma__________, des gâ_____, __________ ou des gau__________ pour ses élèves. Mais on peut acheter aussi des ba__________, des cro__________, des pi__________ ou des __________ lorraines. Bien sûr, vous pouvez aussi acheter des boissons comme par exemple un c__________, une __________ minérale, un or__________ ou un __________cola. Pour madame Garnier et les élèves de son cours de théâtre, c'est presque comme à la c__________ du collège.

GRAMMAIRE

2 On fait du sport ou on fait la cuisine?

a Décrivez les activités. Utilisez la préposition **de** et **l'article défini**.

Éric fait ____________ ski.

Anita fait ____________

____

Mathias fait ____________

____

Rose fait ____________

____

Papi fait ____________

Mamie fait ____________

Les voisins ____________

____

Anita et ses copines

____

b Et vous, qu'est-ce que vous faites pendant le week-end? Racontez.
Utilisez la préposition **de** + **l'article défini** et les activités ci-dessous.

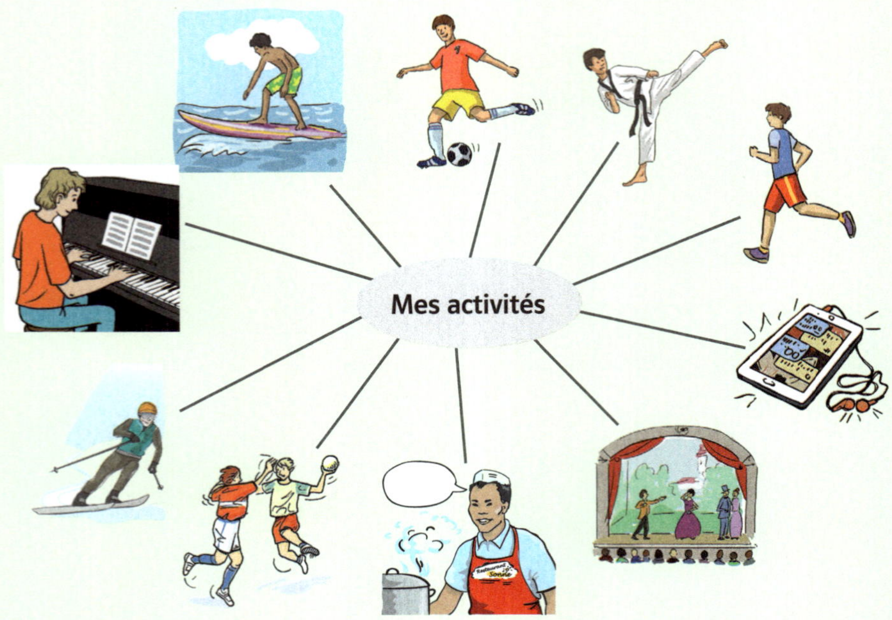

Atelier A

VOCABULAIRE

1 À table! (zu SB 71, 1)

a Vous avez des invités. Vous préparez les repas.
Qu'est-ce qu'on mange et à quelle heure?
Regardez dans votre frigo (*Kühlschrank*) et faites le menu.

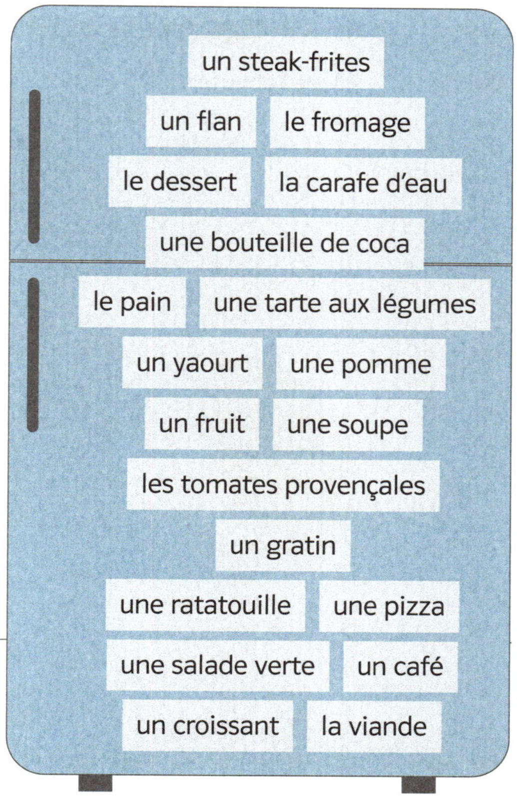

Le petit-déjeuner
(Le petit-déj)
(entre 6 et 8 heures)

Le déjeuner
(vers midi)

Le goûter
(l'après-midi)

Le dîner / Le souper
(vers 20 heures)

b Maintenant, vous expliquez le menu du jour à vos invités.
Commencez comme ça:

Bonjour et bienvenue chez moi! Alors demain, au petit-déjeuner, j'ai … et au déjeuner, à midi, j'ai …
À quatre heures, si vous voulez, j'ai … Et le soir, nous avons …

ÉCOUTER

2 Les sondages, quelle cuisine!

A20

En plus ● 106, 1

Avant l'écoute:
Relisez les chiffres dans votre vocabulaire.

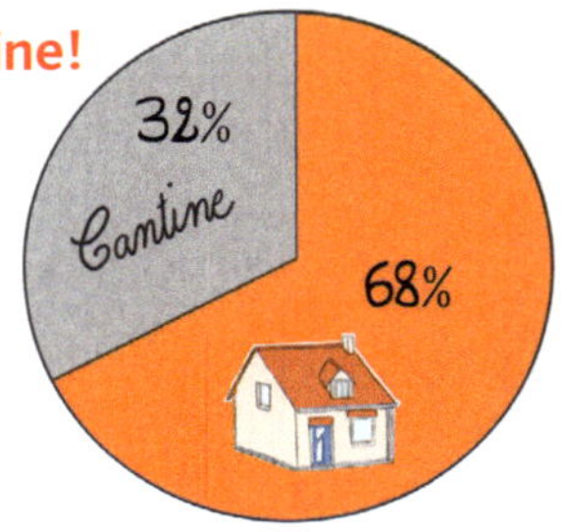

no. ______

no. ______

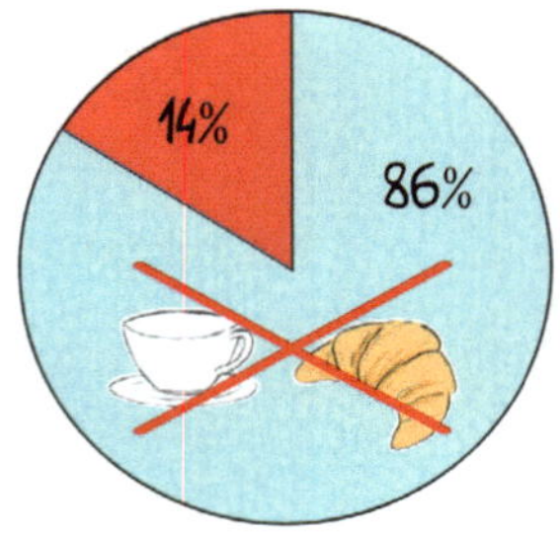

no. ______

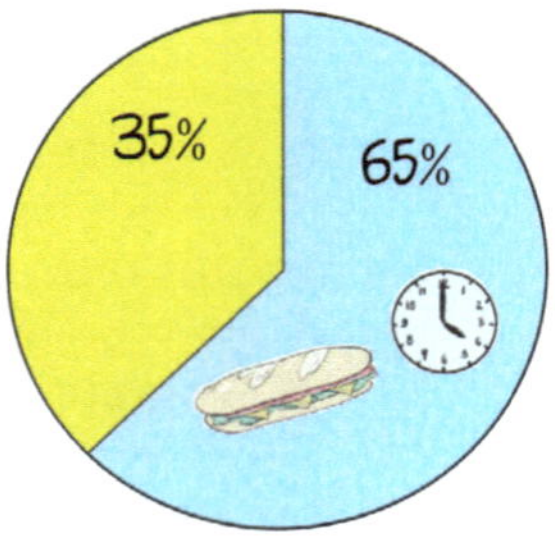

no. ______

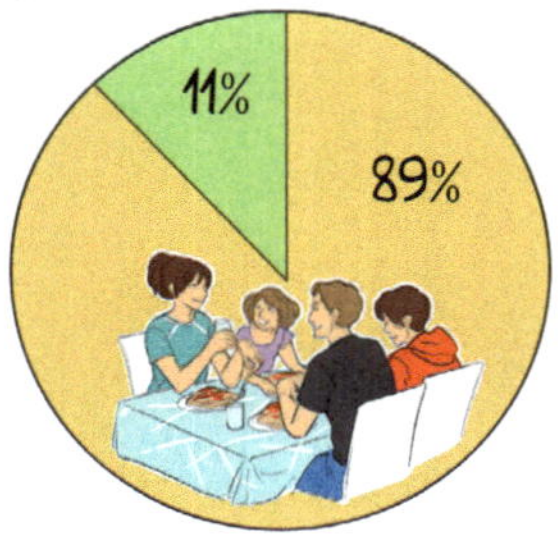

no. ______

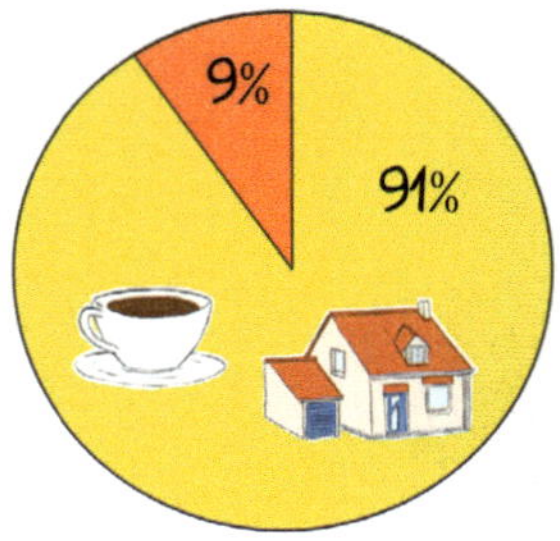

no. ______

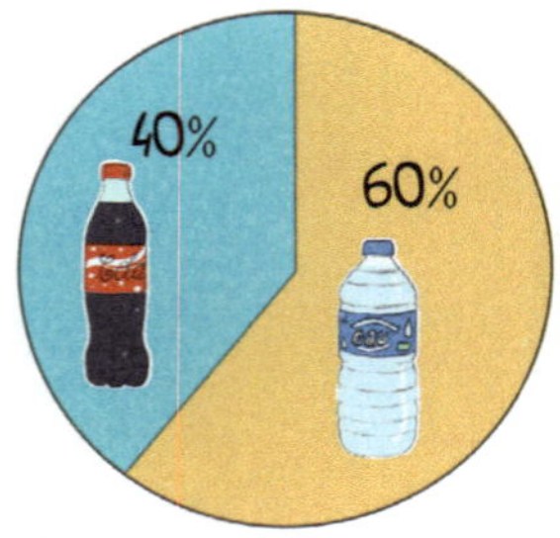

no. ______

Pendant l'écoute:

A21

a Écoutez le sondage une première fois. Puis regardez les graphiques pour avoir les chiffres en tête.

b Écoutez le sondage une deuxième fois. Puis mettez les bons pourcentages sous le bon graphique.

Le plat préféré des Français

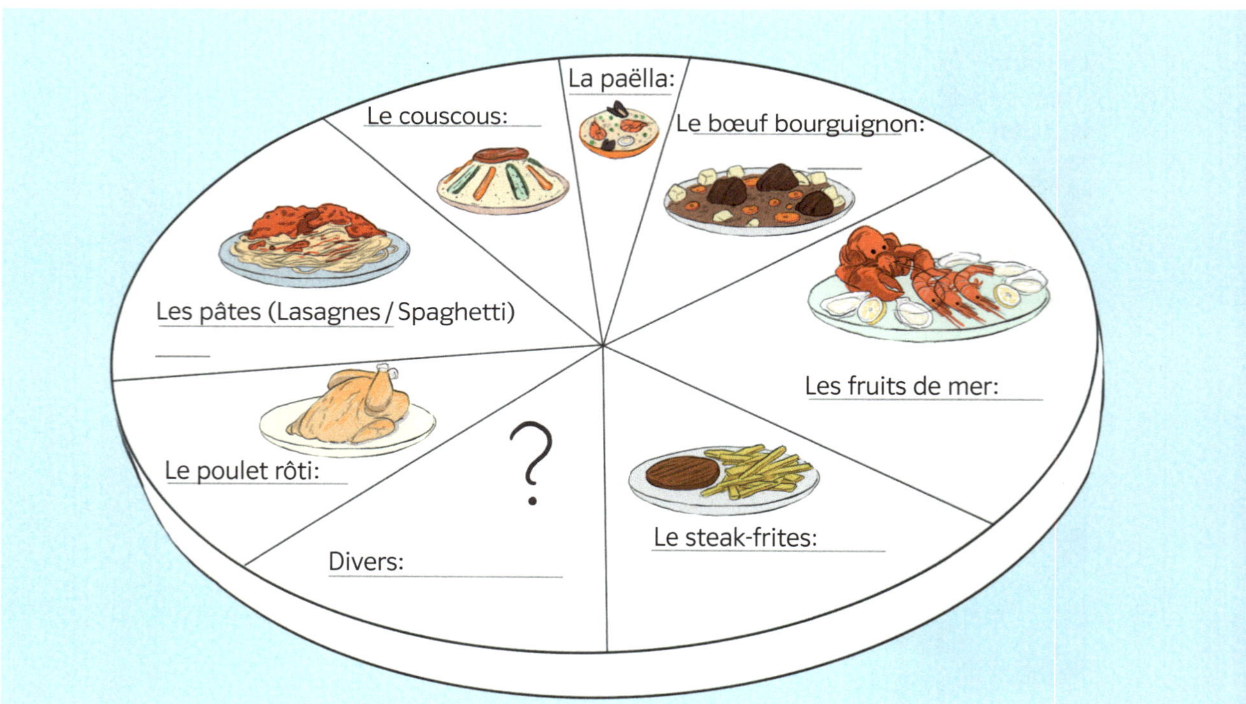

Après l'écoute: Et vous, quel est votre plat, dessert, boisson préféré(e)?
Faites un sondage dans votre classe.

LIRE

3 Comprendre le texte (zu SB 73, 3)

Lisez les textes dans vos livres p. 72, puis corrigez les phrases.

1. Lucas mange à l'école à midi. Il aime surtout la ratatouille. Le week-end, il prépare des plats rapides avec sa sœur. Lucas mange souvent seul.

____

____

2. Inès adore la viande, elle n'aime pas trop les légumes. Elle demande toujours un plat sans légumes à la cantine.

____

____

3. Gloria mange toujours avec sa famille. Le dimanche matin, elle fait du sport avec son père. Après, ils font des courses ensemble et mangent une glace dans un café.

____

____

4. Enzo mange au restaurant les lundis et jeudis midi. Il adore la pizza Napoli. Son père trouve que c'est bon pour sa santé. Trois fois par semaine, sa famille achète des pizzas sur Internet.

____

____

____

GRAMMAIRE

G 17

En plus 108, 4

4 On boit quoi? (zu SB 74, 5)

Mettez les lettres dans le bon ordre pour trouver les formes du verbe **boire**, puis formez des phrases. *(Bringt die Buchstaben in die richtige Reihenfolge und setzt die Verbformen dann in die richtige Lücke.)*

vzeub isob tbio snovub sa ub tenivob

1. Je __________ deux sodas au dîner.
2. Tu __________ un café au petit-déjeuner.
3. Qu'est-ce que Marie __________ pendant le repas?
4. Nous __________ trois oranginas au lycée.
5. Le soir, vous __________ des jus de fruits?
6. Enzo et Claire ne __________ pas de chocolat chaud le matin.

REGARDER
V9
KAP'S

5 Qu'est-ce que les jeunes mangent? (zu SB 76, 9)

Seht euch den Film zunächst ohne Ton einmal komplett an. Dann lest euch die Aufgaben durch. Seht euch den Film ein zweites Mal mit Ton an und findet die richtigen Antworten. Ergänzt oder kreuzt an!

1. La France, c'est le pays …

   ☐ de l'astronomie.

   ☐ de la gastronomie.

   ☐ de l'astrologie.

2. Les Français aiment manger …

   ☐ des fruits de mer.

   ☐ des fruits d'hiver.

3. Est-ce que le petit garçon de la vidéo aime ça?

   ☐ oui ☐ non

4. Trente-deux pour cent (32%) des adolescents

   mangent ________________ à midi.

5. Le goûter est un repas …

   ☐ typiquement français. ☐ à midi.

6. Qu'est-ce que les adolescents mangent? (2 produits laitiers)

   ☐ la pizza ☐ le steak ☐ le jus de fruits ☐ le yaourt ☐ le fromage

7. Les jeunes Français boivent beaucoup de ________________.

8. Vingt pour cent des jeunes sont en surpoids: ☐ ils sont trop grands. ☐ ils sont trop gros.

9. Qu'est-ce que les jeunes aiment manger? (Note 3 repas qu'ils aiment beaucoup.)

   ____

10. Les jeunes mangent une fois par semaine ________________________________

Na, konntet ihr alles beantworten? Nein? Nicht schlimm. Seht euch den Film noch einmal an. Ja? Toll, dann vergleicht eure Ergebnisse mit eurem Nachbarn. Wenn ihr noch Unstimmigkeiten findet, seht euch den Film noch einmal an.

GRAMMAIRE

G 18

En plus 108, 3

6 Comment mettre le verbe «mettre»? (zu SB 74, 6)

Complétez avec la bonne forme du verbe **mettre**, puis donnez une bonne version allemande pour les expressions avec **mettre**. Faites attention aux temps verbaux. *(Achtet auf die Zeitformen!)*

1. «Il fait si beau aujourd'hui! Je pense que je vais ______________ une jupe.»
→ einen Rock ______________________________

2. Ben ______________ trois heures à faire les devoirs. Il a des problèmes en maths.
→ drei ______________________________

3. «Sonia, tu ______________ ton portable sur la table!»
→ ______________________________

4. Hier soir, nous ______________ de la musique et nous avons dansé.
→ ______________________________

5. «C'est une jolie histoire. Vous ______________ ce texte sur Internet?»
→ ______________________________

6. Charlotte et Maxime ______________ la table ce soir.
→ ______________________________

7. «Pour la ratatouille, je ______________ des tomates sur la liste.»
→ ______________________________

8. Pour aller au lycée, Alex ______________ toujours ses lunettes.
→ ______________________________

VOCABULAIRE

A22

7 Un set de table (zu SB Übung 75, 7)

Écoutez le document et écrivez les mots dans la bonne rubrique du dessin.
Ensuite, découpez le dessin pour en faire un set de table.

LIRE/ MÉDIATION

8 Survivre au restaurant (zu SB 75, 8)

Deine Eltern möchten im Sommer nach Frankreich in den Urlaub fahren. Da du Französisch sprichst, bitten sie dich, über Besonderheiten beim Essen im Restaurant Informationen zu sammeln. Dazu findest du im Internet folgenden Artikel eines Reiseportals.

! Bei einer *médiation* werden nur die wichtigsten Informationen notiert und wiedergegeben! Du musst die Sätze also nicht komplett übersetzen, sondern sie nur global verstehen.

Vous voulez aller en France pendant les grandes vacances? Vous avez envie d'aller manger au restaurant? Voici notre petit guide pour «survivre[1]» au restaurant.

1. Quand on entre dans un restaurant, ne cherchez pas votre table vous-même[2]: le serveur vous propose une table et vous accompagne[3] à votre place.
2. Si on prend un menu, c'est toujours moins cher que de manger «à la carte», parce que manger à la carte, c'est comme créer son menu tout seul, alors c'est plus cher.
3. Les petits restaurants proposent souvent deux ou trois menus différents. Un menu, c'est une entrée, un plat principal et un dessert. Quelquefois, il y a aussi un fromage ou / et un café.
4. Une particularité[4] en France: l'eau est toujours gratuite. On vous propose une carafe d'eau sur la table – c'est même une loi[5] depuis le 8 juin 1967! Les sodas sont des apéritifs et donc très chers.
5. En plus, on vous propose toujours du pain avec le repas. Le pain est aussi gratuit et se trouve sur la table dans une petite panière[6].
6. Si on va au resto en groupe, on ne paie pas chacun pour soi[7]. Il y a toujours une personne qui paie pour le groupe, après on partage[8] l'addition. On ne donne jamais le pourboire[9] directement au serveur, mais on laisse l'argent sur la table (souvent dans un petit bol) quand on part.
7. Quand on mange au restaurant, les enfants ne quittent pas la table sans raison[10] avant la fin du repas.

Erkläre deinen Eltern, was ihr im Urlaub beim Restaurantbesuch beachten müsst bezüglich:

a Platzwahl
b Menüwahl oder *à la carte*-Essen
c Getränkeauswahl
d Brot auf dem Tisch
e Bezahlung
f Trinkgeld

1 survivre – überleben; **2 vous-même** – ihr selbst; **3 accompagner** – begleiten; **4 une particularité** – eine Besonderheit; **5 la loi** – das Gesetz; **6 une panière** – ein Korb; **7 on ne paye pas chacun pour soi** – man bezahlt nicht jeder für sich selbst / getrennt; **8 partager** – teilen; **9 le pourboire** – das Trinkgeld; **10 sans raison** – ohne Grund

Atelier B

9 Sprachenvergleich (zu SB 77, 1)

a Lisez l'information ci-dessous. Puis complétez le tableau.

VOCABULAIRE

Du verstehst schon viele französische Ausdrücke, obwohl du sie noch nie gelernt hast. Erkläre, warum. Gib die Bedeutung auf Deutsch an, nenne die Ähnlichkeiten und Unterschiede in der Rechtschreibung und gib die Sprache an, aus der du das Wort kennst (**Ableitung**).

🇫🇷	🇩🇪	Gleiche Buchstaben	Untersch. Buchstaben	Ableitung aus ...
1. le café	der	afe	c → K f → ff é → ee	dem Deutschen
2. le café	das	afé		
3. un chocolat chaud				
4. une eau minérale				
5. le sirop				
6. une pizza				
7. le couscous				
8. une paëlla				
9. un sandwich				
10. un fruit				
11. un yaourt				dem Türkischen *yoğurt*
12. les ingrédients: par ex. 50 g de sucre				dem Kontext
13.	ein Croissant			
14. la	ein Crêpe			
15.	die Kantine			
16.	das Menü			
17. le	das Dessert			
18.	eine Karaffe			
19.	eine Orange			
20. le	eine Cola			

b Pour chaque mot, faites une phrase dans votre cahier.

Exemple: 1. Je prends un **café** avec toi à la cantine.

c Lisez l'information ci-dessous. Puis cochez si c'est une habitude française (F) ou allemande (D).

Vis-à-vis

Les habitudes alimentaires – Die Essgewohnheiten

Obwohl natürlich nicht alle Menschen immer dasselbe essen und trinken, hat jeder Kulturraum Gewohnheiten, die viele Menschen teilen und auf die man z. B. im Restaurant oder in der Mensa trifft. Kreuzt an, was ihr kennt, und was ihr für Französisch haltet. Es kann auch beides möglich sein!

	F	D
1. Au petit-déjeuner, on mange des croissants.	☐	☐
2. Au petit-déjeuner, on mange des tartines de confiture.	☐	☐
3. On prend le déjeuner à midi.	☐	☐
4. On prend le déjeuner entre midi et une heure.	☐	☐
5. Le week-end, les jeunes vont souvent au fast-food.	☐	☐
6. À 16 heures, les jeunes mangent un goûter.	☐	☐
7. Le soir, on mange froid (pain, charcuterie, fromage).	☐	☐
8. Le soir, on mange souvent chaud.	☐	☐

d Lisez l'information ci-dessous. Puis cochez les bonnes réponses.

Vis-à-vis

La baguette = ein Baguette? Aufgepasst!

Erinnert ihr euch: Manche französisch klingenden Wörter im Deutschen sind sogenannte „______________“. Sie haben eine andere bzw. zusätzliche Bedeutung, wie z. B. das französische Wort *baguette*. Es bezeichnet eine der vielen Brotsorten: .

Das deutsche Wort *Baguette* wiederum kann auch ein mit ______________ belegtes Stück Weißbrot bezeichnen. Das heißt „sandwich“ auf Französisch. 

Redewendungen und Gewohnheiten

Essen ist ein wichtiges Kommunikationsmoment zwischen Menschen in der französischen Kultur. Deshalb dauern die Mahlzeiten meist viel länger als in Deutschland. Ist man an Sonn- oder Feiertagen eingeladen, kann ein Mittagessen zwei oder drei Stunden dauern, allerdings auch mit vielen Pausen. Aber auch unter der Woche nehmen sich die Franzosen oft Zeit zum Essen.
Welche deutsche Redewendung beschreibt diesen großen Genuss am Essen?

„____“

Trouvez les bonnes réponses.
*Man sagt **höflich** …*

1. ☐ À table! ☐ À la tienne! ☐ À votre santé!
   …, wenn der Koch / die Köchin die Gäste an den Tisch bittet.
2. ☐ Bienvenue! ☐ Bon appétit! ☐ Mange à ta faim.
   …, wenn man beginnt, gemeinsam zu essen.
3. ☐ J'ai faim. ☐ J'ai envie de manger. ☐ Je meurs de faim.
   …, wenn man Hunger hat.
4. ☐ C'était très bon. ☐ Je n'ai pas aimé le repas.
   …, <u>auch wenn</u> es nicht geschmeckt hat.

LIRE

10 Comprendre le texte (nach SB 79, 3)

Lisez le texte dans votre livre p. 77, puis complétez les phrases logiquement.

1. Le rôle d'un / une éco-délégué(e) est de ______________________________

   et de ______________________________

2. Lola est devenue éco-déléguée parce qu'elle ______________________________

   et elle ______________________________

3. Arrêter ______________ et acheter ______________ , c'est l'idée______________

   Lola pense qu'à l'école, les élèves ont des cours comme les maths, mais ils ______________

   ____

4. Ne plus rien avoir dans son assiette, c'est ______________________________

   Tous les mercredis, la cantine ______________________________ et on peut voter

   ____

5. Lola a aussi organisé ______________________________. En plus, il y a aussi un concours

   ______________________________ après les cours de cuisine.

   Elle trouve que c'est super parce que ______________________________

PARLER

11 Je suis écoresponsable! (nach SB 79, 4)

Tu (**A**) chattes en ligne avec ton / ta correspondant(e) français(e) (**B**) et vous parlez des habitudes alimentaires en France et en Allemagne. Travaillez à deux. Décidez qui prend le rôle **A** et le rôle **B**. **A** commence. Après, changez de rôle.

A Toi	B Ton / Ta correspondant(e)
1. Du begrüßt deine(n) französische(n) Partner(in). Du fragst, wie seine Ernährungsgewohnheiten aussehen.	**1.** [Salut! Comment sont tes habitudes alimentaires?]
2. [Salut! À midi, je mange à la maison, parce que mon père fait des bons repas.]	**2.** Du grüßt zurück und antwortest, dass du mittags zu Hause isst, weil dein Vater gut kocht.
3. Du sagst, dass du jetzt mittags Fast Food isst, weil deine Mutter auf ihre Ernährung achtet und ohne Fleisch kocht.	**3.** [À midi, je mange au fast-food parce que ma mère fait attention à son alimentation et elle fait la cuisine sans viande.]
4. [Mon père fait aussi très attention à son alimentation. Mais je pense qu'on est éco-responsable quand on mange à la maison.]	**4.** Du sagst, dass dein Vater auch auf seine Ernährung achtet. Du denkst aber, dass man umweltbewusst ist, wenn man zu Hause isst.
5. Du fragst, was ihr / sein Vater zu Hause kocht.	**5.** [Qu'est-ce que ton père fait à manger à la maison?]
6. [Mon père fait toujours la cuisine bio et il a des bonnes recettes avec la ratatouille ou les pâtes.]	**6.** Du antwortest, dass dein Vater immer bio kocht und gute Rezepte mit Ratatouille oder Nudeln kennt.
7. Du sagst, dass du lieber Kebab oder Pizza isst. Wenn man zu Hause kocht, fallen zu viele Abfälle für die Mülltonne an. Man muss aufhören, das Essen zu verschwenden.	**7.** [Je préfère manger un kébab ou une pizza. Quand on fait la cuisine à la maison, il y a toujours beaucoup de déchets dans la poubelle. Il faut arrêter de gaspiller la nourriture.]
8. [Je ne suis pas d'accord. Au fast-food, on jette les assiettes, les fourchettes et les couteaux à la poubelle. Ça fait 3000 kilos de déchets par minute dans le monde.]	**8.** Du antwortest, dass du nicht einverstanden bist. Bei Fast Food schmeißt man immer Teller, Gabel und Messer weg. Das ergibt 3 Tonnen Abfall pro Minute in der Welt.

ÉCOUTER

12 Une quiche ou un fruit? (zu SB Übung 80, 6)

A23

a Écoutez les mots. Mettez-les dans la bonne grille.
(Die unbekannten Wörter sind blau hervorgehoben. Versucht, auch diese zuzuordnen.)

un fruit | une équipe | aujourd'hui | une cuillère | l'huile | une quiche | jouer aux quilles *(kegeln)* | une huître *(eine Auster)* | qui | la pluie *(der Regen)* | une béquille *(eine Gehhilfe)* | quitter

[i]	[ɥi]

b Avec un partenaire, prononcez les mots dans la grille, puis les phrases suivantes à tour de rôle.

- Qui a la cuillère pour la quiche?
- On joue aux quilles après la pluie?
- Vous avez goûté l'huître avec de l'huile dans la cuisine?
- Depuis juillet, Camille pense à lui, l'homme à la béquille.

MÉDIATION

13 Kalter Hund – Un chien froid? (nach SB 81, 10)

En plus
107, 2
109, 5

Während des Schüleraustausches hat deine Mutter für den französischen Gast ein besonderes Dessert vorbereitet: einen kalten Hund. Die Übersetzung „chien froid" erschreckt deinen Austauschpartner ein wenig. Erkläre ihm mithilfe des folgenden Rezeptes auf Französisch, was man unter einem kalten Hund wirklich versteht.

Arbeitsaufwand: 25 Minuten
Koch- / Backzeit: 0 Minuten
Ergibt circa 1 Kastenbackform

Zutaten:
300 g Kokosfett • 125 g Puderzucker
50 g Kakaopulver • 3 Eier • 2 Pakete Butterkekse

Zubereitung:
- Zuerst das Kokosfett in einem Topf schmelzen und anschließend abkühlen lassen.
- Danach mit dem Kakao, dem Puderzucker und den Eiern vermengen und glattrühren. Fertig ist die Schokocreme!
- Im nächsten Schritt eine Kastenbackform mit Frischhaltefolie oder Alufolie auslegen und den Boden dünn mit der vorbereiteten Schokocreme bestreichen.
- Anschließend immer abwechselnd eine Schicht Butterkekse und eine Schicht Schokocreme geben. Mit Schokocreme abschließen.
- Das Ganze nun für ungefähr 2 Stunden im Kühlschrank kalt stellen. Wenn die Schokolade schön fest geworden ist, den Kuchen stürzen, in Scheiben schneiden und servieren. Lecker!

GRAMMAIRE

G 19
G 20
G 22

En plus
● 109, 6

14 Parler des quantités (nach SB 80, 7, 8)

a **Du**, **de la**, **de l'** ou **des**? Choisissez.

1. Le matin, Amandine mange ________ pain avec ________ beurre. Elle boit ________ chocolat chaud. Au lycée, elle mange ________ sandwichs avec ________ salade et boit ________ eau ou ________ jus d'orange.
2. Malik veut préparer une tarte aux légumes pour sa famille. Il lui faut encore ________ tomates, ________ farine, ________ huile et ________ sel. Sa mère achète ________ petits gâteaux pour le dessert et ses deux sœurs préparent l'entrée, ________ mini-pizzas. Alors, ils vont avoir un dîner super ensemble!
3. Emma mange ________ burgers avec ________ frites au déjeuner. Elle boit ________ orangina et prend ________ gaufres avec ________ chocolat et ________ glace au dessert. Elle doit absolument changer ses habitudes alimentaires!

b Maintenant, à l'aide des mots donnés, écrivez les quantités exactes des phrases de l'exercice **a**.
*(Gebt nun die konkreten Mengen zu den Sätzen aus der Übung **a** an.)*

1. chocolat chaud | deux tasses | jus d'orange | une bouteille

   Amandine boit ________________ le matin et une ________________

2. tomates | 300 g | farine | 100 g | huile | 50 ml | petits gâteaux | quatre

   Il lui faut encore ________________

   Sa mère achète ________________

3. burgers | trois | frites | beaucoup | orangina | deux bouteilles | gaufres | cinq

   Emma mange ________________ au déjeuner.

4. Elle boit ________________

c À l'aide des phrases de l'exercice **b**, répondez aux questions. Utilisez le pronom adverbial **en**.

1. Amandine boit combien de chocolat chaud? Elle en boit ________________

   Et de jus d'orange? Amandine ________________
2. Malik prend combien de farine pour sa tarte aux légumes? ________________

   Et sa mère achète combien de gâteaux pour le dessert? ________________
3. Combien de frites est-ce qu'Emma mange? ________________

   Et elle boit combien d'orangina? ________________

V10 Erklärfilm
Der Teilungsartikel

V11 Erklärfilm
Die Mengenangaben

V12 Erklärfilm
Das Pronomen *en*

ÉCOUTER

A24

15 Chez Ahmed (zu SB 81, 9)

Pendant l'écoute: Écoutez la scène une première fois. Et cochez l'endroit où la scène se passe.

☐

☐

☐

☐

Écoutez la scène une deuxième fois. Notez les ingrédients que vous entendez.

Les ingrédients pour le cake d'amour[1]	Les quantités (die Mengen)			
		kg	litre	
de la ________________	→	☐	☐	
du ________________	→	☐	☐	
________________	→	☐	☐	
________________	→	☐	☐	
________________	→	☐	☐	
________________	→	☐	☐	
________________	→	☐	☐	
des ________________	→			

Après l'écoute: Écoutez une troisième fois la scène et notez les quantités.

1. Madame Garnier demande des produits ________________________________.
2. Regardez les images et cochez les produits qui ne sont pas «équitables[2]».

☐

☐

☐

☐

b Demandez la transcription du texte à votre professeur et jouez la scène.

1 **un cake d'amour** – ein Liebeskuchen 2 équitable – Fairtrade

Sur place

Découvertes MAG

REGARDER **16 Anaïs au marché**

V13 **a** Regardez la première minute de la vidéo sans le son.

1. Qu'est-ce qu'on ne voit pas dans le reportage?

   ☐ de la viande ☐ des frites ☐ des fruits ☐ du fromage

2. Anaïs parle à combien de vendeurs / vendeuses? ___________

b Regardez la vidéo avec le son (*mit Ton*) et répondez aux questions.

1. Mettez les vendeurs / vendeuses du reportage dans l'ordre.

___________ ___________ ___________ ___________ ___________

2. Après la viande, Anaïs achète aussi du poisson (*Fisch*). ☐ vrai ☐ faux
3. Anaïs achète ___________ grammes de tomates.
4. Anaïs achète aussi des pommes ___________ et une ___________.
5. Pour les 3 légumes, Anaïs doit payer ___________ euros.
6. Anaïs donne ___________ euros à la vendeuse.
7. Pour le dessert, Anaïs achète ___________ parts de gâteau au chocolat.
8. Est-ce qu'Anaïs achète des olives vertes? ☐ oui ☐ non
9. Voilà 4 sortes de fromage. Anaïs achète quels fromages?

☐

☐

☐

☐

10. Est-ce que les courses sur le marché sont chères pour Anaïs? ☐ oui ☐ non

d Regardez la vidéo encore une fois et comparez vos réponses avec votre voisin / voisine.

Verhält sich Anaïs deiner Meinung nach *umweltbewusst*? ☐ ja ☐ nein, weil sie ___________________.

PARLER

17 Fit für die Tâche (nach SB 83 3)

Bevor ihr die Tâche in eurem Schülerbuch macht, löst folgende Aufgaben.

1ère étape: Les ingrédients

a Écrivez le nom des ingrédients.

b Qu'est-ce que c'est en allemand?

le poivre | la confiture | le jaune d'œuf | le blanc d'œuf | la levure

A25

2e étape: Les quantités

Écoutez les quantités, répétez-les et notez-les dans la bonne colonne.

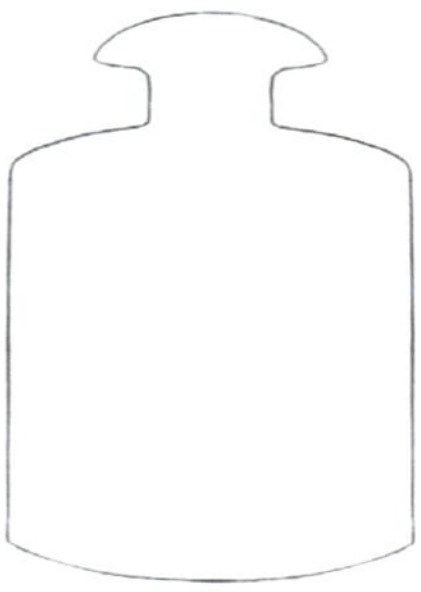

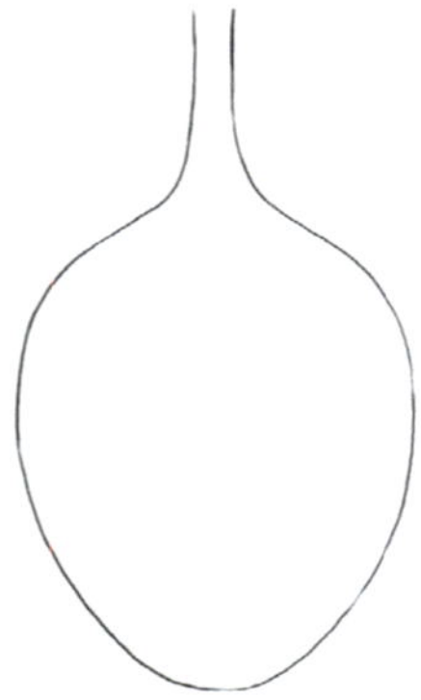

3e étape: Une cuisine

Regardez le dessin et complétez le vocabulaire: un placard | de l'essuie-tout | un moule | des bols | une plaque de cuisson | un four | un réfrigérateur | des chaises | des assiettes | des serviettes | une table | des fourchettes | des cuillères | un couteau | des étagères | un évier[1]

1 **un évier** – ein Spülbecken

Bilan

1 Parler (nach SB 84, 1)

*Ich kann Käse am Stück in Frankreich kaufen. **A** spielt den Kunden / die Kundin, **B** spielt den Verkäufer / die Verkäuferin. (→ Partnerkarte U4)*

A Toi (client/e)	B Ton / ta partenaire (vendeur/-euse)
1. Du begrüßt den / die Verkäufer(in) und fragst, ob er / sie Roquefort hat.	**1.** [Bonjour monsieur / madame. Est-ce que vous avez du roquefort, s'il vous plaît?]
2. [Bonjour madame / monsieur. Oui, nous avons du roquefort. Vous en voulez combien?]	**2.** Du grüßt zurück und antwortest, dass ihr Roquefort habt. Du fragst, wie viel der Kunde / die Kundin haben möchte.
3. Du sagst, dass du 400 Gramm davon brauchst und auch 500 Gramm Emmentaler.	**3.** [J'en voudrais 400 grammes et aussi 500 grammes d'emmental.]
4. [Merci. Ça fait 15 euros s'il vous plaît. Vous voulez un sac en plastique?]	**4.** Du bedankst dich und sagst, dass es 15 Euro macht. Du fragst, ob der Herr / die Dame eine Plastiktüte möchte.

2 Vocabulaire (nach SB 84, 2)

Ich kann meine Mensa korrekt auf Französisch beschreiben.

Lisa aime bien manger, mais elle n'est pas très bonne en français. Pour le journal du collège, elle décrit la cantine du lycée Balzac. Marquez ses fautes et corrigez les dans la marge.

Bonjour, ici Lisa de Leverkusen. Je vous présente la kantin du collège Balzac.
Il y a trois ménus : un normal, un végétarien cent viende et un halal.
Les éléve peut prendre une entré, un plat principale et un désert.
Il y a toujours une salat vert, des légumes et une soup bien chode.
Ici, on ne gastspiele pas la nourriture! Il faut tout mangé, même quand on n'a pas très fin!
Voilà! Votre Lisa

Wenn du alle **16** Fehler findest, bist du spitze und hast eine Süßigkeit aus deiner Schulkantine verdient!

3 Écouter (nach SB 84, 3)

A26

a Écoutez la scène une première fois. Relisez le vocabulaire de l'unité 4.

1. Qui parle dans la scène? ______________________________

2. La scène se passe où? ☐ à la cantine ☐ au restaurant ☐ dans la cour

b Écoutez la scène une deuxième fois et cochez les plats que vous entendez.

Menu du collège Balzac	Menu du collège Stendhal	Le repas de Jules	Le repas de Nina
☐ un gratin	☐ une salade niçoise	**Entrée**	**Entrée**
☐ une quiche lorraine	☐ un couscous	______________	______________
☐ une pizza	☐ une pizza		
☐ un kébab	☐ des spaghetti		
☐ une salade niçoise	☐ une pomme	**Plat principal**	**Plat principal**
☐ une mozzarella	☐ une soupe		
☐ une crêpe au fromage	☐ une salade de tomates	______________	______________
☐ une salade de fruits	☐ une paëlla		
☐ une salade de tomates	☐ un cake		
☐ un gâteau au chocolat	☐ un kébab	**Dessert**	**Dessert**
☐ un steak-frites	☐ un yaourt		
☐ une gaufre	☐ un steak-frites	______________	______________
☐ un yaourt	☐ un chocolat chaud		
☐ un madesu	☐ un madesu		
☐ du fromage	☐ une gaufre		
☐ des œufs	☐ des cerises		

4 Grammaire (nach SB 85, 5)

G 19, G 20

Cochez la bonne solution.

1. Au dîner, je mange ☐ de la ☐ du ☐ de salade et je bois une carafe ☐ de l' ☐ du ☐ d'eau.
2. Pour un clafoutis, il nous faut 300 g
   ☐ de ☐ de la ☐ des farine et ☐ du ☐ de la ☐ des cerises.
3. Tu achètes ☐ du ☐ de la ☐ de café pour ce soir?
   On va aussi manger ☐ des ☐ de la ☐ du gaufres avec beaucoup ☐ des ☐ de ☐ du pommes.
4. Vous avez déjà mangé ☐ du ☐ de la ☐ des yaourt avec ☐ du ☐ des ☐ de fruits?

G 17
G 18

5 Grammaire (nach SB 85, 4)

Reliez pour avoir des phrases correctes.

1. Frédéric	buvez	un orangina avec son copain Luc.
2. Les deux élèves	mettre	nos vestes? Il fait très froid.
3. Vous	boivent	les fourchettes sur la table.
4. Est-ce que nous	mets	de l'eau minérale à la cantine du lycée.
5. Tu ne veux pas	boit	du café après votre travail?
6. Moi, je	mettons	des cerises dans ton clafoutis?

G 22

6 Grammaire (nach SB 85, 5)

Remplacez le mot souligné par le pronom adverbial **en**.
*(Ersetzt das unterstrichene Wort durch das Adverbialpronomen **en**.)*

1. Arnaud prend trois tomates au marché. → Il en prend trois.
2. Jeanne et Marie achètent 250 g de cerises. → Elles ______________________________.
3. Tu vas manger deux burgers? → Tu ______________________________?
4. Vous avez bu cinq bouteilles d'eau. → ______________________________.
5. On prend 500 ml de lait? → ______________________________?
6. Je ne vais pas boire de café demain. → ______________________________.

En plus

ÉCRIRE/ PARLER

1 Faire un sondage

→ Übung 2

Jouez au journaliste. Faites un sondage dans la classe de français sur les habitudes alimentaires de vos camarades.

a Lisez les expressions ci-dessous pour préparer votre sondage.

beaucoup de … | peu de … | xx pour cent (%) des …

un quart des … | la moitié des … | trois quart des …

b Recopiez le tableau sur votre ordinateur. Imprimez *(druckt aus)* le tableau pour chaque camarade. Posez les questions et notez les réponses de vos camarades.

Quand?

1. Tu manges combien de fois par jour?
   ☐ 1 fois ☐ 2 fois ☐ 3 fois ☐ 5 fois
2. Est-ce que tu prends un petit-déjeuner?
   ☐ 1 fois / jour ☐ 1 fois / semaine ☐ non
3. Est-ce que tu prends un goûter?
   ☐ oui ☐ non
4. Est-ce que parfois tu ne manges pas?
   ☐ écologie ☐ Carême ☐ Ramadan
   ☐ Yom Kippour ☐ non

A

Où?

1. Est-ce que tu manges à la cantine à midi?
   ☐ oui ☐ non
2. Est-ce que tu manges à la maison le soir?
   ☐ oui ☐ non
3. Est-ce que tu manges au fast-food?
   ☐ souvent ☐ parfois ☐ jamais
4. Est-ce que tu manges au restaurant?
   ☐ souvent ☐ parfois ☐ jamais

B

Comment?

1. Est-ce que tu manges en famille le soir?
   ☐ oui ☐ non
2. Le soir, est-ce que tu manges …
   ☐ chaud? ☐ froid?
3. Le soir, est-ce que tu manges avec …
   ☐ des couverts?

   ☐ les mains?

   ☐ des baguettes?

C

Quoi?

1. Quel est ton plat préféré?
   ☐ pizza ☐ pasta ☐ kébab ☐ ____________
2. Est-ce que tu manges de la viande?
   ☐ oui ☐ non
3. Est-ce que tu manges de la salade?
   ☐ oui ☐ non
4. Quel est ton dessert préféré?
   ☐ ______________________________
5. Est-ce que tu as déjà mangé du madesu?
   ☐ oui ☐ non

D

c Prenez les tableaux de vos camarades. Faites des statistiques (votre professeur peut vous aider) et présentez-les en classe.

Commencez comme ça: X% (pour cent) des élèves de la classe mangent …

LIRE

2 Julien Montbabut: Les œufs au bacon

→ Übung 13

a Lisez les ingrédients.

Ingrédients pour 6 personnes

- 6 œufs
- 3 tranches de bacon
- 1 cuillère à soupe d'huile
- 40 grammes de fromage râpé
- 50 grammes de beurre
- basilic ou ciboulette
- Sel, poivre

b Lisez la préparation de la recette.

Beurrer les 4 ramequins[1]. Cuire[2] le bacon[3] dans une poêle[4] avec un peu d'huile. Mettre le bacon dans le fond des ramequins. Mettre un œuf (le jaune et le blanc) dans chaque ramequin. Recouvrir[5] l'œuf avec une cuillère de crème et le fromage râpé[6], ajouter le sel et le poivre[7]. Préchauffer[8] le four à 180°C. Mettre les ramequins dans un bain-marie[9] et mettre au four 15 minutes. Décorer avec du basilic.

c Cherchez les traductions des 9 mots que vous ne connaissez pas. Bon appétit!

1. un ramequin: Regardez la photo. Il y a 6 ramequins: ____________
2. cuire (verbe): Qu'est-ce qu'on fait dans une «cuisine»? ____________
3. le bacon: Pensez à l'anglais: ____________
4. une poêle: Worin brät man normalerweise Speck? In einer ____________
5. recouvrir: Vielleicht kennst du das Fremdwort „Kuvertüre": ____________
6. râpé(e): Das Dach auf dem „a" steht für ein verschwundenes „s": ____________
7. le poivre: Was steht immer auf dem Tisch? Salz und ____________
8. préchauffer: Denkt an „chaud(e)" ____________
9. un bain-marie: Salle de bains = Badezimmer. Es ist also ein ____________ bad.

GRAMMAIRE
G 18
●

3 Mettre dans tous ses sens

→ Übung 6

Complétez les phrases logiquement. Utilisez les sens différents du mot «mettre». Les exemples allemands peuvent vous aider. *(Vervollständigt die Sätze. Die deutschen Stichpunkte helfen euch dabei.)*

Äpfel und Kirschen auf den Teller legen | den Tisch decken | Zucker und Mehl auf die Liste setzen | Jacken anziehen | Musik anmachen | meine Fotos ins Internet stellen

1. Justine veut danser, alors elle ______
2. Nous prenons le dîner à 19 h 30, donc ______ à 19 h 00.
3. Claudine et sa copine ______ hier parce qu'il a fait assez froid.
4. Il y a des fruits pour le dessert? Alors, on ______
5. Demain, je ______,
   alors tout le monde peut voir ces jolies photos de Marseille!
6. Tu ______?
   On n'en a plus et il faut en acheter pour faire le gâteau!

GRAMMAIRE
G 17
G 23
●

4 On boit les boissons qu'on connaît!

→ Übung 4

Trouvez les bonnes formes des verbes, puis mettez-les à la bonne place dans les phrases.
(Gebt die Verben in der verlangten Form an und setzt diese dann an die richtige Stelle in den Sätzen.)

boire		
je ne pas présent	ils présent	il passé composé
______	______	______
connaître		
tu présent	vous ne pas présent	ils ne pas passé composé
______	______	______

1. Mes parents ______ toujours du café au petit-déjeuner.
2. Karim et Sophie ______ leurs grands-parents parce qu'ils sont morts depuis longtemps.
3. Je veux parler d'Astérix, mais ______ l'histoire. C'est dommage!
4. Qu'est-ce qu'______ à la cantine hier? De l'eau ou du jus d'orange?
5. ______ de chocolat chaud. Il y a trop de sucre dans cette boisson, je pense!
6. Dis-moi, ______ la nouvelle chanson de Gims?

GRAMMAIRE
G 19, G 20
●

5 Au marché

→ Übung 13

Complétez le dialogue au marché à l'aide des mots allemands donnés.

Le vendeur: «Bonjour madame. Je peux vous aider?»

Mme Paon: «Bonjour monsieur. Je voudrais ________________ (500 g Kirschen), s'il vous plaît.»

Le vendeur: «Voilà. Mais encore? ________________ (Tomaten)? Elles sont délicieuses!»

Mme Paon: «Ah, oui, bonne idée. Je prends ________________ (1 kg Tomaten).

Et vous avez aussi ________________ (Milch)?»

Le vendeur: «Mais bien sûr, madame! Alors ________________ (1 l Milch)?»

Mme Paon: «Je voudrais avoir plutôt ________________ (2 l Milch), s'il vous plaît.

Et ________________________ (Käse) pour le dîner du samedi soir.»

Le vendeur: «Et ________________________ (wie viel Käse) est-ce que vous voulez?»

Mme Paon: «________________________ (200 g Camembert).

Et encore ________________ (2 kg Äpfel), s'il vous plaît.»

Le vendeur: «Voilà, madame. Et encore?»

Mme Paon: «Merci, c'est tout. Je dois encore aller au supermarché. Il me faut encore

________________ (Mehl) et ________________ (Öl) pour ce soir.

Et je ________________ (keine Butter haben), mais je veux préparer

une tarte aux légumes.»

GRAMMAIRE
G 21
●

6 Il en faut pour la fête?

→ Übung 14

Mara et Lisa préparent leur fête. Complétez le dialogue à l'aide des mots allemands donnés.
Utilisez le pronom adverbial **en** et faites attention aux temps verbaux utilisé. *(Achtet auf die Zeitformen!)*

Mara: «Pour la fête samedi soir, il nous faut combien de pizzas?»

Lisa: (acht) «Je pense qu'il nous ____.»

Mara: «D'accord. Et on prend des burgers aussi?»

Lisa: (sieben) «Oui, on ____.»

Mara: «Pour le dessert, on va acheter des gâteaux?»

Lisa: (drei) «Pourquoi pas. On ________________________________. Et les boissons?»

Mara: «Ben, oui. Tu crois qu'on prend des bouteilles de jus de fruits?»

Lisa: (sechs) «D'accord, nous ______________________________ Tu as encore du coca?»

Mara: (vier Flaschen gekauft) «Bien sûr. ______________________________ hier.»

Lisa: «Alors, ça va être une super fête! Génial!»

Le coin médias

→ Die Lösungen findest du im Anhang auf S. 187.

MK

1 Produzieren und Präsentieren

STRATÉGIE

Ein Kochbuch erstellen:

Für den bevorstehenden Austausch wollt ihr für eure Austauschpartner ein Kochbuch mit typischen Gerichten zusammenstellen.

1. Überlegt euch zunächst gemeinsam, welche Hauptgerichte / Nachspeisen / Backwaren euer Kochbuch enthalten soll. Dann erstellt gemeinsam ein zweisprachiges Wortnetz zum Thema Kochen / Backen. Schaut euch hierzu noch einmal die Seiten 101–102 an.

2. Arbeitet nun im Tandem. Jedes Tandem wählt aus der gemeinsam erstellten Liste ein Gericht aus und ist für das Anfertigen eines Rezeptes zuständig. Achtet darauf, dass aus jeder Kategorie Gerichte vertreten sind.

3. Damit euer Rezept anschaulich wird, fotografiert / zeichnet die einzelnen Arbeitsschritte und ergänzt die Bilder durch einen Text.

4. Denkt daran, dass am Anfang eines Rezeptes jeweils die Zutaten mit den entsprechenden Mengenangaben genannt werden, dann folgen die einzelnen Arbeitsschritte der Zubereitung.

5. Erstellt euer Rezept mit einem entsprechenden Programm. Ihr könnt ein Schreibprogrammn, Publisher oder Book Creator verwenden. Achtet auf ein ansprechendes stimmiges Layout. Jedes Tandem stellt das von ihm gewählte Rezept vor der Klasse vor.

6. Zum Schluss fügt ihr die einzelnen Dateien zu einer Gesamtdatei zusammen und druckt das so entstandene Kochbuch als PDF. Vergesst nicht, vorher Seitenzahlen und ein Inhaltsverzeichnis einzufügen sowie ein ansprechendes Deckblatt zu gestalten. Nun könnt ihr es euren französischen Freunden schicken.

2 Le plaisir de lire

Okapi 15 décembre 2019

40

a Regardez d'abord les dessins.

1. Où se passe la scène? ______
2. Décrivez la pièce: Il y a ______
3. Sur l'image n° 2: Qu'est-ce que c'est peut-être? *(coche les possibilités.)*
   ☐ un poulet rôti ☐ une quiche lorraine ☐ un coq au vin ☐ un clafoutis
4. Sur l'image n° 6: Vous voyez la terre avec des animaux. Qu'est-ce que vous lisez comme onomatopée? *(Lautmalerei)* Relisez votre cahier à la page 40: ______
5. Décrivez l'image n°7: Il y a ______

b Lisez maintenant le texte dans les bulles. Devinez les mots inconnus.

1. Mmm … Ça sent vachement bon!: → Die Lautmalerei hilft euch: ______
2. des marrons: → Ihr kennt schon die Farbe „marron“: ______
3. une dinde: → Welches Geflügel isst man zu Weihnachten? ______
4. le réveillon de ce soir: → Das Festessen am Weihnachts- / Silvesterabend: ______
5. engraissé(e): → Welches Verb passt zu „Geflügel“ und „Mais“? ______
6. le maïs: → Denkt an das deutsche Wort: ______
7. transgénique: → Im Zusammenhang mit Lebensmitteln: ______
8. mutant(e): → Denkt an das deutsche Wort: ______
9. végétarien(ne): → Das deutsche Wort fängt gleich an: ______
10. un navet / une betterave: → Das Wort kann man nicht erraten. Aber ihr wisst, dass es eine Beilage ist, die man pürieren kann: ☐ Tiere? ☐ Gemüse? ☐ Getränke?

3 Comment faire une ratatouille?

Ingrédients pour 4 personnes

courgettes (f.) 2

tomates (f.) 3

aubergine (f.) 1

oignon (m.) 1

poivron (m.) vert 1

ail (m.) 2 gousses
(2 Schoten)

poivron(m.) rouge 1

bouquet garni (m.) 1
(Kräuterbündel)

huile (f.) d'olive

poivre (m.) et sel (m.)

a Pour faire une ratatouille il faut:

1. ______________________________

____

b Dans la cuisine, Tom et Inès discutent de la recette: Utilisez «en».

Exemple: On met des courgettes? Oui, on **en** met 2.

1. On met du maïs? Non, ______________________________
2. Tu mets de l'ail? Oui, ______________________________
3. Nous mettons des poivrons? Oui, ______________________________
4. Tu mets des pommes de terre? Non, ______________________________
5. On met des tomates? Oui, ______________________________
6. On met du sel et du poivre? Oui, ______________________________
7. Tu mets aussi des carottes? Non, ______________________________

4 Le week-end

Tom parle de son week-end. Mettez les verbes au **passé composé**.

1. Samedi, je / j' (faire) __________ du sport.
2. Donc, je (rentrer) ______________ tard et je (ne pas pouvoir) ______________ manger avec ma famille.
3. Dimanche matin, on (faire) __________ la grasse matinée[1].
4. Puis je (aller) ____________ au marché avec Inès.
5. Nous (acheter) ______________ des choses pour une «ratatouille», son plat préféré.
6. Nous (mettre) ______________ une heure à faire les courses.
7. Puis Inès et moi (aller) ________________ retrouver des amis au café.
8. Inès et sa copine (boire) ___________ un café.
9. Mes amies et moi, nous (prendre) ______________ un jus de fruits.
10. Après, nous (retourner) ____________________ à la maison où nous (préparer) _________________ le dîner.

5 Donner des définitions

Qu'est-ce que c'est? Qu'est-ce que ça veut dire? Travaillez à deux et à tour de rôle.

Exemple: être motivé(e)? → C'est avoir envie de faire quelque chose.

1. un éco-délégué? ______________________________
2. le gaspillage? ______________________________
3. l'environnement? ______________________________
4. le projet «assiette vide»? ______________________________
5. les déchets? ______________________________

1 **faire la grasse matinée** - länger schlafen

6 Jeu des verbes

a Jouez à 5: quatre joueurs et un meneur de jeu.
Il faut deux dés.

- Lancez (*werft*) les deux dés une première fois:
- Le meneur du jeu vous indique un verbe en allemand ou en français.
- Il choisit le verbe dans une des deux listes.
- Puis vous lancez un dé pour trouver le pronom.

1 = je; **2** = tu; **3** = il / elle; **4** = nous; **5** = vous; **6** = ils / elles

Si vous avez un 3 ou un 6 sur votre dé, il faut lancer le dé à nouveau.

- Si vous avez un chiffre pair = elle(s),
- Si vous avez un chiffre impair = il(s).

Maintenant vous donnez la bonne forme du verbe au **passé composé**.
Attention il y a des verbes qui forment le passé composé avec **avoir**, d'autres avec **être**.
Si votre réponse est correcte: un point!
Si votre réponse est fausse: 0 point et l'élève suivant(e) donne la bonne réponse et a le point.
Le meneur de jeu garde le cahier ouvert et note les points. Tout compris? Alors c'est parti!

avoir	Passé composé	être	Passé composé
1. **être** (sein)	**été**	1. aller	allé(e)(s)
2. **avoir** (haben)	**eu**	2. arriver	arrivé(e)(s)
3. **devoir** (müssen)	**dû**	3. descendre	descendu(e)(s)
4. **voir** (sehen)	**vu**	4. entrer	entré(e)(s)
5. **lire** (lesen)	**lu**	5. monter	monté(e)(s)
6. **écrire** (schreiben)	**écrit**	6. rentrer	rentré(e)(s)
7. **faire** (machen)	**fait**	7. rester	resté(e)(s)
8. **prendre** (nehmen)	**pris**	8. retourner	retourné(e)(s)
9. **comprendre** (verstehen)	**compris**	9. venir	venu(e)(s)
10. **ouvrir** (öffnen)	**ouvert**	10. tomber	tombé(e)s
11. **pouvoir** (können)	**pu**	11. partir	parti(e)s
12. **vouloir** (wollen)	**voulu**	12. passer	passé(e)s

b Toute seule à Paris, Zoé a passé un week-end intéressant avec des amis. Elle veut écrire une carte postale à sa sœur et son frère à Grenoble. Réfléchissez: Qu'est-ce qu'elle a pu faire d'intéressant?

Écrivez la carte à la place de Zoé et utilisez au moins 10 verbes de la liste ci-dessus.

Chère ______ ______

En route vers le DELF

→ erst nach Unité 4 oder 5!

Das DELF-Zertifikat ist ein international anerkanntes Zeugnis über deine Sprachkenntnisse. Mit den folgenden Übungen kannst du trainieren.

1 Compréhension de l'oral

A27

Vous allez entendre 3 enregistrements correspondants à 3 documents différents. Pour chaque document, vous aurez:

- 30 secondes pour lire les questions;
- Une première écoute, puis 30 secondes de pause pour commencer à répondre aux questions;
- Une deuxième écoute, puis 30 secondes de pause pour compléter vos réponses.

Répondez aux questions en cochant la / les bonne / s réponse / s ou en écrivant l'information demandée.

Exercice 1

1. Qui téléphone à qui? ☐ Julie à Soraya ☐ Soraya à Julie ☐ Loïc à Julie
2. La famille de Julie va … ☐ rester à Paris. ☐ habiter à Brest. ☐ partir en Bretagne.
3. La famille de Julie veut aller … ☐ à l'hôtel. ☐ chez un cousin. ☐ chez Soraya.
4. Julie voudrait … ☐ visiter Carnac. ☐ aller à Brest. ☐ faire du bateau.
5. Qui doit rappeler qui?
   ☐ Julie doit rappeler Soraya. ☐ Soraya doit rappeler Julie. ☐ Julie doit rappeler Loïc.

Mögliche Punktzahl: 5

Exercice 2

1. Qui est au téléphone? ☐ un monsieur ☐ une dame ☐ une petite fille
2. Où travaille le monsieur? ☐ sur un bateau ☐ dans un centre de vacances ☐ à Carnac
3. La fille de la dame va passer … ☐ deux jours ☐ une semaine ☐ trois jours en Bretagne.
4. La fille de la dame peut faire …
   ☐ un stage en bateau. ☐ un stage de planche à voile. ☐ une visite des menhirs.
5. Pour sa fille, la dame doit payer … ☐ 25 euros. ☐ 35 euros. ☐ 45 euros.

Mögliche Punktzahl: 7

Exercice 3

1. Où se passe la scène? ☐ dans la rue ☐ dans un jardin ☐ dans une petite ville
2. D'où vient la petite fille? ☐ de Paris ☐ de Bretagne ☐ On ne sait pas.
3. La petite fille … ☐ cherche un jardin. ☐ a perdu son plan. ☐ a oublié son chemin.
4. La dame … ☐ n'est pas sympa. ☐ part à Paris. ☐ connaît bien la ville.
5. La petite fille doit … ☐ aller tout droit. ☐ aller à droite. ☐ tourner à gauche.
6. Le jardin des plantes est … ☐ grand. ☐ loin. ☐ gratuit.
7. La petite fille … ☐ prend le métro. ☐ est à pied. ☐ n'a pas de vélo.
8. La petite fille dit qu'elle … ☐ est malade. ☐ a mal à la tête. ☐ cherche son oncle.
9. La dame … ☐ va avec elle. ☐ n'a pas le temps. ☐ est malade.

Mögliche Punktzahl: 13

2 Compréhension des écrits

Exercice 1

Vous pouvez décrire une personne?
Regardez les images, lisez les phrases et écrivez le numéro qui correspond dans le tableau.
Attention, il y a 8 images et 7 phrases.

1

2

3

4

5

6

7

8

C'est une petite fille blonde qui porte un short rose et un t-shirt blanc. Elle aime faire des promenades dans le parc avec son petit chien en laisse.	Dessin n°: ________
Cette vieille femme a les cheveux gris. Elle porte un manteau vert et tient un petit sac rouge parce qu'elle va faire ses courses dans un grand magasin.	Dessin n°: ________
Ce garçon a les cheveux courts et porte un anorak noir et un pantalon blanc. Il a envie d'acheter des nouveaux CD de son groupe de rock préféré.	Dessin n°: ________
C'est un jeune garçon aux cheveux bruns qui adore le sport. Il porte un jean, des chaussures de sport blanches et une casquette rouge.	Dessin n°: ________
Cet homme élégant aux cheveux blonds va à son travail. Il tient un sac à la main. Il porte un costume noir avec une cravate grise.	Dessin n°: ________
Cette jeune fille a les cheveux longs et porte une robe d'été bleue avec des sandales blanches. En été, elle adore nager dans la mer.	Dessin n°: ________
Voilà une jeune femme qui porte une belle robe blanche courte et tient un petit sac à main noir. Elle a pris sa grande valise marron parce qu'elle va faire un voyage en train.	Dessin n°: ________

Dessin en trop: N° ________

Mögliche Punktzahl: 7

Exercice 2

Quelle presse pour informer les jeunes?

Aujourd'hui, les jeunes collégiens et lycéens ne lisent plus la presse. C'est ce que tout le monde dit. Mais est-ce que c'est vrai? Et bien, en fait, oui et non. C'est vrai, les jeunes de moins de 15 ans ne lisent pas les journaux comme leurs parents, on le sait. Pour communiquer, ils vont sur les réseaux sociaux où ils discutent avec des gens de tous les pays. Mais beaucoup de jeunes utilisent aussi Internet comme possibilité de faire des recherches et de s'informer.

Comme les adultes, les jeunes entre 16–18 ans s'intéressent à l'actualité, mais ils ne lisent pas les mêmes journaux que les parents, c'est sûr. Pourtant, ils ont quand même toutes les informations sur ce qui se passe partout dans le monde. Ils s'informent et lisent les nouvelles ailleurs. Où? Sur Internet par exemple. Ils lisent les titres de l'actualité et si quelque chose est très important, ils cherchent des petits articles de presse et surfent pendant des heures pour apprendre plus de détails. Ils vont aussi sur les sites des grands journaux ou des magazines d'information pour trouver des articles qui expliquent mieux le contexte. Avec les applis sur leurs portables, c'est facile.

Quand on demande aux jeunes quel est le meilleur média pour eux, ils répondent qu'il n'y a pas un média idéal mais beaucoup de possibilités pour trouver des informations et qu'il faut lire tout ce qu'on trouve pour rester informé et «branché». Ils ont bien raison, vous ne trouvez pas?

Répondez aux questions en cochant la / les bonne(s) réponse(s).

1. Quel est le thème de l'article? ☐ Internet ☐ les jeunes et la presse ☐ les réseaux sociaux
2. L'auteur dit que les jeunes ne s'intéressent pas à la presse. ☐ vrai ☐ faux

   Justification: ______________________________
3. Nommez trois domaines pour lesquels les jeunes de moins de 15 ans utilisent Internet.

   a) ☐ ______________ b) ☐ ______________ c) ☐ ______________
4. Les réseaux sociaux sont un moyen de s'informer que les jeunes n'aiment pas. ☐ vrai ☐ faux

   Justification: ______________________________
5. Les jeunes savent toujours ce qui se passe dans le monde. ☐ vrai ☐ faux

   Justification: ______________________________
6. L'article dit que sur Internet les jeunes de 16 à 18 ans … *(plusieurs solutions)*

   ☐ lisent les titres. ☐ ne lisent rien. ☐ cherchent des informations. ☐ lisent des articles.
7. Quand quelque chose est important, les jeunes cherchent des détails. ☐ vrai ☐ faux

   Justification: ______________________________
8. Pour comprendre le contexte, ils … *(plusieurs solutions)*

   ☐ utilisent des applis. ☐ vont sur les sites des journaux. ☐ achètent des magazines.
9. Pour les jeunes, il y a un média idéal. ☐ vrai ☐ faux

   Justification: ______________________________
10. Pourquoi est-ce qu_il faut lire tout ce qu'on trouve? ______________________________

Mögliche Punktzahl: 10

Exercice 3

Vous êtes un étudiant de 20 ans et vous êtes bientôt en vacances. Vous voulez visiter une nouvelle région française. Vous avez choisi d'aller dans le sud de la France. Vous pouvez payer seulement 500 euros pour votre semaine à l'hôtel. Pour ce prix, vous cherchez un hôtel calme près de la plage avec au moins un repas par jour. Vous voulez aussi visiter des musées ou d'autres attractions touristiques de la ville.

Vous avez trouvé des prospectus sur les hôtels de la région.

Choisissez les hôtels qui correspondent le mieux à votre projet.

Voici notre **Hôtel des Remparts** dans la belle ville de Monaco, où il y a toujours beaucoup de touristes. Une semaine coûte 450 euros par personne. Pour un supplément de 50 euros, vous avez un repas par jour (déjeuner ou dîner).

Nous vous attendons !

☐

Vous aimez nager dans la mer et dormir au calme? À Nice, notre **Hôtel des Côtes** est idéal pour vous. Il est à côté de la mer et les chambres ont un balcon avec vue sur le grand parc.

Pour 480 euros, vous allez passer une semaine géniale. Le repas de midi est gratuit pour les étudiants de moins de 25 ans et nous vous offrons le Musée Pass pour découvrir les musées du centre-ville.

☐

Venez passer vos vacances dans notre super **Hôtel Les Naïades**, très calme car situé à côté de la magnifique ville de Cannes, dans les collines avec vue sur la mer à 5 km. L'endroit idéal pour faire des longues promenades. Pour 500 euros vous allez passer une semaine de rêve. Les petits déjeuners sont gratuits pour les jeunes de moins de 15 ans.

☐

Dans notre **Hôtel de la Baie de Monaco** à côté de la mer, vous avez une plage privée et les chambres ont une terrasse avec vue sur le Palais princier. Pour les étudiants de moins de 25 ans, nous avons un tarif spécial de 495 euros avec petit déjeuner pour passer une semaine de rêve. Nous vous offrons des billets gratuits pour visiter les belles attractions de notre ville.

☐

De mai à octobre, nous vous accueillons dans notre **Hôtel des Dunes** à Nice. Nous sommes à 1 km de la plage et de la vieille ville où vous pouvez goûter les spécialités de la région dans les petits restaurants. Une semaine pour une personne coûte 430 euros. Pour le petit déjeuner, vous payez un supplément de 10 euros par jour.

Venez vite chez nous!

☐

Vous cherchez un hôtel pas cher pour une semaine? Voici notre **Hôtel de la Forêt** à 5 km de Cannes. Pour 480 euros par semaine vous avez une chambre très calme avec vue sur la mer et petit-déjeuner. Pour 70 euros de plus, vous pouvez prendre le repas du soir dans notre restaurant. Nous vous proposons des voyages gratuits en bus pour aller visiter les curiosités touristiques de la ville.

☐

Mögliche Punktzahl: 8

3 Production écrite

Exercice 1

Pendant vos vacances d'été, vous avez passé une semaine en Bretagne. Parlez des personnes qui sont parties avec vous et du temps. Décrivez un peu la région et racontez vos activités. (60 à 80 mots)

Mögliche Punktzahl: 13 → *S. 123*

Exercice 2

Votre professeur de français vous a donné la lettre d'une jeune Française.

Nouveau message
De: Miriam@Blanc.fr
Objet: recherche de famille

Bonjour!

Je m'appelle Miriam Blanc, j'habite à Nice, j'ai 15 ans. J'ai 2 petits frères, Marc et Laurent. Mon père est professeur et ma mère travaille dans un musée. Je suis en 2de au Lycée Masséna et j'apprends l'allemand depuis deux ans et demi.
Je voudrais passer un mois en Allemagne pendant mes vacances d'été pour parler allemand. J'adore la musique pop et je joue du piano, alors j'aime aussi la musique classique. Je suis sportive: j'aime surfer sur la mer … et sur Internet mais je déteste les jeux vidéo et les réseaux sociaux. J'adore les chiens et les chats.
Si je peux venir chez toi en juillet ou en août, écris-moi. Parle-moi de toi et de ta famille. Tu peux répondre par mail.
Voilà mon adresse: Miriam@Blanc.fr

À bientôt,
Miriam

Vous répondez à Miriam en 60 – 80 mots. Parlez de vous, de votre famille.

Nouveau message
De: JuliaMertin@gmail.com
À: Miriam@Blanc.fr
Objet: recherche de famille

Mögliche Punktzahl: 12 *→ S. 123*

4 Production orale

Cette épreuve d'expression orale comporte 3 parties. Elle dure de 6 à 8 minutes.
Vous avez 10 minutes de préparation pour les parties 2 et 3.

Exercice 1 – Entretien dirigé

1. Vous vous présentez.
2. Parlez de votre famille, de vos ami(e)s et de votre école.
3. Quelles sont vos activités préférées pendant les grandes vacances?

Exercice 2 – Monologue suivi

La télé et vous. Présentez votre utilisation de la télévision.

1. Quand et pourquoi utilisez-vous la télé?
2. Quels films aimez-vous regarder?
3. Quels sont les sujets qui vous intéressent?
4. Que pensez-vous de la télé? Pourquoi?

Exercice 3 – Exercice en interaction

Jouez la situation suivante:

Aujourd'hui, votre professeure de français veut faire un contrôle de vocabulaire mais vous n'êtes pas d'accord. Vous discutez avec elle pour lui expliquer pourquoi ce contrôle n'est pas une bonne idée.

Mögliche Punktzahl: 25 → *S. 124*

Auswertung

1. Hast du bei jedem Aufgabenteil mindestens 5 Punkte erreicht? ☐ Ja ☐ Nein
2. Hast du insgesamt 20 oder mehr als 10 Punkte erreicht? ☐ Ja ☐ Nein

MK

- Zweimal „Ja"? Prima! Du hast diese Mini-DELF-Prüfung bestanden!
- Falls du nicht bestanden hast, schaue dir die Capsule „DELF scolaire" vom Deutsch-Französischen Institut Erlangen im Internet an oder teste dein Niveau auf der Plattform „DELF@klett" im Internet.

Grille d'évaluation: DELF Production écrite

Grille d'évaluation: 13 points (Exercice 1)

Ich kann: die Arbeitsanweisungen verstehen und beachten und die erforderliche Mindestanzahl von Wörtern einhalten.	1			
Ich kann: kurze, einfache, alltägliche Nachrichten und Mitteilungen schreiben.	1	2	3	4
Ich kann: sehr einfache persönliche Dankes- und Entschuldigungsschreiben verfassen.	1	2		
Ich kann: ein Repertoire an elementaren sprachlichen Mitteln verwenden, um mich in vertrauten Situationen weitgehend phonetisch korrekt schriftlich zu äußern. Ich benutze dabei jedoch nicht immer die übliche Rechtschreibung.	1	2		
Ich kann: einfache grammatische Strukturen der Situation entsprechend verwenden, mache aber noch einige Fehler.	1	2	2,5	
Ich kann: einen einfachen zusammenhängenden Text schreiben und Verbindungswörter benutzen.	1	1,5		

Grille d'évaluation: 12 points (Exercice 2)

Ich kann: die Arbeitsanweisungen verstehen und beachten und die erforderliche Mindestanzahl von Wörtern einhalten.	1			
Ich kann: das entsprechende sprachliche Register adressaten- und situationsgerecht anwenden. Ich kann dabei die geläufigen Formen der Begrüßung und der Verabschiedung verwenden.	1			
Ich kann: angemessen in einem Gespräch reagieren, einen einfachen persönlichen Brief verfassen und einen Dank / eine Entschuldigung ausdrücken oder einen Vorschlag unterbreiten.	1	2	3	4
Ich kann: ein Repertoire an elementaren sprachlichen Mitteln verwenden, um mich in vertrauten Situationen weitgehend phonetisch korrekt schriftlich zu äußern. Ich benutze dabei jedoch nicht immer die korrekte Rechtschreibung.	1	2		
Ich kann: einfache grammatische Strukturen der Situation entsprechend verwenden, mache aber noch einige Fehler.	1	2	2,5	
Ich kann: einen einfachen zusammenhängenden Text schreiben und Verbindungswörter benutzen.	1	1,5		

Grille d'évaluation: DELF Production orale

Entretien dirigé (1 minute environ)

Ich kann: mich auf einfache Weise vorstellen und auf Fragen antworten.	1	2	3	
Ich kann: auf einfache Fragen antworten und ein einfaches Kontaktgespräch führen.	1			

Monologue suivi (2 minutes environ)

Ich kann: einen Sachverhalt, eine Aktivität, ein Vorhaben, einen Ort mit einfachen sprachlichen Mitteln darstellen, sofern es sich um bekannte Situationen handelt.	1	2	3	
Ich kann: Informationen auf sprachlich einfache Weise miteinander verbinden.	1	2		

Exercice en interaction (3 à 4 minutes environ)

Ich kann: in Alltagsgesprächen Informationen erfragen und geben, Vorschläge annehmen oder ablehnen.	1	2	3	4
Ich kann: einfache Kontaktgespräche führen und gängige Redemittel verwenden.	1	2		

Pour l'ensemble des 3 parties de l'épreuve

Ich kann: einen begrenzten, aber angemessenen Wortschatz verwenden, um mich in einfachen, routinemäßigen Situationen des täglichen Lebens zu verständigen.	1	2	3	
Ich kann: einfache grammatische Strukturen verwenden. Die Aussage bleibt trotz elementarer Fehler verständlich.	1	2	3	4
Ich kann: mich hinreichend verständlich ausdrücken. Manchmal sind Nachfragen notwendig.	1	2	3	

Grille d'évaluation du livre et du cahier

Selbsteinschätzung: Hier kannst du feststellen, wie fit du bist. Kreuze an, welche Übung du erfolgreich bearbeitet hast. Wenn du unsicher bist, wiederhole die Übungen.

Unité	Aufgaben	Übungen		✓
3 En famille à Grenoble!				
	– Jetzt kannst du aus den Ferien schreiben.	Buch	S. 55, Nr. 8	☐
			S. 57, Nr. 14	☐
		Cahier	S. 69, Nr. 10	☐
	– Jetzt kannst du von einem Ereignis berichten.	Buch	S. 62, Nr. 11	☐
		Cahier	S. 70, Nr. 11	☐
			S. 77, Nr. 1	☐
4 À table! On mange.				
	– Jetzt kannst du über deine Essgewohnheiten sprechen.	Buch	S. 73, Nr. 4	☐
			S. 76, Nr. 9	☐
		Cahier	S. 92, Nr. 7	☐
			S. 97, Nr. 11	☐
	– Jetzt kannst du auf Französisch einkaufen.	Buch	S. 81, Nr. 10	☐
		Cahier	S. 109, Nr. 5	☐

5 Degemer mat e Breizh!

→ Die Lösungen findest du im Anhang auf S. 189.

Un peu d'entraînement

VOCABULAIRE

1 Vive les vacances!

a À quoi pensez-vous quand vous entendez le mot «les vacances»? Notez en français autant d'expressions possibles. À vos marques, prêts, partez!

les expressions	les mots	les verbes	les adjectifs
il fait beau	la mer	nager	chaud, e

b STOP À deux: Comparez vos résultats avec votre partenaire. Complétez vos listes.

c Formez des groupes de 4 et faites un match entre deux groupes. Le groupe **A** pose la question «À quoi pensez-vous quand vous entendez le mot vacances?». Le groupe **B** répond et l'équipe **A** note les mots et expressions au tableau. Ensuite, changez de rôle. Le groupe **B** pose la question et le groupe **A** répond. Pour chaque réponse correcte le groupe a deux points: un point pour le mot ou l'expression et un point pour l'ortographe. Quel groupe a gagné?

2 Moi, toi ou nous?

Au programme, il y a aujourd'hui une excursion à la mer. Il y a différentes activités pour les jeunes.

a Complétez les phrases par les pronoms **moi**, **toi**, **lui**, **elle / nous**, **vous**, **eux**, **elles**.

1. Où sont Hakim et Pierre? On va commencer sans __________?
2. – Tom, tu veux essayer le surf avec Marie? – Oui, je veux bien essayer avec __________.
3. Paul, tu t'intéresses aux oiseaux. J'ai besoin de __________ comme moniteur du groupe.
4. Jules et Alice, vous allez avec __________!
5. Je propose la visite du musée du sous-marin. Qui veut le visiter avec __________?
6. Pascal téléphone à l'équipe des maîtres-nageurs: «Bonjour Monsieur, je peux passez chez __________ avec le groupe à 11 heures»?
7. Pour notre blog, nous avons besoin de photos. Qui va les faire pour __________?
8. Jasmine et Gabrielle vont préparer le pique-nique. Qui peut porter les sacs pour __________?
9. Alors, je répète: qui va faire du surf? Tom et Marie: «__________!»
10. Qui va guider le groupe «observation des oiseaux»? (Alice zeigt auf Jules): «__________!»
11. Et qui prépare le pique-nique? (Die Gruppe zeigt auf Jasmine und Gabrielle): «__________!»
12. Et qui téléphone aux maître-nageur? Pascal, __________, va prendre rendez-vous par téléphone.

b Kennt ihr noch die Regel, wann man die unverbundenen Personalpronomen benutzt?

1. Markiere in gelb die Sätze, die ein Personalpronomen nach einer Präposition enthalten.
   → Sätze ______________________________
2. Markiere in Grün die Sätze, die ein Personalpronomen ohne Verb enthalten.
   → Sätze ______________________________
3. Markiere in blau den Satz, der ein Personalpronomen zur Hervorhebung enthält.
   → Satz ______________________________

Atelier A

VOCABULAIRE

1 Les sports nautiques (zu SB 93, 1)

1. la natation
2. le snorkeling
3. la plongée
4. la voile
5. la planche à voile
6. le char à voile
7. le surf
8. le kitesurf
9. le canoë
10. le ski nautique

a Quel sport correspond à quelle image? Notez le sport à côté de l'image.

b Qu'est-ce que vous avez déjà fait, vous aimeriez faire ou détestez comme sport? Notez vos réponses dans le tableau sous le mot-clé.

Exemple: J'aimerais faire du tennis parce que c'est un sport … qu'on fait à deux.

	Expressions qui peuvent t'aider:
une activité	de loisir / de compétition passionnant(e) / dangereux(-euse) / amusant(e) qui demande de l'adresse[1] que j'aime qu'on fait en équipe / individuellement qu'on apprend dans une école où il faut de l'adresse qu'on pratique sur la plage explorer la mer glisser sur l'eau aller vite
un sport	
quelque chose	
on peut	

1 **l'adresse** *(f.)* – *hier:* die Geschicklichkeit

GRAMMAIRE

G 24

En plus 145, 3

V14

2 Les colonies de vacances (zu SB 93, 2, 3)

Lola et Zoé veulent passer les vacances d'été dans une colonie de vacances. Elles ne savent pas encore où aller. Mettez le bon **pronom**.

1. Maman: «Zoé et Lola, qu'est-ce qui __________ intéresse? Vous ________ expliquez les différentes offres?»
2. Zoé: «Maman on _______ montre les différents programmes, d'accord?»
3. – Ici on __________ propose un stage de sauvetage.
4. – À Carantec, ils __________ offrent une semaine de découverte.
5. Maman: «Ils __________ envoient un plan de la region?»
6. Zoé: «Non maman. Tu ______________ donnes une carte de la Bretagne»?
7. Maman: «Mais bien-sûr, je _____________ cherche la carte Michelin tout de suite.

Erklärfilm
Die Objektpronomen
me, te, nous, vous

LIRE

3 Comprendre le texte (zu SB 95, 5)

Lisez le texte de la page 94 et corrigez les phrases.

1. Florian passe une semaine à Meneham en Bretagne pour une classe de voile.

   ____

2. Il a trouvé la visite du village de pêcheurs de poissons ennuyeuse.

   ____

3. Le breton est une langue qui est presque comme le français.

   ____

4. À Brest, le groupe va visiter le musée des sous-marins où il y a beaucoup de bateaux.

   ____

5. Marie est bien contente de faire une sortie nature avec les autres.

   ____

6. Le moniteur a proposé aux jeunes de faire de la planche à voile à marée haute.

   ____

7. Attention aux rochers si vous allez sur la plage, on risque de glisser.

   ____

REGARDER

KAP'S

V15

4 Voyage, voyage … (zu SB 94, 4)

Regardez la vidéo sans le son. Ensuite, lisez les questions. Regardez une deuxième fois la vidéo avec le son et cochez les bonnes réponses ou complétez les phrases.

1. Pendant le film, on visite ________ villes.
2. Le voyage commence …
   - ☐ au nord-est
   - ☐ au sud-est
   - ☐ au nord-ouest
   - ☐ au sud-ouest

   … de la France.
3. La dernière station du voyage est …
   - ☐ au nord-est
   - ☐ au sud-est
   - ☐ au nord-ouest
   - ☐ au sud-ouest

   … de la France, sur une __________.
4. À la 2e station du voyage, on est dans la ville de ____________, dans la région ______________.
5. Dessinez le drapeau (*Flagge*) de la Bretagne ici. → ☐
6. Qu'est-ce qu'on peut voir en Bretagne? (Entoure 4 mots.)

Les Alpes

les bâteaux

la mer

un parc aquatique

Napoléon

le train Eurostar

un château

7. Qu'est-ce qu'on peut voir dans le parc aquatique? ______________________________.
8. Quelle ville est-ce qu'on a visité avant la Bretagne? ______________________________
9. Quelle ville est-ce qu'on va visiter après la Bretagne? ______________________________
10. Quelle autre région est-ce que vous aimeriez visiter? Pourquoi? Justifiez votre réponse en 150 mots environ dans votre cahier.

Tout compris? Non? Ce n'est pas grave. Regardez la vidéo une troisième fois.

GRAMMAIRE
G 25
En plus 145, 4
V16

5 Une interview (zu SB 95, 6)

Erklärfilm
Der Demonstrativbegleiter ce

Répondez aux questions et ajoutez **ce**, **cet**, **cette**, **ces**.

1. – Tu connais la Bretagne? – Non, je n'ai jamais été dans __________ région.
2. – Tu as déjà fait du char à voile? – Non, je n'ai jamais pratiqué ________ sport.
3. – Tu as déjà mangé des crêpes? – Mais bien sûr, on trouve __________ spécialités même en Allemagne!
4. – Est-ce que vous avez déjà participé à une sortie nature? – Non, on ne nous a pas encore proposé __________ activité.
5. – Tu as déjà observé des mouettes dans le port de Brest? – Non, je n'ai pas encore observé __________ oiseaux.
6. – Tu as déjà participé à une classe de découverte pendant les grandes vacances? – Non, je n'ai pas encore trouvé __________ offre en Allemagne.
7. – Tu aimes manger des galettes au petit-déjeuner? – Je ne sais pas, je n'ai pas encore goûté __________ «crêpes salées» bretonnes.
8. – Tu as déjà été à Meneham, sur la côte bretonne? – Oui, j'ai déjà visité ________ village.

GRAMMAIRE
G 26
En plus ● 146, 5
V17

6 Quel groupe? (zu SB 96, 7)

Jade et Soraya font une promenade à la plage. Elles causent.
Complétez les phrases par **quel**, **quelle**, **quels** ou **quelles**.

1. __________ garçon du groupe est-ce que tu aimes bien?
2. __________ fille t'énerve le plus?
3. __________ ville est-ce que tu aimerais visiter demain?
4. __________ film est-ce qu'on va regarder au cinéma ce soir?
5. Tu sais __________ musées il y a à Brest?
6. Tu es partie en colo pour la première fois à __________ âge?
7. __________ crêpes est-ce que tu préfères?

Erklärfilm
Der Fragebegleiter *quel*

ÉCOUTER

28

7 La météo marine (zu SB Übung 96, 9)

a Écoutez une première fois le document et répondez à la question.

Nous sommes en quelle saison?

☐ printemps ☐ été ☐ automne ☐ hiver

b Écoutez une deuxième fois le document. Lisez les questions.

c Regardez la carte de la Bretagne. Écoutez une troisième fois le document. Mettez les symboles (soleil, vent, pluie, neige, nuages, températures).

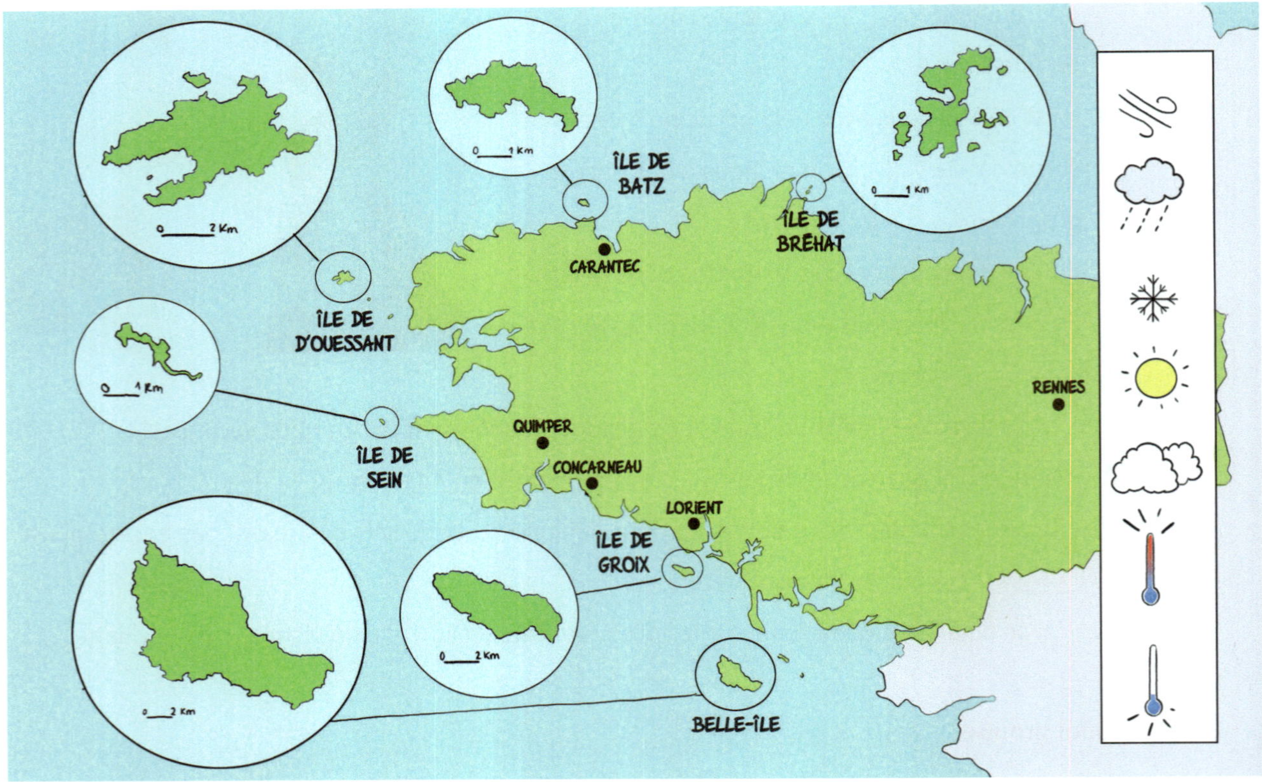

1. Une tempête[1] vient de l'océan ____________________ .
2. Vous pouvez aller en bateau sur toutes les îles. ☐ vrai ☐ faux
3. Il y a du soleil à **B**________________ , à **G**__________ et à **O**________________ .
4. Il y a du vent sur ________ îles.
5. Vous pouvez aller à la plage sur ________ îles.
6. Il y a de la neige sur l'île n° ________ .

1 une tempête – ein Sturm

LIRE

En plus
○ 144, 2

8 La mode de Bretagne (zu SB Übung 97, 10)

Du interessierst dich für Mode. In einer Jugendzeitschrift, die deine Eltern aus dem letzten Urlaub in der Bretagne mitgebracht haben, findest du folgenden Artikel über die traditionelle und moderne Kleidung der Bretagne. Du möchtest mehr erfahren und vielleicht später eines dieser Kleidungsstücke bestellen, um ein originelles Outfit in der Schule zu präsentieren.

La Bretagne offre aujourd'hui toute une palette de vêtements sportifs et pratiques pour les vacances au bord de la mer. Mais les vêtements bretons n'ont pas toujours été pratiques. Quand on regarde les costumes traditionnels, on imagine mal comment aller au cinéma ou voyager en bus avec une coiffe sur la tête par exemple.
Mais aujourd'hui, la haute couture et le prêt-à-porter reprennent les basiques des vêtements bretons pour les transformer et leur donner un look moderne et sportif.

On dit qu'en Bretagne il pleut toujours. Bon, il pleut souvent, c'est vrai. Mais il ne pleut pas plus qu'à Nice. Le ciré jaune est le vêtement basique quand il pleut. C'est le vêtement des pêcheurs, des marins quand ils vont en mer pour pêcher le poisson. Le ciré est toujours de couleur jaune, pour le voir dans la nuit, dans la tempête.

À côté du ciré jaune, le pull marin blanc avec des rayures bleues ou bleu avec des rayures blanches est le must pour les garçons mais aussi pour les filles. Le pull marin porte un message: je suis fort, j'aime la mer, les bateaux, le froid, la pluie. Je n'ai pas peur du mauvais temps. Ça ne vous dit rien? Vous reconnaissez peut-être le flacon d'eau de toilette de Jean-Paul Gaultier?

On peut dire que les vêtements bretons sont comme une nouvelle identité. Si vous portez un t-shirt breton, vous êtes simplement invincible!

a Lisez l'article.

b Choisissez un des vêtements. Vous voulez que votre correspondant(e) achète un vêtement pour vous. Écrivez-lui un mail. Expliquez pourquoi vous voulez ce vêtement (150 mots environ).

PARLER

En plus 143, 1

9 En route pour la Bretagne (zu SB 98, 12)

Tu (**A**) passes des vacances avec ton / ta correspondant(e) français(e) (**B**) en Bretagne. Comme il / elle ne connait pas bien la région, c'est toi qui proposes des activités. Travaillez à deux. Décidez qui prend le rôle **A** et le rôle **B**. **A** commence. Après, changez de rôle.

A Toi	B Ton / Ta partenaire
1. Du fragst deine(n) französische(n) Partner(in), ob er / sie Lust hat, den Freizeitpark Océanopolis zu besichtigen.	**1.** [Tu as envie d'aller visiter le parc Océanopolis?]
2. [Il est dans quelle ville le parc Océanopolis? Tu le connais déjà?]	**2.** Du fragst zurück, in welcher Stadt er sich befindet und ob er / sie ihn schon kennt.
3. Du antwortest, dass der Park in Brest ist und dass du ihn durch ein Video in deinem Französischbuch *Découvertes* kennst.	**3.** [Le parc Océanopolis est à Brest. Je le connais par une vidéo dans mon livre de français Découvertes.]
4. [Ça ne me dit rien. Je n'ai pas trop envie de voir des poissons.]	**4.** Du sagst, dass dir das nichts sagt und dass du keine große Lust hast, Fische zu sehen.
5. Du sagst, dass du im Internet gelesen hast, dass es auch ein Schloss in Brest gibt. Man kann dort viel über die Geschichte der Bretagne sehen. Du fragst, ob er / sie Lust hat, das Schloss zu besichtigen.	**5.** [J'ai lu sur Internet qu'il y a un château à Brest. On peut voir beaucoup de choses sur l'histoire de la Bretagne. Ça te dit de visiter le château?]
6. [L'histoire, ça ne me dit rien. Je propose de rester à l'hôtel.]	**6.** Du antwortest, dass Geschichte nicht so dein Ding ist. Du schlägst vor, im Hotel zu bleiben.
7. Du sagst, dass es nicht einfach ist, sich mit ihm / ihr auf einen Ausflug zu einigen.	**7.** [Ce n'est pas facile de se mettre d'accord sur une sortie avec toi!]
8. [Je préfère faire du sport. J'ai envie d'aller à la plage ou de voir la mer.]	**8.** Du sagst, dass du lieber Sport machst und dass du Lust hast, zum Strand zu gehen oder das Meer zu sehen.
9. Du schlägst vor, Boot zu fahren. Es ist Sommer. Die Sonne scheint und der Himmel ist blau.	**9.** [Je te propose de faire du bateau. C'est l'été, il fait soleil et le ciel est bleu.]
10. [C'est une bonne idée. Je suis d'accord. Mais avant, tu dois demander à tes parents.]	**10.** Du sagst, dass das eine gute Idee ist und dass du einverstanden bist, aber dass er / sie vorher seine / ihre Eltern fragen soll.

Atelier B

LIRE

10 Comprendre le texte (zu SB 100, 2)

a Lisez les phrases et cochez la bonne réponse.
Justifiez votre réponse.

	vrai	faux	justification ligne(s)
1. Ce jour-là, les jeunes font des différentes activités.	☐	☐	
2. Florian, Lola et Soraya aiment la pêche à pied.	☐	☐	
3. Ils marchent sur la route inondée par marée haute.	☐	☐	
4. Ils trouvent une petite plage où ils aimeraient rester des mois.	☐	☐	
5. Quand ils sont sur la colline, il commence à faire mauvais.	☐	☐	
6. Soraya glisse et tombe.	☐	☐	
7. Un homme arrive et dit qu'il faut être prudent.	☐	☐	
8. Ils les invitent chez lui.	☐	☐	
9. Après l'orage, ils retournent au centre de vacances.	☐	☐	

b Imaginez une suite à cette histoire et notez-la dans votre cahier. Réfléchissez: qu'est-ce qui se passe au centre de vacances / qu'est-ce qui se passe chez le pêcheur / et au retour?

ÉCOUTER

11 Initiation au breton (zu SB 100, 3)

A29

a Écoutez les mots et répétez.

b Cherchez les intrus. Vous allez entendre 2 mots qui ne sont pas bretons et pas français. Lesquels?

MÉDIATION

12 Les naufragés de l'Île Tromelin (zu SB Übung 99, 1)

Während eines Schüleraustausches hat dir ein Schüler aus der Bretagne ein Buch von der bretonischen Schriftstellerin Irène Frain gegeben. Dein Vater, der sich für die Seefahrt interessiert, hat das Cover gesehen und würde gerne mehr über dieses Buch erfahren. Erkläre ihm auf Deutsch, worum es geht.

Nous sommes dans la nuit du 31 juillet au 1er août 1761 au milieu de l'océan Indien. Le bateau (*L'Utile*) est parti de Bayonne avec 142 hommes et a fait une halte à l'Ile Maurice. Puis, il a continué sa route. La mer est calme. À marée haute, l'océan est infini. Dans le ventre du bateau, il y a à manger, à boire mais aussi … il y a des esclaves. Les marins demandent au capitaine: «Est-ce que c'est dangereux ici?» Les marins disent qu'il y a une île dangereuse pas très loin. Ils regardent le ciel, tout est noir. Ils ont peur. Le capitaine Jean de la Fargue répond: «Non, ce n'est pas dangereux. Il n'y a pas d'île sur la carte.» On continue.
Tout à coup, en pleine nuit, le bateau tape contre une île mystérieuse qui n'existe pas sur les cartes. C'est l'Île Tromelin. Le bateau coule.

Les marins (122 hommes) arrivent à monter sur l'île déserte avec seulement 60 esclaves. Ouf! Sauvés! Mais rester ici sur une île déserte au milieu de l'océan, quelle horreur! Beaucoup d'esclaves sont morts noyés dans le ventre du bateau. Le capitaine devient fou. Après quelques jours, les marins trouvent un peu d'eau sur l'île. Ils mangent des oiseaux et des tortues de mer. Deux mois après le naufrage, les marins font un nouveau petit bateau et partent vers Madagascar. Les 60 esclaves restent sur l'île déserte.

On les sauve 15 ans plus tard, en 1776, avec le bateau La Dauphine. Sur les 60 esclaves, seulement huit sont encore là et un enfant.

a Marquez les mots que vous ne connaissez pas encore mais que vous comprenez.

b Racontez à votre père en allemand l'action du livre d'Irène Frain.
Prenez d'abord des notes, puis racontez l'histoire devant la classe. (150 mots environ).

GRAMMAIRE
G 28

13 Dans le village gaulois (zu SB 100, 4)

Astérix et Obélix discutent.

1. «Obélix, tu vas dans la forêt avec moi chercher des sangliers[1]?»

2. «Je regrette[6]. Je dois travailler.»

3. «Tu peux apporter un sanglier pour moi?»

4. «Nous allons chasser[2] les sangliers plus tard.»

5. «Tu fais ce menhir[3] sur commande[4]?»

6. «C'est un cadeau pour Troubadix.»

7. «Tu peux finir le travail en deux heures?»

8. «J'ai encore du travail pour trois heures.»

9. «Je vais t'attendre dans la taverne[5].»

10. «Le mot taverne donne soif et faim.»

11. «Alors tu dois arrêter ton travail et venir avec moi.»

1 un sanglier - ein Wildschwein **2 chasser** - jagen **3 un menhir** - ein Hinkelstein **4 sur commande** - auf Bestellung **5 une taverne** - ein Wirtshaus
6 regtetter - bedauern

a Lisez le dialogue.

V18

b Abraracourcix, chef du village ne comprend pas la conversation d'Astérix et Obélix. L'un des compagnons d'Abraracourcix lui transmet la conversation.

1. Astérix demande si Obélix va dans la forêt avec lui, chercher des sangliers.
2. Obélix répond qu'il doit travailler.
3. Obélix demande ______________________________
   ____
4. Astérix dit ______________________________
5. Astérix demande ______________________________
6. Obélix explique ______________________________
7. Astérix veut savoir ______________________________
   ____
8. Obélix ______________________________
   ____
9. Astérix ______________________________
10. Obélix ______________________________
11. Astérix ______________________________
    ____

Erklärfilm
Die indirekte Rede / Frage

GRAMMAIRE

G 29

En plus ○ 147, 6

14 Un coup de téléphone (zu SB 101, 5)

Loïc téléphone à ses parents. Ils lui posent beaucoup de questions.
Répondez pour lui et mettez **le**, **la**, **l'** ou **les**. Attention à l'accord du passé composé!

1. – Est-ce que tu n'oublies pas la carte postale pour les grands-parents? – Non, ______
2. – On parle encore le breton en Bretagne? – Oui, ______
3. – Vous visitez le village de Meneham? – Non, ______
4. – Tu connais le musée des sous-marins? – Oui, ______
5. – Vous êtes allés à Rennes. Tu aimes la capitale de la Bretagne? – Oui, ______
6. – Est-ce que vous allez voir les rochers en forme d'animaux? – Non, ______
7. – Tu as déjà mangé les galettes bretonnes? – Oui, ______
8. – Vous avez déjà visité l'Ile-de-Batz? – Non, nous ______

Sur place

Découvertes MAG

REGARDER

V19

15 Prêts pour la Bretagne! (zu SB 104, 2)

Regardez la vidéo et répondez aux questions ou cochez la bonne réponse.

1. Où est Angèle au début de la vidéo?

☐ devant une boulangerie ☐ devant une épicerie ☐ devant une pâtisserie

2. Qu'est-ce qu'on peut acheter dans le magasin? (Cochez.)

☐

☐

☐

☐

☐

3. Le magasin s'appelle ______.

4. Les gens disent qu'il ______ tous les jours en Bretagne. C'est ☐ vrai ☐ faux

Justification: ______

5. Les coiffes, c'est ce que les hommes et les femmes portent sur la tête en Bretagne.

☐ vrai ☐ faux Justification: ______

6. Pour ses vacances, Hippolyte a trouvé ____ Crozon, ____ Ouessant, ____ La Pointe du Raz.

7. Angèle espère trouver en Bretagne … ☐ la pluie ☐ la nature ☐ les dauphins ☐ les nuages ☐ la mer ☐ le bon air

8. Le jeune homme breton est de ______ et il a acheté un bol avec «______» dessus.

9. Quels prénoms ne sont pas bretons? ☐ Gwenaëlle ☐ Zora ☐ Maïwenn ☐ Loïc ☐ Fairuz ☐ Enora

10. Pour dire «au revoir» en breton on dit ______ ar wech all.

PARLER

16 Fit für die Tâche (zu SB 104, 3)

Bevor ihr die Tâche in eurem Schülerbuch macht, löst folgende Aufgaben.

1ère étape: Les villes et les activités

a Relisez les textes de l'unité 5 et reliez ensuite les villes et les activités.

Brest		un village historique
Carnac		la préhistoire
Guérande		le Centre de vacances
Carantec	on trouve	les dunes
Rennes	on peut faire	la plage, les chars à voile
Meneham	il y a	le sel
Keremma	est	la capitale de la Bretagne
Goulven		le port avec les bateaux

b Faites des phrases avec chaque ville.

2e étape: Petit dico breton

a Lisez les mots bretons et apprenez-les par cœur. C'est très utile (*nützlich*) dans une conversation.

Demat! [demat]	Guten Tag!	**Kastell** [kastɛl]	ein Schloss
Degemer mat! [degemɛʀmat]	Willkommen!	**Kêr** [kɛʀ]	eine Stadt
Mont a ra? [mɔnaʀa]	Wie geht's?	**mor-Bras** [mɔrbʀa]	der Ozean
Kenavo! [kenavo]	Wiedersehn!	**mor** [mɔr]	das Meer
Trugarez! [trygaʀe]	Danke!	**plou** [plu]	eine Gemeinde
Breizh [bʀɛz]	die Bretagne	**ti** [ti]	ein Haus
Ya [ja]	ja	**bag** [bag]	ein Boot
Nann [nan]	nein	**brav** [bʀaw]	schön
Du [dy]	schwarz	**mat** [mat]	gut
Gwenn [gwɛn]	weiß	**kazh** [kɛs]	eine Katze
Bro [bʀo]	das Land	**ki** [ki]	ein Hund
Galleg [galɛk]	französisch		

b Travaillez à deux. Interrogez-vous sur le vocabulaire. *(Fragt euch gegenseitig ab.)*

A30

3e étape: La météo de la semaine

Écoutez le document et indiquez sous les menhirs les jours de la semaine.

→ Die Lösungen zu den Bilan-Aufgaben findest du im Anhang auf S. 189.

Bilan

1 Parler (nach SB 105, 1)

Ich kann über Ferien am Meer sprechen.
Racontez un évènement pendant les vacances.
Qui? Quand? Où? Quoi? Les images peuvent vous donner des idées.

2 Grammaire (nach SB 105, 2)

G 24

Ich kann die indirekten Objektpronomen ***me, te, nous, vous*** *anwenden.*
Lola écrit une carte postale à ses grands-parents. Attention, elle a oublié **les pronoms objets**.
Mettez-les pour elle.

Chers grands-parents,

J'écris de Bretagne, comme promis. Dans le centre de vacances, beaucoup d'activités ________ attendent. La planche à voile ne ________ intéresse pas. Mais la dame du centre ________ aime bien, mes camarades et moi, et nous allons visiter Carnac demain. On ________ aide même à faire un tour sur un bateau de pêcheurs. Ah? La dame du centre ________ cherche, mamie. Je ____ appelle vendredi soir et je ________ attends, papi et toi, samedi. Je ________ embrasse tous les deux, bises

Lola

____

____

____

____

3 Grammaire (nach SB 106, 4)

G 25
G 26

*Ich kann die **Demonstrativbegleiter** und die **Fragebegleiter** anwenden.*

1. – Tu connais ________ sentier? – ____________ sentier?
   – Le sentier des Douaniers sur la Côte de granit rose.
2. – Tu vois __________ route? – ______________ route?
   – La route qui est inondée par marée haute.
3. – Regardez ________ bateaux. – _____________ bâteaux?
   – Les bateaux des pêcheurs dans le port.
4. – Tu as envie de faire ________ excursions? – ______________ excursions?
   – Les excursions historiques.
5. – Vous avez vu _______ film? – ____________ film?
   – Le film sur la fabrication du cidre.
6. – Tu connais ________ homme? – ____________ homme?
   – L'homme qui nous fait signe.
7. – Tu écris à ________ ami? – ____________ ami?
   – L'ami que tu m'as montré en photo.
8. – Vous aimez ________ endroit? – ____________ endroit?
   – L'endroit où ont habité les pêcheurs des algues.

4 Grammaire (nach SB 106, 6)

G 28

Ich kann Aussagen und Fragen in der indirekten Rede wiedergeben.
Les parents parlent avec leur fille.

1. – Lola, tu aimes la Bretagne?
   Ils demandent ____
2. – Oui, la Bretagne est une très belle région.
   Elle répond ____
3. – Tu as partagé la chambre avec d'autres filles?
   Ils veulent savoir ____
4. – Nous avons été quatre filles dans la chambre.
   Elle dit ____
5. – Vous avez aimé le programme?
   Ils demandent ____
6. – Nous avons fait beaucoup de choses intéressantes.
   Elle explique____
7. – J'ai surtout aimé l'excursion à Brest.
   Elle ajoute____
8. – Tu es contente d'être de retour?
   Ils veulent savoir ____

Erklärfilm
Die indirekten Objektpronomen le, la,

5 Grammaire (nach SB 106, 7)

G 29
V20

*Ich kann die direkten Objetpronomen **le, la, l', les** anwenden.*

1. – Tu n'a pas ton ballon? – Non, je (oublier) ______
2. – Regarde les vagues aujourd'hui. – Oui, je (voir) ______
3. – Les garçons ne sont pas encore là? – Non, il faut (appeler) ______
4. – Tu as les sandwichs? – Non, les garçons peuvent (prendre) ______
5. – Et le jus d'orange? Tu as la bouteille? – Oui, je te (donner) ______

6 Écouter (nach SB 106, 5)

A31

Ich kann Angaben zum Wetter verstehen.

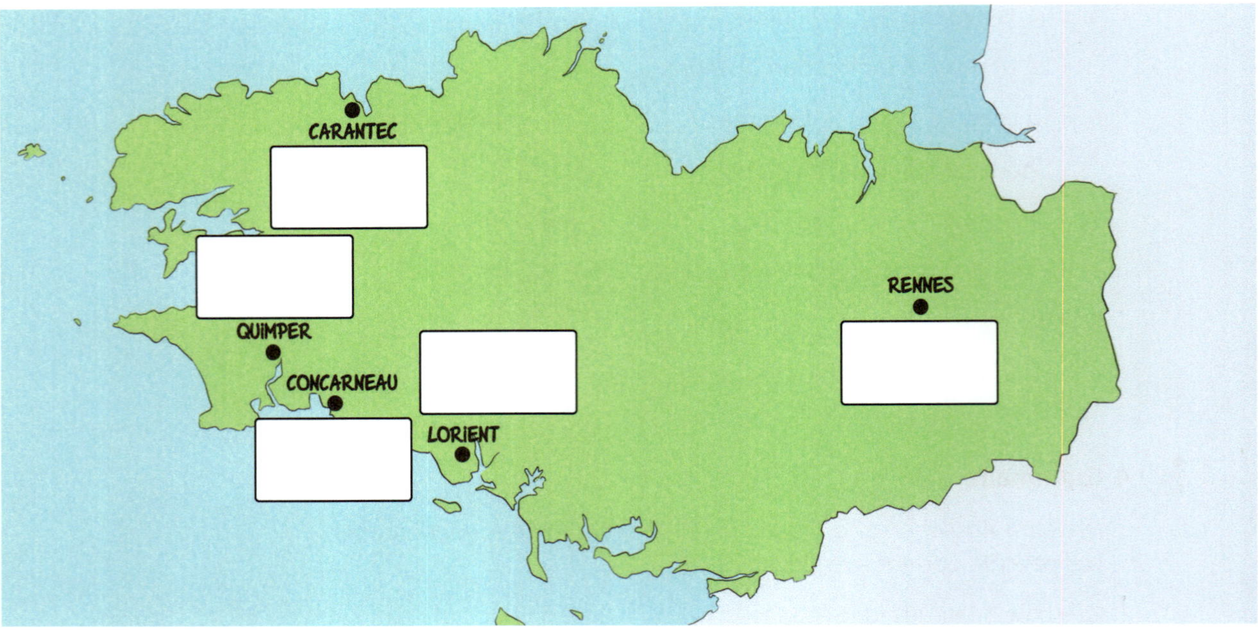

C'est votre journée libre et vous voulez faire une excursion. Pour cela, il faut savoir quel temps il fait. Écoutez bien la météo et dites de quelle ville il s'agit. Dessinez les symoboles (nuages, soleil, vent dans les bonnes cases.

1. C'est à ______
2. ______
3. ______
4. ______
5. ______

PARLER

1 Les vacances à la mer

→ Übung 9

Tu (**A**) chattes en ligne avec ton / ta correspondant(e) français(e) (**B**) et vous parlez de vos prochaines vacances à Paimpol, en Bretagne. Travaillez à deux. Décidez qui prend le rôle **A** et le rôle **B**.
A commence. Après, changez de rôle.

A Toi	B Ton / Ta correspondant(e)
1. Du begrüßt deine(n) französische(n) Partner(in). Du fragst, welche Kleidungsstücke er / sie für den Urlaub in Paimpol mitnehmen wird.	**1.** [Salut! Qu'est-ce que tu prends comme vêtements pour les vacances à Paimpol?]
2. [Salut! Je mets un pull et une veste pour la pluie dans mon sac.]	**2.** Du grüßt zurück und antwortest, dass du einen Pulli und eine Jacke für den Regen in deine Tasche packst.
3. Du sagst, dass es aber nicht jeden Tag in der Bretagne regnet. Ihr braucht auch Sachen für den Strand.	**3.** [Mais il ne pleut pas tous les jours en Bretagne. Il faut aussi prendre des affaires pour la plage.]
4. [Mon père veut savoir si tu connais déjà la marée.]	**4.** Du sagst, dass dein Vater wissen möchte, ob er / sie schon die Gezeiten kennt.
5. Du sagst, dass du die Gezeiten noch nicht kennst, aber deine Eltern sagen, dass sie die Gezeiten vor 20 Jahren kennengelernt haben, bei einem Urlaub in der Bretagne.	**5.** [Moi, je ne connais pas encore la marée, mais mes parents disent qu'ils ont connu la marée, il y a 20 ans pendant des vacances en Bretagne.]
6. [Tes parents, ils ont passé leurs vacances dans quelle ville en Bretagne il y a 20 ans?]	**6.** Du fragst ihn / sie, in welcher Stadt seine / ihre Eltern vor 20 Jahren Urlaub gemacht haben.
7. Du sagst, dass deine Eltern in Carantec Urlaub gemacht haben, weil sie Carantec aus deinem Französischbuch kennen. Du fragst, ob er / sie diese Stadt oder dieses Dorf kennt.	**7.** [Mes parents ont passé des vacances à Carantec parce qu'ils connaissent Carantec de mon livre de français. Tu connais cette ville ou ce village?]
8. [Ce village n'est pas loin de Paimpol. Je vais demander à mes parents si nous pouvons faire une sortie là-bas.]	**8.** Du antwortest, dass dieses Dorf nicht weit von Paimpol ist und dass du deine Eltern fragen wirst, ob ihr einen Ausflug dorthin machen könnt.

LIRE

2 La forêt de Brocéliande

→ Übung 8

a Lisez le texte.

La forêt de Brocéliande

Au centre de la Bretagne, à Paimpont, on trouve une autre forêt encore plus mystérieuse et magique que la forêt de Huelgoat. C'est la forêt de Brocéliande. On y trouve des plantes exotiques, des beaux arbres, des chemins romantiques, des rochers mystérieux. Mais surtout, des personnages de légende y habitent encore. Le roi Arthur, Merlin l'enchanteur et les fées. Peut-être que vous allez les rencontrer sur le chemin.

L'origine de la légende du roi Arthur

Vous connaissez le roi Arthur ou Artus? Au Ve siècle après J.C., des barbares (les Saxons, les Scots et les Angles) arrivent en Bretagne (maintenant Grande-Bretagne). Longtemps la Bretagne et la Grande-Bretagne sont un même pays. Le seigneur de Camelot, Artus et les chevaliers de la table ronde résistent alors aux barbares. Beaucoup de chevaliers bretons reviennent en Bretagne et racontent la guerre contre les barbares. On dit qu'ils y sont encore …

b Lisez les textes et répondez au plus grand nombre de questions possible. Pour le reste, faites une recherche sur Internet.

1. La forêt de Brocéliande est …

   ☐ au centre de la France. ☐ à l'ouest de la France.

   ☐ au centre de la Bretagne. ☐ à l'est de la France.

2. Quels sont les personnages qui n'habitent pas dans la forêt de Brocéliande?

   ☐ Arthur ☐ Jules ☐ Astérix ☐ Merlin

3. À ton avis, qui sont les Saxons aujourd'hui?

   ☐ die Preußen ☐ die Schweizer ☐ die Sachsen ☐ die Bayern

4. Est-ce que la Bretagne a toujours été française?

   ☐ oui ☐ non

   Justification: ______________________________.

5. Les chevaliers de la table ronde, c'est quoi en allemand?

   ☐ die Reiter am runden Tisch ☐ die Ritter der Tafelrunde ☐ die Schimmelreiter

GRAMMAIRE

3 L'arrivée au centre de vacances

→ Übung 2

Ajoutez **me**, **te**, **nous**, **vous**.

1. Bonjour tout le monde. Je __________ souhaite la bienvenue!
2. Je veux __________ expliquer la vie au centre.
3. Tout d'abord, vous pouvez toujours __________ poser vos questions.
4. Madame, quand est-ce qu'on __________ montre nos chambres?
5. Pas si vite, Soraya, je vais __________ répondre plus tard mais d'abord pour les autres:
6. Ce soir à 8 heures, on __________ sert le dîner.
7. Il __________ faut quatre personnes qui mettent la table.
8. Soraya, je __________ demande de nettoyer les tables après le repas.
9. – Madame, est-ce que quelqu'un peut __________ aider?
10. – Je __________ aide, dit Loïc. Tu sais, je __________ aime bien!
11. D'accord, et maintenant je __________ montre les chambres.
12. À propos, qui __________ a donné la liste avec les noms pour chaque chambre?
13. Jules, tu peux __________ lire cette liste s'il te plaît?

GRAMMAIRE

4 Une carte postale pour mémé

→ Übung 5

Loïc a écrit une carte postale à sa grand-mère.
Il a oublié les adjectifs démonstratifs **ce**, **cet**, **cette** et **ces**. Mettez-les **à sa place**.

Ma chère mamie,

1. Comment vas-tu?
2. Je passe __________ vacances d'été en Bretagne.
3. __________ région est vraiment très belle.
4. __________ côtes sauvages et __________ bleu de la mer, tu ne peux pas imaginer cela.
5. __________ matin, on a eu des galettes au petit-déjeuner.
6. J'aime beaucoup __________ spécialité bretonne.
7. Après le petit-déjeuner, nous avons visité Concarneau, __________ ville fortifiée où travaille _____ commissaire de la télé.
8. __________ après-midi, nous allons à Pont-Aven, __________ village connu pour les toiles de Gauguin.
9. __________ artiste, tu le connais sûrement.
10. Tu vois un peu, __________ séjour est vraiment très intéressant.
11. Maintenant Lola arrive, __________ amie, tu sais je t'ai parlé d'elle dernièrement.
12. __________ soir, on va apprendre la danse bretonne.

Bisous.

Loïc

GRAMMAIRE

5 La Bretagne

→ Übung 6

360° Material
La Bretagne

Lisez le texte sur la Bretagne.

La Bretagne est une région célèbre pour son littoral[1] exceptionnel. Ses kilomètres de côtes se composent de criques[2], de longues plages, de dunes, de falaises[3] de granit avec des phares[4], des ports, des maisons de granit, de villages de pêcheurs et des îles, comme Ouessant, et Belle-Île.
La Bretagne est divisée en deux parties, l'Armor (la mer en breton) et l'Argoat (la forêt).
En Bretagne, il y a de nombreux lieux touristiques comme les Monts d'Arrée, Pontivy, la forêt de Brocéliande, Rennes …
Bien sûr on ne peut pas quitter la Bretagne sans avoir dégusté les spécialités bretonnes, comme le kouign amann, les crêpes, le far breton, les huîtres de Cancale, les fruits de mer etc … Comme boisson, le cidre accompagne la plupart de ces plats bretons.

1 le littoral – die Küstenregion; **2 une crique** – eine kleine Bucht; **3 une falaise** – eine Steilküste; **4 un phare** – ein Leuchtturm

a Formez des questions à l'aide de la grille et notez-les. (Il y a plusieurs possibilités.)

	temps	vous intéressent	en Bretagne aujourd'hui?
Quel	alignements	ont	en Bretagne?
Quels	îles bretonnes	est-ce que vous faites	célèbre pour son sel?
Quelle	ville	fait-il	«au revoir» en français?
Quelles	sports	veut dire	un port et une plage?
	spécialités	est	sur la plage?
	mot breton	est-ce que	vous proposez aujourd'hui?

1. ____________________
2. ____________________
3. ____________________
4. ____________________
5. ____________________
6. ____________________
7. ____________________

b À tour de rôle: posez des questions et l'autre donne la réponse.

GRAMMAIRE

6 À Paimpont

→ Übung 14

Ce jour-là, Florian et son copain font une excursion à Paimpont. Ils rencontrent deux autres garçons bretons pendant leur promenade. Ils leur posent beaucoup de questions.

Trouvez les **pronoms objets directs**.

1. – Florian, tu connais la forêt de Brocéliande? – Oui, je ________ connais déjà.
2. – Vous avez vu les beaux arbres? – Oui, nous ________ avons vus.
3. – Vous avez marché sur les chemins dans la forêt.
   – Non, mais on va ________ chercher cet après-midi.
4. – On vous a raconté l'histoire du roi Arthur? – Oui, on ________ a lue à l'école.
5. – Vous avez rencontré Merlin l'enchanteur et les fées sur les petits chemins?
   – Non, mais on va ________ chercher dans la forêt cet après-midi.
6. – Tu connais l'origine de la légende du roi Arthur? – Non, mais je veux bien ________ connaître.
7. – Tu aimes les histoires des chevaliers de la table ronde? – Oui, je ________ aime beaucoup.

6 Les médias et moi

→ Die Lösungen findest du im Anhang auf S. 190.

Un peu d'entraînement

VOCABULAIRE

1 Les médias et moi

Complétez le texte avec les mots français ci-dessous.

Fake News | Medien | soziale Netzwerke | Smartphone | Onlinespiele | Nachrichten | Telefon | Internetseiten | neue Medien | kommunizieren

1. Salut! Je m'appelle Sarah et j'ai 16 ans. Mes frères lisent toujours des ________________ sur leur __________________ et moi, ça m'énerve. Je préfère les ______________ classiques, comme par exemple le ________________ pour ___________________ avec mes amies. 2. Ma petite sœur a 11 ans et passe son temps à faire des ____________ en _____________ avec ses copines. 3. En plus, elle veut un compte sur les _____________________. Je trouve ça nul! Là, on trouve souvent des informations qui ne sont pas vraies, il y a trop de ______________________ sur beaucoup de ________ ________________ 4. Voilà, vous avez compris: je n'aime pas ______________________________!

ÉCOUTER

A32

2 Accro aux médias

a Relisez les chiffres dans votre vocabulaire.

b Ensuite, vous avez une minute pour lire les questions ci-dessous. Puis écoutez le document et complétez les statistiques.

c Tout compris? Oui? Super! Non? Ce n'est pas grave. Écoutez encore une fois le document et complétez le reste.

Questions	Détails	%
1. ______ utilise _________?	a) Maisons et appartements avec Internet? b) Adolescents qui ont un ordi / smartphone / une tablette?	
2. ________ et ___________ les jeunes cherchent-ils des informations?	a) Adolescent qui ont Internet dans leur chambre? b) Adolescents qui ont une télé dans leur chambre? c) Adolescents qui ont une console de jeu dans la chambre?	
3. La _____________ entre ______________________?	a) Garçons qui regardent des films en streaming? b) Filles qui regardent des films en streaming? c) Pourcentage des filles qui ont peur d'Internet?	
4. Est que les jeunes sont __________ au numérique?	a) Ont un rapport normal avec Internet? b) Font des choses dangereuses? c) Les garçons jouent à des jeux vidéo?	

GRAMMAIRE G 30 En plus ● 167, 3

3 Le sondage (nach SB 111)

Léo et son copain font un sondage dans leur classe.
Utilisez **l'inversion** pour formuler les questions.

1. Quels médias – tu – aimer? → Quels médias aimes-tu?
2. Vous – regarder – des séries à la télé?
   → ______
3. Combien de BD – vous – lire – pendant les vacances?
   → ______
4. Quelle appli – tu – utiliser – pour communiquer? → ______
5. Tu – pouvoir – faire des tutos? → ______
6. Vos grands-parents – utiliser – un portable? → ______
7. Votre père – avoir – une tablette? → ______
8. Votre mère – avoir – un ordinateur? → ______

GRAMMAIRE G 31 En plus ● 167, 2

4 Un stage chez ARTE (nach SB 113)

Le père de Miro a organisé un stage pour son fils et son copain Alexis chez ARTE.
Lisez le dialogue, puis complétez les phrases avec les pronoms **objets indirects lui / leur**.

Le directeur: Bonjour les jeunes! Bienvenue à votre stage. Marco, tu vas leur présenter notre équipe.

Marco: Ah bon, je ne ______ montre pas les studios aujourd'hui?

Le directeur: Si, mais ce matin, tu dois d'abord ______ expliquer qui fait quoi! Pour préparer leur interview, ils doivent parler aux collègues et ______ poser des questions.

Miro: Bonjour monsieur. Merci, oui, nous allons ______ demander beaucoup de choses.

Le directeur: Ensuite, tu vas visiter le nouveau studio avec Miro au premier étage.

Alexis: Oh ça alors! Vous ______ montrez le nouveau studio, et pas à moi?

Le directeur: Tu viens avec moi. Ton copain n'est pas loin, tu peux ______ envoyer un message vocal.

Marco: Écoute Simon, si les deux jeunes restent avec moi ce matin, je peux ______ donner des infos importantes et toi, cet après-midi, tu peux ______ apprendre comment on fait les émissions.

Le directeur: Bon, c'est vrai, je vais ______ raconter tout ça après la pause de midi. Bon, allez-y.

Miro: Attendez, mon père m'a contacté. Je dois ______ écrire pour ______ répondre.

Alexis: Mais ne ______ dis pas que je vais ______ apporter un petit cadeau pour ______ dire merci pour le stage!

Atelier A

LIRE

1 Comprendre le texte (zu SB 115, 2)

Qui dit quoi? Qui pense quoi?
Lisez les quatre petits textes dans votre livre p. 114, puis remplissez la grille.
Attention, une phrase est fausse!

1. J'adore écouter des musiques différentes. → ______
2. C'est bien de faire une petite pause numérique! → ______
3. Toujours acheter des vêtements neufs, ce n'est pas très écologique. → ______
4. Les jeux vidéo, c'est l'horreur! → ______
5. J'adore lire des livres, mais j'aime aussi les BD, bien sûr! → ______
6. Je voudrais vendre mes vêtements sur Internet. → ______
7. Je fais la cuisine très souvent, c'est trop génial! → ______
8. C'est super de discuter en ligne avec mes copains. → ______
9. Je veux un abonnement pour écouter de la musique en streaming. → ______
10. Les vêtements coûtent cher, je cherche des vêtements d'occasion. → ______
11. Je ne peux pas imaginer la vie sans la photographie. → ______
12. Je lis toujours mes nouveaux livres très vite. → ______

GRAMMAIRE

G 32

2 En ligne? (zu SB 115, 4)

a Complétez d'abord la grille avec les formes correctes des deux verbes.

choisir	finir	choisir	finir
je ________________	je ________________	on ________________	il ________________
tu ________________	tu ________________	il ________________	elle ________________
nous ________________	nous ________________	vous ________________	vous ________________
elles ________________	elles ________________	ils ________________	ils ________________

Passé composé: ____________ : nous ________________ / __________ : tu ____________

b Maintenant, complétez les phrases avec les formes correctes des verbes entre parenthèses. Faites attention aux temps!

1. Nicolas, as-tu ____________ (finir)?
2. Attends, maman, nous ________________ (finir) nos devoirs.
3. Mais enfin, vous ______________ (finir) quoi là? Tu es devant ton ordinateur!
4. Mais bien sûr maman, avec mon groupe de travail, nous __________________ (choisir) le sujet de notre podcast pour demain!
5. Ah bon? En ligne! Et vous _________________ (choisir) quel thème?

6. Maman, je ne sais pas, on __________________________ (ne pas encore finir) de discuter. Mes copains ________________ (finir) de faire la liste des thèmes avec moi.
7. Écoute Nicolas, papa veut utiliser ton ordinateur. Il est sur son smartphone et on ______________ (choisir) le cadeau d'anniversaire de ton frère mais les photos sont trop petites. Alors, vous _______________ (finir) quand?
8. Bon, d'accord maman, on va bientôt ____________ (finir), mais toi, tu _____________________ (déjà choisir) un cadeau, non?
9. Oui, mais tu ____________ (savoir) bien que tes parents __________________ (choisir) toujours vos cadeaux ensemble!

PARLER

3 L'appli de Lilly (zu SB 115, 3)

Ta sœur Lilly a trouvé une appli en ligne pour faire des exposés[1] en classe. Tu (**A**) en parles avec ton / ta correspondant(e) français(e) (**B**) pour faire un exposé ensemble. Travaillez à deux. Attention aux verbes **choisir** et **finir**. Décidez qui prend le rôle **A** et le rôle **B**. A commence. Après, changez de rôle.

A Toi	**B Ton / Ta correspondant(e)**
1. Du begrüßt deine(n) französische(n) Partner(in). Du fragst, wie es ihm / ihr geht und ob er / sie die neue App für die Schule kennt.	**1.** [Salut! Ça va? Tu connais déjà la nouvelle appli pour l'école?]
2. [Salut! Ça va bien, merci. Comment s'appelle cette appli?]	**2.** Du grüßt zurück und sagst, dass es dir gut geht. Du fragst, wie diese App heißt.
3. Du sagst, dass die App Cool School heißt und dass sie genial ist.	**3.** [L'appli s'appelle Cool School. Elle est géniale.]
4. [Ah cool. Et qu'est-ce qu'on peut faire avec cette appli?]	**4.** Du sagst, dass es cool ist und fragst, was man damit machen kann.
5. Du sagst, dass man mit dieser App Hausaufgaben machen und Audios und Videos aus eurem Schulbuch für Französisch hören kann. Man kann diese Audios und Videos dann mit anderen Schülern teilen.	**5.** [Avec cette appli, on peut faire des devoirs et écouter les audios et les vidéos de notre livre de français. Après, on peut partager ces audios et vidéos avec les autres élèves.]
6. [Et qu'est-ce que vous faites avec les vidéos que les élèves choisissent?]	**6.** Du fragst, was er / sie mit den Videos macht, die die Schüler aussuchen.
7. Du sagst, dass ihr die Audios und Videos verwendet, um die „Tâche" vorzubereiten.	**7.** [Nous utilisons les audios et les vidéos pour préparer la tâche.]
8. [Je trouve l'appli très intéressante. Je vais chercher un tuto sur Internet sur cette appli.]	**8.** Du erklärst, dass du die App sehr interessant findest und dass du ein Tutorial über diese App im Internet suchen wirst.

1 **un exposé** – ein Vortrag

ÉCRIRE

En plus
○ 166, 1

4 Un mail à la hotline (zu SB 112, 2, 3, 4)

a Lisez d'abord la stratégie.

STRATÉGIE

Vor einer Schreibaufgabe
Wenn ihr einen eigenen Text schreibt, macht euch zuerst klar, um welche Textart es geht.
Was gehört zu dieser Sorte Text? Eine E-Mail braucht z. B. eine E-Mail-Adresse und einen Betreff. Der Mailtext beginnt und endet mit einem Gruß.
Sammelt zunächst die wichtigen Punkte auf einem Stichwortzettel (Personen, Orte, Zeit, Probleme).

Verwendet Gliederungs- und Verbindungswörter wie *d'abord, après, ensuite, puis, plus tard, tout à coup, enfin*, um euren Text zu strukturieren.

b Vous êtes en France pour un échange et vous avez téléchargé un jeu vidéo sur votre tablette et maintenant, vous avez un virus et il y a un problème avec le serveur de votre école. Écrivez un e-mail à la hotline de l'école et expliquez votre problème (100 mots). Utilisez les mots et expressions ci-dessous.

Les verbes: appeler · connaître · communiquer · créer · écouter · enregistrer · envoyer · fabriquer · une hotline · jouer · Internet · lire · partager · regarder · répondre à · trouver · télécharger · utiliser

Le vocabulaire: une appli(cation) · un audio · un casque · un compte · un écran · intéressant(e) · un mot de passe[1] · un ordinateur · un podcast · un portable · un problème · les réseaux sociaux · un serveur · un site · une tablette · un e-mail · une vidéo · un virus · la wifi

1 **un mot de passe** – ein Passwort

Atelier B

PARLER

5 Mon podcast (zu SB 115, 3, 4)

Pour avoir des bonnes notes en francais, tu (**A**) demandes à ton / ta correspondant(e) français(e) (**B**) s'il/si elle connaît des podcasts français. Travaillez à deux. Attention aux verbes **choisir** et **finir**. Décidez qui prend le rôle **A** et le rôle **B**. **A** commence. Après, changez de rôle.

A Toi	B Ton / Ta correspondant(e)
1. Du begrüßt deine(n) französische(n) Partner(in). Du fragst, wie es ihm / ihr geht und ob er / sie eine App kennt, um die tagesaktuellen Informationen über Frankreich zu erhalten.	**1.** [Salut! Ça va? Connais-tu une appli pour connaître l'actualité en France?]
2. [Salut! Ça va bien, merci. Pourquoi est-ce qu'il faut cette appli dans ton école?]	**2.** Du grüßt zurück und sagst, dass es dir gut geht. Du fragst, warum man diese App in seiner / ihrer Schule braucht.
3. Du sagst, dass du französisches Fernsehen schauen oder französisches Radio hören möchtest, um gute Noten beim Hörverstehen zu bekommen.	**3.** [Je veux regarder la télévision française ou écouter la radio française pour avoir des bonnes notes en compréhension orale.]
4. [Ah, je comprends maintenant. Tu veux regarder la télévision en streaming sur ta tablette?]	**4.** Du sagst, dass du jetzt verstehst. Er / sie möchte das Streamingangebot nutzen, um auf seinem / ihrem Tablet fernzusehen.
5. Du bejahst und sagst, dass du aber kein Konto möchtest, um Nachrichten zu lesen oder zu hören.	**5.** [Oui. Mais je ne veux pas de compte pour pouvoir lire ou écouter les nouvelles.]
6. [En France, il y a une appli géniale: Franceinfo Junior. Là, on peut lire les nouvelles et écouter des podcasts.]	**6.** Du sagst, dass es in Frankreich eine tolle App gibt: Franceinfo Junior. Dort kann man Nachrichten lesen und Podcasts hören.
7. Du fragst, wo man diese App finden kann und ob man sie auf dem Smartphone, dem Tablet und dem Computer benutzen kann.	**7.** [Où est-ce qu'on peut trouver cette appli et est-ce qu'on peut l'utiliser sur smartphone, tablette et sur l'ordinateur?]
8. [Tu peux trouver l'appli sur le site Internet de Franceinfo Junior.]	**8.** Du erklärst, dass man die App auf der Website von Franceinfo Junior finden kann.

ÉCOUTER
A33

6 Les podcasts (zu SB 116, 2)

a Écoutez une première fois les documents et répondez aux questions.

1. Vous avez écouté combien de séquences? _______
2. La musique classique, c'est le podcast n° _______.
3. La musique panafrican, c'est le podcast n° _______.
4. Le théâtre, c'est le podcast n° _______.
5. L'actualité, c'est le podcast n° _______.

b Ensuite, écoutez une deuxième fois les documents et complétez le tableau.

www.francemusique.fr		
Actualité sportive	☐ oui	☐ non
Actualité musicale	☐ oui	☐ non
Actualité théâtrale	☐ oui	☐ non
Podcasts en streaming	☐ oui	☐ non
Podcasts en téléchargement	☐ oui	☐ non
Photos	☐ oui	☐ non
Ouvrir un compte?	☐ oui	☐ non

www.franceinfojunior.fr		
Actualité sportive	☐ oui	☐ non
Actualité musicale	☐ oui	☐ non
Actualité théâtrale	☐ oui	☐ non
Podcasts en streaming	☐ oui	☐ non
Podcasts en téléchargement	☐ oui	☐ non
Photos	☐ oui	☐ non
Ouvrir un compte?	☐ oui	☐ non

www.blackheritage.de		
Actualité sportive	☐ oui	☐ non
Actualité musicale	☐ oui	☐ non
Actualité théâtrale	☐ oui	☐ non
Podcasts en streaming	☐ oui	☐ non
Podcasts en téléchargement	☐ oui	☐ non
Photos	☐ oui	☐ non
Ouvrir un compte?	☐ oui	☐ non

www.balzactheatre.fr		
Actualité sportive	☐ oui	☐ non
Actualité musicale	☐ oui	☐ non
Actualité théâtrale	☐ oui	☐ non
Podcasts en streaming	☐ oui	☐ non
Podcasts en téléchargement	☐ oui	☐ non
Photos	☐ oui	☐ non
Ouvrir un compte?	☐ oui	☐ non

7 Sprachenvergleich (zu SB 117, 3)

a Lisez la stratégie.

STRATÉGIE

Mehrsprachigkeitstagebuch
Wenn in deiner Familie eine andere Sprache als Deutsch gesprochen wird, ist das von Vorteil. Je mehr Sprachen du kennst, um so größer sind die Chancen, Brücken zwischen den Sprachen schlagen zu können. Wenn du im Französischunterricht ein neues Wort lernst, notiere es auch in dein **Mehrsprachigkeitstagebuch**.

1. Überlege, ob du das Wort schon in einer anderen Sprache gehört hast. (Türkisch eignet sich hervorragend dafür, da viele Wörter aus dem Franz. stammen.)
2. Ergänze Tag für Tag dein **Mehrsprachigkeitstagebuch**.
3. Füge zusätzliche Spalten für andere Sprachen, die du kennst. (Deutsch, Englisch, …)
4. Erkläre, welche Ähnlichkeiten du erkannt hast.

A34

b *Höre dir folgende Wörter an und schreibe die französischen Wörter auf, indem du sie den türkischen Wörtern zuordnest. Welche Ähnlichkeiten hast du erkannt? Woher kommen deiner Einschätzung nach die vielen Ähnlichkeiten?*

Französisch	Türkisch	Deutsch	Englisch	Ähnlichkeiten / Merkmale
les média	medya	Medien	media	
	magazin			
	gazete			
	televizyon			
	aktüalite			Englisch: "actuality" → Deutsch: Wirklichkeit
	tablet			Achtung: ≠ Tablett oder Tablette im Dt.
	ekran			
	tema			
	mesaj			
	aplikasyon			Die Endung „-ion" lautet auf Türkisch: ________.
	sörf yapmak			
	e-kitap			E-book, erkennbar durch das gekoppelte „e-"
	abonelik			

Atelier C

ÉCRIRE

8 Communication en privé (zu SB 119, 4)

Sur ton blog «Les médias et moi», des copains t'ont posté des questions pour te demander comment tu communiques dans ta vie privée[1]. Tu leur réponds.

STRATÉGIE

Révisez le vocabulaire de l'atelier C dans l'encadré:
«**On dit: Dire comment on communique**» dans votre livre page 119.

1. Notez quelques mots importants que vous voulez utiliser.
2. Choisissez 3 personnes de la liste ci-dessous, notez avec quel média vous communiquez ensemble et pourquoi vous choisissez ce média.
3. Formulez ensuite 3 phrases correctes pour chaque personne que vous avez choisie.

1. Avec mes grands-parents, je … ______________________
2. Avec mes parents, je … ______________________
3. Avec mon frère / ma sœur … ______________________
4. Avec mon meilleur copain / ma meilleure copine … ______________________

1 **la vie privée** – das Privatleben

PARLER

9 Réseaux sociaux ou pas? (zu SB 119, 2)

Ton copain Marco adore communiquer sur WhatsApp , mais toi, non. Tu (**A**) discutes avec lui (**B**) des réseaux sociaux. Décidez qui prend le rôle **A** et le rôle **B**. C'est **A** qui commence. Après, changez de rôle.

A Toi	B Ton copain Marco
1. Du begrüßt deinen Freund und fragst ihn, ob er deine Sprachnachricht auf seinem Handy bekommen hat.	**1.** [Salut! Tu as eu mon message vocal sur ton portable?]
2. [Salut! Quel message? Non, je n'ai pas de message. Tu l'as envoyé sur WhatsApp?	**2.** Du grüßt zurück und sagst, dass du die Nachricht nicht bekommen hast. Du fragst, ob er / sie die Nachricht auf WhatsApp geschickt hat.
3. Du sagst, dass er doch wissen sollte, dass du WhatsApp nicht benutzt, weil du soziale Netzwerke nicht magst. Du ziehst Telefonanrufe vor.	**3.** [Non, tu sais bien (que) je n'utilise pas WhatsApp parce que je n'aime pas les réseaux sociaux. Je préfère le téléphone.]
4. [Ah c'est dommage. Je trouve que WhatsApp, c'est génial pour rester en contact avec mes ami(e)s ou avec la famille quand elle habite loin.]	**4.** Das findest du schade. Du sagst, dass du WhatsApp toll findest, um mit deinen Freunden in Kontakt zu bleiben. Oder mit der Familie, wenn sie weit weg wohnt.
5. Du bist nicht einverstanden, weil du findest, dass soziale Netzwerke euer Leben zu sehr verändern. Deshalb triffst du lieber deine Freunde, z. B. in der Stadt, für gemeinsame Aktivitäten.	**5.** [Je ne suis pas d'accord parce que je trouve que les réseaux sociaux changent trop notre vie. C'est pourquoi je préfère rencontrer mes ami(e)s par exemple en ville, pour faire des activités ensemble.]
6. [Mais les réseaux sociaux, c'est bien aussi pour partager des souvenirs, des photos et des vidéos, par exemple quand on est en vacances.]	**6.** Du erklärst, dass soziale Netzwerke aber auch gut sind, um Erinnerungen, Fotos und Videos zu teilen, z. B. wenn man in Urlaub ist.
7. Du ziehst es vor, den Leuten deine Fotos nach deiner Rückkehr zu zeigen. Du findest auch, dass viele Videos, die man auf sozialen Netzwerken findet, nicht immer interessant sind.	**7.** [Je préfère montrer mes photos aux gens après mon retour. Les vidéos qu'on trouve sur les réseaux sociaux ne sont pas toujours intéressantes.]
8. [Tu ne connais pas assez bien ces applis. Je te propose de te montrer comment Instagram marche.]	**8.** Du erklärst, dass er / sie diese Apps nicht gut genug kennt, und schlägst vor, ihm / ihr zu zeigen, wie Instagram geht.
9. Du hast keine Lust, diese App kennenzulernen, und schlägst vor, lieber ein Fest mit eurer Klasse zu organisieren. Du fragst ihn, was er davon hält.	**9.** [Non, merci, je n'ai pas envie de connaître cette appli. Je te propose d'organiser une fête avec des copains de notre classe. Qu'est-ce que tu en penses?]
10. D'accord, mais je vais leur envoyer un message sur WhatsApp pour les inviter. Salut!	**10.** Du bist einverstanden, aber du wirst ihnen eine Nachricht auf WhatsApp schicken, um sie einzuladen. Du verabschiedest dich.

MÉDIATION

10 Les cours à domicile (zu SB Übung 119, 3)

Da du deine Schule wegen der Pandemie seit Wochen nicht mehr von innen gesehen hast, möchten deine Eltern wissen, wie die Situation für deine(n) Austauschpartner(in) in Paris ist. Du findest im Internet folgenden Bericht von der Familie Bertucat. Versuche, deinen Eltern die Situation zu erläutern. Erkläre vor allem die Vor- und Nachteile des Onlineunterrichts.

Les cours à domicile sont autorisés! C'est une bonne nouvelle. Car depuis plusieurs semaines, les écoles sont fermées à Paris à cause de la Covid-19. Lola, Max et les autres restent donc à la maison. Mais les cours privés sont chers. Monsieur Bertucat n'a plus de travail. Alors qui va donner des cours à Max et Lola? Pour les cours de maths, c'est monsieur Bertucat, bien sûr! Il est bon en maths. C'est normal, il a travaillé dans une banque! Mais pour les cours d'allemand, madame Bertucat a trouvé un professeur privé qui donne des cours en ligne.

Pour les cours de français, l'école a organisé aussi des cours en ligne. Alors, tous les jours, c'est la course pour trouver un casque, un micro, un ordinateur. Il y a 2 ordinateurs et 2 tablettes à la maison. Mais quand un logiciel fonctionne sur l'ordinateur de Lola, il ne fonctionne pas sur la tablette de Max. Mais monsieur Bertucat trouve toujours une solution. Il faut rester en contact avec l'école, avec les profs, avec les camarades mais aussi avec les amis.

Le seul problème, ce sont les cours de sport. Le coaching à domicile n'est pas autorisé. En plus, la piscine est fermée. Max ne peut plus nager. Mais là, c'est madame Bertucat qui a trouvé la solution. Tous les dimanches matin, à 8 heures, avant le petit-déjeuner, toute la famille fait du sport avec un coach en ligne et de la bonne musique dans le salon pendant 1 heure.

Atelier D

LIRE

11 Créer (zu SB 120, 1)

a Lisez les 5 textes de l'atelier D à la page 120 et notez à qui correspondent les trois dessins.

__________ __________ __________

b Relisez les textes une deuxième fois et corrigez les phrases suivantes quand elles sont fausses.

1. Lina et Zineb aiment faire des podcasts sur des thèmes scientifiques. __________
2. Noé poste ses photos sur les réseaux sociaux mais il ne trouve pas d'amis.
   ____
3. La prof de Dalia utilise des podcasts pour faire ses cours de français.
   ____
4. Mehdi organise des émissions de télévision avec des journalistes.
   ____
5. Jules fait des vidéos pour ses followers. __________

c Maintenant, répondez aux questions ou notez les informations demandées.

1. Notez une information sur Emmanuelle Carpentier: __________
2. Pourquoi est-ce que Lina trouve que faire des podcasts, c'est super?
   ____
3. Que fait Noé avec des applis?: __________
4. Pourquoi est-ce qu'on contacte parfois Noé?: __________
5. Qu'est-ce que Mehdi veut comprendre?: __________
   ____
6. Quel est son but?: __________
7. Notez deux choses que Dalia poste sur les réseaux sociaux: __________
   ____
8. Qui a donné envie à Jules de faire des vidéos?: __________
   ____

PARLER

12 Créer un blog (zu SB 121, 3)

Avec ton groupe de musique du collège, tu veux créer un blog pour présenter vos podcasts, vos vidéos et vos photos. Ton / ta correspondant(e) français(e) est un / une spécialiste des podcasts. Tu (**A**) discutes avec lui / elle (**B**) des réseaux sociaux avant de faire ton blog.
Décidez qui prend le rôle **A** et le rôle **B**. C'est **A** qui commence. Après, changez de rôle.

A Toi	**B Ton / Ta correspondant(e)**
1. Du begrüßt deinen / deine Austauschpartner / in und fragst ihn / sie, ob er / sie weiß, wie man einen Blog einrichten kann.	**1.** [Salut! Est-ce que tu sais comment on peut créer un blog?]
2. [Salut! Pourquoi est-ce que tu veux savoir ça?	**2.** Du grüßt zurück und fragst, warum er / sie das wissen möchte.
3. Du erklärst ihm / ihr, dass du mit anderen Schülern in einer Musikgruppe spielst und dass du gerne Fotos, Videos und die Musik von euren Konzerten posten möchtest.	**3.** [Voilà, je t'explique. Je joue dans un groupe de musique avec d'autres élèves et je voudrais poster des photos, des vidéos et la musique de nos concerts.]
4. [À mon avis, c'est une bonne idée de partager sa musique avec ses amis sur les réseaux sociaux. Je le fais aussi.]	**4.** Du findest, dass es eine gute Idee ist, die Musik in den sozialen Netzwerken mit seinen Freunden zu teilen und dass du es auch machst.
5. Du sagst, dass du ein wenig Angst hast, und fragst, worauf man achten muss, wenn man etwas im Internet postet.	**5.** [J'ai un peu peur. Tu peux m'expliquer à quoi il faut faire attention quand on poste quelque chose sur Internet.]
6. [Mais tu n'as pas peur des commentaires sur les réseaux sociaux? Est-ce que tu es assez critique? Est-ce que tes parents sont d'accord avec ce projet?]	**6.** Du fragst, ob er / sie keine Angst vor Kommentaren hat, ob er / sie kritisch genug ist und ob seine / ihre Eltern mit diesem Projekt einverstanden sind.
7. Du sagst, dass deine Eltern und deine Freunde einverstanden sind und fragst, worauf man noch aufpassen muss.	**7.** [Mes parents et mes amis sont d'accord. À quoi est-ce qu'il faut aussi faire attention?]
8. [Il faut faire attention aussi avec la musique sur Internet. Quand on poste de la musique de personnes connues, il faut payer quelque chose.]	**8.** Du erklärst, dass man auch mit Musik im Internet aufpassen muss. Wenn man Musik von bekannten Personen posten möchte, muss man etwas bezahlen.

Sur place

PARLER

13 Fit für die Tâche (zu SB 121, 4)

Bevor ihr die Tâche in eurem Schülerbuch macht, löst folgende Aufgaben.

1ère étape: Écrire une légende pour une photo
Voici 4 documents. Écrivez une légende (un titre) pour chaque document. Choisissez votre titre dans la tâche de votre livre, page 122.

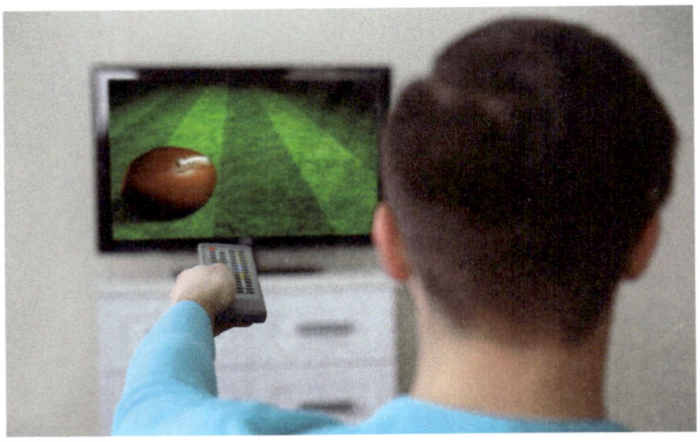

2e étape: Réfléchissez!
Regardez cette caricature et réfléchissez.
Qu'est-ce que le dessinateur pense des médias?

Bilan

1 Parler (nach SB 122, 1)

Ich kann über Medien sprechen.
Tu sais déjà dire beaucoup de choses sur les médias. Que dis-tu dans ces situations?

Du willst / kannst ...
- erzählen, dass deine Großmutter auch soziale Netzwerke benutzt.
- deine Freundin fragen, ob sie gerne Onlinespiele spielt.
- deine Lehrerin nach ihrer Meinung über Fake News auf Internetseiten fragen.
- deinem Vater sagen, dass du ihm eine Sprachnachricht mit deinem neuen Handy schicken wirst.
- mitteilen, dass dir auf TikTok viele neue Leute folgen.
- deinen Brüdern vorschlagen, ihnen eine neue App zu erklären, wenn sie das wollen.
- den Wunsch äußern, heute Abend fernzusehen.
- erzählen, dass es in der Klasse deiner Schwester ein Problem mit Cybermobbing gibt.
- deinen Lehrer höflich um seine Mailadresse bitten.
- sagen, dass du die neuen Medien sehr interessant findest.
- deine Mutter fragen, welche ihre Lieblings-App ist.
- deine Vorliebe für Podcasts äußern, die Informationen zum aktuellen Tagesgeschehen geben.

2 Vocabulaire (nach SB 123, 2)

Ich kann meinen Umgang mit modernen Kommunikationsmitteln beschreiben.

a Quels mots se cachent sous les images? Mettez les lettres dans le bon ordre pour retrouver les **mots de vocabulaire sur les médias**. Note-les dans ton cahier.

réausex siouxca

litterou

dinorareut

teblatte

ternetin

tialécuta

quommuricen

nérac

b Maintenant, complétez le texte avec les mots de **a**.

1. Vous imaginez la vie sans médias? Pourtant, Réausex Siouxca a utilisé des ____________________ avec les autres indiens.
2. Et Ternetin, le petit hobbit, il a peut-être utilisé aussi ________________ pour ____________________ avec Quommuricen en latin.
3. Vous imaginez aussi le gladiateur Tialécuta être curieux de l' ________________ et des fake news de CNN? On n'a jamais vu non plus le dinosaure Dinorareut avec un ____________________!
4. Et Nérac, ce monstre, vous l'imaginez devant un ________________? Il ne sait pas lire!
5. Tu connais le dieu[1] Teblatte? Il a aussi 4 bras[2] comme Shiva. Pour lui c'est facile d'utiliser quatre ________________ en même temps. Il peut chatter avec Shiva.
6. Seul Litterou, peut-être un ami de Balzac, lui, on peut l'imaginer utiliser un ________________ pour écrire des romans, des poèmes, des chansons …

3 Grammaire (nach SB 123, 4a)

G 30

Utilisez **l'inversion** pour formuler les questions et reliez les éléments pour faire des phrases correctes. Attention, il y a un élément en trop!

1. On – savoir
2. Elles – avoir envie
3. Tu – finir
4. Elle – montrer
5. Il – savoir
6. Vous – regarder
7. Ils – envoyer
8. Vous – choisir
9. Tu – communiquer
10. Elle – écouter

- la télévision ce soir?
- travailler avec sa tablette?
- souvent les actualités à la radio?
- de faire ce tutoriel avec nous?
- un manga comme cadeau d'anniversaire?
- sur un sujet pour mon film?
- avec tes copains sur les réseaux sociaux?
- combien coûte cette nouvelle tablette?
- son nouveau podcast à sa classe?
- ton exposé ce soir?
- un mail à leurs parents?

V21

Erklärfilm
Die Inversionsfrage

1 Dieu – Gott; **2 un bras** – ein Arm

4 Grammaire (nach SB 123, 4b)

G 31 *Ich kann die Objektpronomen* **le, la, l', les, lui, leur** *voneinander unterscheiden und korrekt anwenden.*

Marina a une nouvelle idée mais ce n'est pas facile d'en parler sans la prof.
Elle nous raconte. Soulignez **le pronom** correct.

1. Je suis dans ma classe et je **la** / **lui** / **leur** parle de ma nouvelle idée.
2. Mon idée, c'est de créer un tutoriel pour apprendre le français et de **leur** / **l'** / **le** présenter à la fête du lycée.
3. Alice dit: – On écrit le scénario ensemble? – Non, je ne veux pas **lui** / **l'** / **la** écrire avec vous!
   Alors Sarah demande:
4. – Tu présentes ton film aux copains demain?
   – Non, je ne peux pas encore **le** / **la** / **lui** présenter à mes copains.
5. Notre prof de français arrive. Elle écoute et nous pose une question mais on ne **leur** / **les** / **lui** répond pas. Ensuite, elle dit: – Ton film, tu peux aussi **la** / **l'** / **les** envoyer par mail à vos corres français.
6. Mais cette idée, je ne **les** / **leur** / **la** trouve pas géniale. Je ne veux rien **les** / **leur** / **lui** envoyer car ces nouveaux corres, nous ne **lui** / **le** / **les** connaissons pas encore.
7. Mais je ne dis rien car cette prof, c'est une cata. Quand elle n'est pas contente, elle met une mauvaise note aux élèves et elle **les** / **leur** / **lui** donne trop de devoirs.
8. Mon père veut toujours **la** / **leur** / **l'** appeler mais moi, je ne veux pas qu'il **les** / **le** / **lui** téléphone!
9. Mais aujourd'hui, elle écoute ses élèves et elle lui / la / **leur** raconte une histoire intéressante sur le rôle de l'informatique à l'école en France.
10. Nous **l'** / **lui** / **la** écoutons et à la fin du cours, nous sommes très contents.
    Alors, je **leur** / **les** / **lui** ai demandé son aide pour mon nouveau projet.

V22

Erklärfilm
Die indirekten Objektpronomen *lui* und *leur*

En plus

ÉCRIRE

MK ○

1 Medienkompetenz

→ Übung 4

a Lisez la stratégie.

STRATÉGIE

Regeln für die digitale Kommunikation
Der Umgang mit Computern, Tablets und Smartphones kann das Leben zwar erleichtern und die Kommunikation fördern, birgt aber auch Gefahren. Beachtet dabei folgende Regeln:

1. In den sozialen Netzwerken: den Partner / die Partnerin immer respektvoll ansprechen. Keine Beschimpfungen oder negative Einschätzungen, keine Gewalt, keine zu persönlichen Fragen.
2. Bei E-Mails: Auch hier den Partner / die Partnerin respektvoll anschreiben und auf E-Mails antworten.
3. Beim Posten (z.B. Facebook): Bei Fotos, Audios und Videos: immer um Erlaubnis fragen, bevor gedreht oder geknipst wird. Keine Aufnahmen ins Netz stellen, es sei denn, ihr habt eine schriftliche Einverständniserklärung von der betreffenden Person und ihren Eltern. Bei Aufnahmen: immer darauf achten, dass keine fremden Personen mit auf dem Foto sind. Keine Audioaufnahmen, keine Fotos heimlich machen oder veröffentlichen. Hier gilt es, besonders sorgsam an die Persönlichkeitsrechte zu denken.
4. Im Klassenraum: Unter Anleitung eures Lehrers / eurer Lehrerin kann es spannend sein, mit dem Smartphone zu arbeiten. Es öffnet neue Perspektiven im Bereich Kommunikation durch die vielen Apps, die man im Unterricht sinnvoll benutzen kann.

☐ Ich habe die Regeln gelesen und verstanden und kann die folgende Übung machen.

b Discutez en classe des règles de la stratégie.

c Lisez les situations et dites si elles sont conformes aux règles de **a**. Sinon, expliquez pourquoi.

1. Mehdi a filmé le cours d'allemand mais il a oublié de demander au prof avant. ☐ oui ☐ non

____

2. Dalia a une appli sur son smartphone qui fait parler Arthur aussi en anglais. ☐ oui ☐ non

____

3. Sur sa web-radio, Mehdi a dit que le prof d'allemand est un nazi. ☐ oui ☐ non

____

4. Comme Zineb a été malade, Lina lui a posté les exercices d'allemand à faire. ☐ oui ☐ non

____

5. Noé a posté des belles photos des montagnes près de Grenoble. ☐ oui ☐ non

____

6. Jules a fait des photos des ses copains au club de judo sans leur demander. ☐ oui ☐ non

____

GRAMMAIRE

2 Pour les experts

→ Übung Entraînement 4

Dans la cour du lycée, les élèves parlent des médias.
Remplacez **les mots en gras** par un pronom **le**, **la**, **les**, **l'**, **lui** ou **leur**.
Faites **attention à la position du pronom** dans la phrase et au **passé composé**.

1. Vous présentez votre podcast **à vos amis**?
   → ______________________________
2. Tu ne veux pas montrer **ton nouveau smartphone** à ton frère?
   → ______________________________
3. Mon oncle va acheter un ordinateur **à mes grands-parents**.
   → ______________________________
4. Nous avons contacté **cette radio** pour demander le programme du stage.
   → ______________________________
5. Notre prof de maths propose son tutoriel **à la classe de seconde**.
   → ______________________________
6. Je voudrais expliquer **le problème de ma tablette** à mon corres.
   → ______________________________
7. Vous avez vraiment trouvé **les journalistes d'ARTE** très cool?
   → ______________________________
8. Mon copain du collège raconte notre histoire de podcast **à sa prof d'informatique**.
   → ______________________________

GRAMMAIRE

3 Question sur question[1]

→ Übung Entraînement 3

Utilisez **l'inversion** pour formuler les questions et reliez les éléments pour faire des phrases correctes.
Attention, il y a un élément en trop!

1. On savoir	travailler avec sa tablette?
2. Elles avoir envie	de faire ce tutoriel avec nous?
3. Tu finir	un manga comme cadeau d'anniversaire?
4. Elle montrer	sur un sujet pour mon film?
5. Il savoir	avec tes copains sur les réseaux sociaux?
6. Ils envoyer	combien coûte cette nouvelle tablette?
7. Vous choisir	son nouveau podcast à sa classe?
8. Tu communiquer	ton exposé ce soir?
	un mail à leurs parents?

En trop? ______________________________

1 **Question sur question** – eine Frage nach der anderen

M Le sport, c'est fort!

→ Die Lösungen findest du im Anhang auf S. 192.

Un peu d'entraînement

VOCABULAIRE

1 L'équipe de France de rugby

a Regardez le vocabulaire du rugby. Quels mots connaissez-vous déjà? Puis, lisez les informations sur ce sport.

le match – le stade – le ballon de rugby – la mêlée – l'arbitre – le coup d'envoi – un essai – une pénalité – un plaquage – la touche – les poteaux – transformer – botter en touche

Vis-à-vis

Comme le foot ou le basket, le rugby est un sport collectif. Pour avoir des points, les joueurs marquent des essais. L'équipe qui a le plus de points a gagné.

b Regardez la composition d'une équipe de rugby.

35 **c** Écoutez le reportage sur le match de rugby entre l'équipe de France (Les bleus) et l'équipe d'Afrique du Sud (Les Springboks). Notez les mots (de a) qui manquent.

Salut les amis du ____________. Énorme victoire du *XV de France* hier contre *les Springboks* de l'Afrique du Sud[1] avec une ____________ fantastique dans le ____________ ! Alors on a mis la vidéo du match en ____________.
Dès le ____________, c'est le pilier droit Mohamed Haouas qui marque un ____________ à la deuxième minute. C'est ensuite Romain Ntamack qui a ____________ l'essai.
Le ____________ de ____________ est parti comme une fusée[2] entre les ____________ des buts.
Ensuite, à la 18e minute, Damian Willemse de l'équipe des Springboks a ____________.
Puis, sur une faute de Demba Bamba, ____________ a sifflé[3] une ____________ pour les Bleus.
Quand le ballon est sorti de la ____________, les Springboks ont attaqué et sur un ____________ de Siya Kolisi, l'équipe des Springboks a repris le ballon et marqué un 4e essai pour l'Afrique du Sud.
Après 80 minutes de ____________, le score est de 29 à 26 pour les Bleus.

1 **L'Afrique du sud** – Südafrika; 2 **une fusée** – eine Rakete; 3 **siffler** – pfeifen

2 Sprachenvergleich (zu SB 126, 1)

36 **a** *Lest zunächst die englischen Wörter unten im blauen Kasten und sprecht sie euch laut auf Englisch und dann auf Französisch vor. Es wird nicht alles gleich richtig sein, das macht nichts. Überprüft die französische Schreibweise danach im Wörterbuch und die Aussprache anhand des Tondokuments. – Was fällt euch auf? Wo sind Gemeinsamkeiten oder Unterschiede?*

VOCABULAIRE

basketball – hockey – rugby – football – handball – training – tennis – judo – athletics – a tradition – a fan – a tennis ball – a combat – surfing – a stadium – a racket – a football club – a talent – individual – collective – popular – masculine – feminine – to practice

Aufgepasst:
Englisch *a racket* und französisch une raquette heißt nicht eine Rakete (une fusée).

Englisch *American football* heißt nicht Fußball! (französisch: le football américain)!

b *Erzählt auf Französisch und dann auf Englisch und eventuell in einer anderen Sprache eurer Wahl, was euer Lieblingssport ist.*

J'aime J'adore	**le sport**	en solo en équipe collectif individuel de combat populaire de groupe	comme	la natation le basketball le football le handball le hockey le rugby le judo l'athlétisme le surf l'escalade

c *Erzählt auf Französisch und dann auf Englisch und eventuell in einer anderen Sprache eurer Wahl, wo ihr Sport treibt.*

Je pratique ce sport	dans un gymnase. dans la rue. dans un stade. dans une piscine. dans une salle de sport. dans un club. à la montagne. à la mer. sur la plage.

Wie heißt „das Training" auf Französisch? Wenn du sportlich bist und mit dem Arbeitsheft arbeitest, kennst du die Antwort.

Das Training heißt l'________________________

ÉCOUTER

37

3 L'entraînement de Khadija (zu SB 126, 1)

Avant l'écoute: Écoutez le document une première fois.
Puis cochez les photos qui ne vont pas avec le document sonore.

☐

☐

☐

Pendant l'écoute:
Écoutez le document une deuxième fois. Lisez les questions, puis répondez ou cochez.

1. Nous sommes sur une plage …
   ☐ de Bretagne. ☐ du Sénégal. ☐ de France.
2. Comment est la météo? *(Plusieurs possibilités!)*
   ☐ Il fait froid. ☐ L'eau est chaude. ☐ L'eau est à 30 degrés.
   ☐ Il y a du vent. ☐ Il y a du soleil. ☐ Il y a des vagues.
3. Pour avoir du succès en surf, il faut avoir ______________ et de ________________.
4. Khadija s'entraîne __________ fois par semaine.
5. Pourquoi est-ce que Khadija s'entraîne aussi fort? *(Plusieurs possibilités!)*
   ☐ pour acheter du poisson. ☐ pour être heureuse. ☐ pour avoir des problèmes.
   ☐ pour ne pas avoir de problèmes. ☐ pour être comme un poisson.
6. Khadija s'occupe d'une école de __________ pour les __________.
7. Avec elles, Khadija prépare ____.
8. Khadija pense que les filles sont plus courageuses que les garçons en surf.
   ☐ vrai. ☐ faux
   Justification: ____.

Après l'écoute: À votre avis, est-ce qu'il y a des sports pour filles et des sports pour garçons?
Discutez en classe.

GRAMMAIRE

4 L'entraînement des adjectifs

TIPP

Adjektive beschreiben Nomen näher. Außer die richtige Stellung (vor oder nach dem Nomen: un **grand** sportif, aber un t-shirt **bleu**) musst du daran denken, die Adjektive in Geschlecht und Zahl an das Nomen anzugleichen: un t-shirt noir – des t-shirt**s** noir**s** oder **une** équipe intéressant**e** – des équipe**s** intéressant**es**.

a Complétez les phrases. Utilisez les adjectifs ci-dessous à la forme correcte.

1.

2.

3.

4.

5.

6.

difficile | dangereux | mystérieux | grand | joli | fatigué | rouge | bizarre

écologique | mignon | ennuyeux | cher | content | stylé

1. C'est vraiment une __________ (hübsch) robe __________ (rot) là-bas. Tu ne trouves pas?
2. Karim pense que les filles de la 5e C sont __________ (niedlich) et __________ (stylisch).
3. Les tunnels du métro sont __________ (engl. dangerous). Et quelquefois, on y trouve des personnes __________ (engl. mysterious) et __________ (komisch).
4. Marie est __________ (müde) parce qu'elle regarde un film __________ (langweilig) avec ses __________ (groß) frères.
5. Ces voitures ne sont pas __________ (umweltfreundlich), mais elles ne sont pas __________ (teuer).
6. Cet exercice n'est pas __________ (schwierig), alors je suis très __________ (zufrieden)!

b Complétez les antonymes des adjectifs suivants:

1. petit(e) → __________
2. mignon(ne) → __________
3. content(e) → __________

Atelier A

LIRE

1 Comprendre le texte (zu SB 128, 2)

Lisez le texte dans votre livre p. 128, puis cochez la ou les bonne(s) réponse(s).

1. Herminie Begey … ☐ n'est pas la plus grande de son équipe.
   ☐ a gagné le match 27–23 avec son équipe. ☐ est une footballeuse populaire.
2. Le rugby a changé Herminie: elle a été très timide avant. ☐ vrai ☐ faux
   Justification: ______
3. En France,
   ☐ le rugby est le sport le plus populaire.
   ☐ il y a 93% de clubs de rugby masculins.
   ☐ le rugby est une tradition dans la région parisienne.
4. Le sport collectif préféré des Français, pour son ambiance, c'est le tennis. ☐ vrai ☐ faux
   Justification: ______
5. Le rugby est un sport ☐ qu'on joue avec 22 joueurs.
   ☐ qu'on joue avec un ballon rond. ☐ qui vient d'Angleterre.

GRAMMAIRE

G 33

2 Un peu d'histoire-géo (I) (zu SB 129, 3)

Regardez les chiffres, puis comparez. N'oubliez pas d'accorder les adjectifs.

Habitants	Fleuves	Montagnes	Météo aujourd'hui
Paris: 2 175 600 Lyon: 518 600 Nice: 341 000	Loire: 1012 km Garonne: 645 km Seine: 776 km	Le mont Blanc: 4810 m Le pic du Midi: 2877 m Le puy de Sancy: 1886 m	Marseille: 25°C, soleil Lille: 12°C, pluie Strasbourg: 18°C, pluie

1. À Lille, il fait moins chaud qu' ______ à Marseille. (chaud)
2. Le mont Blanc est ______ le pic du Midi. (haut)
3. La ville de Nice est ______ Lyon. (grand)
4. À Strasbourg, il fait ______ à Lille. (mauvais)
5. Le temps est ______ à Marseille ______ à Strasbourg. (bon)
6. La Garonne et la Seine sont ______ la Loire. (long)
7. Les villes de Lyon et de Nice sont ______ Paris. (petit)
8. À Strasbourg, il fait ______ à Marseille. (froid)

GRAMMAIRE

G 33

3 Histoire-géo (II): Les records[1] (zu SB 129, 4)

Mettez les adjectifs au superlatif pour décrire les records du territoire français.

1. -41,0 °C, le 17 janvier 1985, à Mouthe (Doubs), a été la température ________ ____________ (froid) enregistrée.

2. 44,1 °C, le 12 août 2003, à Conqueyrac, a été la température ____________________ (chaud) enregistrée.

3. Castelmoron-d'Albret (Gironde), c'est ______ ______________ (petit) commune avec seulement 0,04 km².

4. Avec 1020 km, la Loire est ________________ (long) fleuve de France.

5. Le Lac Léman, avec ses 234 km² de superficie en France, est ____________________ (grand) lac.

6. Le Mont Blanc, près de Chamonix (Haute-Savoie), est la montagne ________ ______________ (haut) avec 4810 m.

7. Le polder des Moëres (Nord) est le point ____________________ (bas) en France. Il se trouve 4 m sous le niveau de la mer.

8. Lyon et Marseille sont ____________________ (grand) villes après Paris.

LIRE

4 Comprendre le texte (zu SB 130, 3)

Lisez le texte dans votre livre p. 130, puis complétez les phrases logiquement.

1. Quand Khadija Sambe se promène sur ______________ et regarde __________________, elle se demande où ____________________.
2. Pour les parents de Khadija, les sports sont réservés ____________________, donc ils ne ________ ______________ quand elle commence ce sport à l'âge de ________________________________.
3. Dans un club de Dakar, Khadija arrive ____________________________ et puis elle ________________ Rhonda Harper, une surfeuse ______________.
4. D'après Rhonda, Khadija est prête ______________________________ .
5. Les deux proposent ________________________ pour les filles où elle peuvent se préparer pour ____________________________________

1 **un record** - ein Rekord

PARLER

5 Le match de rugby (zu SB 129, 5)

Arthur (**A**) de Leipzig va passer 4 semaines chez son correspondant Gustave (**B**) à Versailles. Tous les deux sont très sportifs. Mais Arthur ne connait pas le rugby. Travaillez à deux. Décidez qui prend le rôle **A** et le rôle **B**. **A** commence. Après, changez de rôle.

A Arthur	B Gustave
1. Du fragst ihn, ob er Rugby kennt. In Deutschland kennt man diese Sportart kaum.	**1.** [Est-ce que tu connais le rugby? En Allemagne, on ne connaît pas très bien ce sport.]
2. [Ah bon? Est-ce que tu as lu quelque chose sur ce sport?]	**2.** Du wunderst dich und fragst, ob er etwas darüber gelesen hat.
3. Du sagst, dass du diese Sportart in deinem Französischbuch *Découvertes* entdeckt hast.	**3.** [J'ai découvert ce sport dans mon livre de français *Découvertes*.]
4. [Le rugby, c'est un sport collectif comme le foot, mais les joueurs ne marquent pas des buts, mais des essais.]	**4.** Du sagst, dass Rugby wie Fußball ein Teamsport ist. Die Spieler erzielen aber keine Tore, sondern „Versuche".
5. Du sagst, dass du etwas nicht verstehst. Um Rugby zu spielen, muss man sehr, sehr stark sein. Auf den Fotos in deinem Französischbuch sieht man aber Rugbyspielerinnen.	**5.** [Mais je ne comprends pas une chose. Pour jouer au rugby, il faut être très, très fort. Mais dans mon livre de français, on voit des joueuses de rugby.]
6. [C'est vrai. En France, plus de 20 000 filles jouent au rugby.]	**6.** Du sagst, dass das stimmt und dass in Frankreich mehr als 20 000 Mädchen Rugby spielen.
7. Du fragst, ob diese Sportart viele Franzosen oder Französinnen spielen oder kennen? Man muss dafür sehr stark sein, oder nicht?	**7.** [Est-ce que beaucoup de Français ou de Françaises font ce sport. Il faut être très fort pour jouer au rugby, non?]
8. [Non. Dans ce sport, il faut des joueurs rapides, des petits joueurs, des joueurs forts et des joueurs moins forts. Ça donne une ambiance super. Et l'équipe féminine française est la troisième meilleure équipe du monde.]	**8.** Du verneinst und erklärst, dass man in diesem Sport schnelle, und kleine, starke, weniger starke Spieler braucht. Das ergibt eine tolle Stimmung. Und die französische Frauenmannschaft ist die drittbeste der Welt!

Atelier B

ÉCRIRE

6 Les légendes du sport (zu SB 130, 1)

a Pour la journée franco-allemande (22 janvier), vous préparez une édition spéciale d'un blog sur votre site Internet du lycée. Vous voulez présenter des couples légendes du sport franco-allemands.

1. Choisissez un sportif / une sportive français(e) et le représentant / la représentante allemand(e) du même sport. Présentez-les (l'âge, la vie, la carrière sportive, le succès etc.).
2. Comparez les deux sportifs / sportives: Qui est plus grand(e)? Qui est plus jeune? (Regardez sur Internet). Qui est plus intéressant(e) à votre avis? Qui est meilleur(e) et qui est plus populaire? etc.

sport	légendes françaises	légendes allemandes		
le biathlon	Martin Fourcade Marie Dorin-Habert	Ricco Groß Magdalena Neuner		
le tennis	Yannick Noah Amélie Mauresmo	Boris Becker Steffi Graf		
le cyclisme	Bernard Hinault Pauline Ferrand-Prévot	Olaf Ludwig Kristina Vogel		
le football	Zinédine Zidane Amandine Henry	Michael Ballack Dzsenifer Marozsán		

b Cherchez d'autres «couples légendes du sport» franco-allemands (basket-ball, athlétisme, judo, ski alpin, formule 1 etc.) sur Internet et présentez-les.

sport	légendes françaises	légendes allemandes		
le ski				

GRAMMAIRE

G 34

7 Vive le sport! (zu SB 131, 4)

Yann est nouveau dans la classe de Simon. Les deux jeunes discutent de leur passion commune: le sport.

a Regardez d'abord les photos et pour chaque photo, choisissez un verbe dans la liste, puis écrivez une phrase qui correspond au dessin.

se promener | se lever | se préparer pour qc | s'éloigner | se moquer de qc | s'intéresser à qc

b Lisez le dialogue, puis complétez les phrases avec les formes correctes des verbes entre parenthèses.

1. **Simon:** Dis-moi Yann, à quel sport est-ce que tu ________________ (s'intéresser)?
2. **Yann:** J'adore le surf et avec mon copain Yves, nous ____________________ (s'entraîner) beaucoup, souvent le samedi.
3. **Simon:** Je ne sais pas surfer et je __________________ (se demander) si c'est difficile?
4. **Yann:** Oui et non, mais bien sûr au début, tu dois ________________ (s'entraîner) avec un entraîneur dans une école pour les enfants.
5. **Simon:** Ah bon? Dans une école?
6. **Yann:** Oui, les enfants ________________ (s'amuser) beaucoup dans les vagues et ils ________________ (s'habituer) à rester sur leur planche.
7. **Simon:** Mais ce n'est pas dangereux quand ils ________________ (s'éloigner) de la plage?
8. **Yann:** Non, parce que les entraîneurs __________________ (se promener) et les regardent tout le temps. Si tu veux, viens samedi sur la plage pour faire un petit essai avec nous.
9. **Simon:** Oh, c'est une bonne idée mais ton copain va ________________ (se moquer) de moi si je tombe et je ____________________ (ne plus se lever)?
10. **Yann:** Mais non, pas du tout. On a des chaussures spéciales. Bon, j'ai un cours de tennis et je dois ________________ (se préparer). On ________________ (se retrouver) samedi après-midi sur la plage, à 2 h, d'accord?
11. **Simon:** Super. Je prends le bus avec toi et je ______________ (s'arrêter) au magasin de sports du centre-ville pour ______________ (s'acheter) des chaussures de surf.

ÉCOUTER

A38

8 Un athlète[1] (zu SB Übung 131, 5)

Avant l'écoute: Regardez la couverture du livre à droite.
À votre avis, on parle de quel sport?

Pendant l'écoute:
Ensuite, écoutez le document et répondez aux questions.

1. Martin Fourcade est un champion de quel sport?

   ____

2. Dans quelles villes Martin Fourcade a-t-il participé aux Jeux olympiques?

   ☐ Paris ☐ Vancouver ☐ Montréal
   ☐ Grenoble ☐ Sotchi ☐ Versailles
   ☐ Nice ☐ Tokyo ☐ Pyeongchang

3. Martin Fourcade a arrêté l'athlétisme en ______________.
4. Mais il continue le sport et l'______________.
5. Dans quelle ville vont être les Jeux olympiques de 2024?

   ____

6. Qu'est-ce qu'il va faire en 2024?

   ☐ Il va participer aux compétitions. ☐ Il va entraîner des jeunes pour les Jeux olympiques.
   ☐ Il va entraîner des jeunes pour les Jeux paralympiques. ☐ Il va faire du ski.

7. Regarde encore une fois le livre. Aux Jeux olympiques, on peut avoir une médaille de bronze, d'argent et

   ☐ de chocolat. ☐ d'or[2]. ☐ de neige.

8. Martin Fourcade se ______________________________ toujours pour l'athlétisme.
9. Quelles autres choses Martin Fourcade fait-il après 2020?

   ☐ Il fait du surf. ☐ Il écrit des livres. ☐ Il écrit des mails.
   ☐ Il fait du ski. ☐ Il fait des voyages. ☐ Il va faire du théâtre.

10. Martin Fourcade a aussi écrit un livre qui s'appelle:

    «Mon rêve d'or et de ______________________________».

11. Et surtout, il travaille aussi pour des ______________________ sportives pour les jeunes.
12. Martin Fourcade compare les Jeux olympiques à ______________________________.

Annotations pour comprendre le texte: **1 un/une athlète** – ein/eine Athlet/in; **2 l'or *(m)*** – das Gold

PARLER

9 Mon entraînement (zu SB 131, 6)

Tu vas participer l'année prochaine (**A**) à un échange avec Versailles mais tu veux continuer ton entraînement. Ton/ta partenaire (**B**) à Versailles va t'aider. Travaillez à deux. Attention au passé composé. Décidez qui prend le rôle **A** et le rôle **B**. **A** commence. Après, changez de rôle.

A Toi	B Ton / Ta partenaire
1. Du begrüßt deine(n) französische(n) Partner(in). Du fragst ihn / sie, ob er / sie auch Sport macht, und wenn ja, ob er einen Mannschaftssport ausübt?	**1.** [Salut! Est-ce que tu fais du sport? Et si oui, fais-tu un sport collectif?]
2. [Oui, je joue au rugby. Il y a toujours une super ambiance dans l'équipe.]	**2.** Du antwortest, dass du Rugby spielst und dass es immer eine tolle Stimmung in der Mannschaft gibt.
3. Du fragst, wie oft er / sie in der Woche trainiert und ob du nächstes Jahr mit ihm / ihr trainieren kannst.	**3.** [Combien de fois t'entraînes-tu par semaine? Et est-ce que je peux m'entraîner avec toi l'année prochaine?]
4. [Tu t'intéresses à quel sport? Est-ce que tu aimes le sport d'équipe?]	**4.** Du fragst, für welche Sportart er / sie sich begeistert und ob er / sie Mannschaftssport mag.
5. Du sagst, dass du im Sommer surfst, schwimmst und auch American Football spielst.	**5.** [En été, je fais du surf, de la natation et je joue aussi au football américan.]
6. [Est-ce que le football américain, c'est un peu comme le rugby? Combien de fois as-tu de l'entraînement par semaine?]	**6.** Du fragst, ob American Football so was Ähnliches ist wie Rugby und wie oft er / sie in der Woche trainiert.
7. Du sagst, dass American Football ganz anders ist als Rugby. Es gibt nur 11 Spieler und beim Rugby 13 oder 15. Du trainierst 1 Mal in der Woche.	**7.** [Non, le football américan, ce n'est pas la même chose que le rugby. Il n'y a que 11 joueurs. Au rugby, il y a 13 ou 15 joueurs. Je m'entraîne une fois par semaine.]
8. [Woah! Et que pensent tes parents? Ce n'est pas trop dangereux? Pourquoi te passionnes-tu pour ce sport et quels sont tes buts?]	**8.** Du staunst und fragst, was seine / ihre Eltern davon halten, ob es nicht zu gefährlich sei und warum er / sie sich für diese Sportart begeistert und welche Ziele er / sie verfolgt.
9. Du antwortest, dass du die tolle Stimmung im Team beim American Football magst. Deine Eltern hätten aber immer Angst um dich. Dein Ziel ist es, die Probleme mit der Schule und mit den Eltern zu vergessen.	**9.** [J'adore la super ambiance dans l'équipe de football américain. Mais mes parents ont toujours peur pour moi. Mon but, c'est d'oublier les problèmes avec l'école et avec mes parents.]

REGARDER

KAP'S

V23

10 Le sport en France

Regardez la vidéo sans le son. Ensuite, lisez les questions. Regardez une deuxième fois la vidéo avec le son et cochez les bonnes réponses ou complétez les phrases.

1. De quels sports est-ce qu'on parle dans l'introduction?

   ☐ le rugby ☐ la natation
   ☐ le sport automobile ☐ le tennis
   ☐ le vélo ☐ le foot

2. Comment s'appelle le sport sur la photo?

   La ______________________________

3. La pratique du sport a commencé quand en France?

   À la fin du …

   ☐ XVIIIe sècle. ☐ XIXe sècle.
   ☐ XIXe sècle. ☐ XXIe sècle.

4. Qui est cet homme? ______________________________

5. En ______________, il a inventé les Jeux olympiques.
6. Combien de pour cents de Français font du sport moins d'une fois par semaine? ______________ %.
7. Est-ce que les Allemands sont plus sportifs que les Français? ☐ oui ☐ non
8. Regardez ces pourcentages: 5,40% et 7,10%.

   Qu'est-ce que c'est?

   ☐ les gymnases en France et en Allemagne
   ☐ les salles de fitness en France et en Allemagne
   ☐ les salles de fitness en Allemagne et en France

9. Le sport préféré des Français et des Allemands est ______________________________.
10. Les Français sont aussi forts en sport de montagne que les Allemands.

    ☐ vrai ☐ faux

    Justification: ______________________________

11. Quels sont les 3 mots français que vous connaissez en escrime (Fechten)?

    ____

12. Quel est le nouveau sport à la mode avec 1,3 millions de «sportifs» en France?

    ____

→ Die Lösungen zu den Bilan-Aufgaben findest du im Anhang auf S.193.

Bilan

1 Parler (nach SB 132, 1)

Ich kann über Sport und Sportarten berichten.

Vous savez déjà dire beaucoup de choses sur le sport. Préparez un petit monologue-minute et parlez des faits suivants:

Berichte / Erzähle, ...

- ... dass Rugby, Fußball und Basketball Mannschaftssportarten sind.
- ... dass die Mannschaft beim Rugby gewinnt, die die meisten Punkte erzielt.
- ... dass Rugby die beliebteste Mannschaftssportart in Frankreich ist.
- ... dass man Talent und viel Training braucht, um im Sport erfolgreich zu sein.
- ... dass man an Wettbewerben teilnehmen kann, um fit zu bleiben.
- ... dass Grégory Alldritt 6 Punkte für seine Rugbymannschaft erzielt hat.
- ... dass viele Jugendliche sich in Sportvereinen engagieren.
- ... welche Sportart du besonders magst.
- ... warum du es schaffen möchtest, mehr Sport zu machen.
- ... welche Sportart du am gefährlichsten findest.
- ... welche Sportart du am leichtesten findest.

2 Grammaire (nach SB, 132, 2)

G 33

Ich kann Adjektive steigern und damit Vergleiche anstellen.

Formez des phrases à l'aide des mots donnés.
plus (+)   moins -   aussi (=)   le / la / les plus (++)   le / la / les moins (- -)

1. judo - dangereux (=) - surf - mais - populaire (-) - football

____

2. avion - rapide (+) - train - mais - écologique (-) - vélo

____

3. Nadja et Sonia - sportif (+) - Aurélie - mais Julie - fille - sportif (- -)

____

4. Tom et Clara - bon (+) - en maths - Malik - mais Malik - bon (++) - en anglais

____

5. Lyon - grand (+) - Saint-Étienne - mais - Paris - ville - grand (++) - France

____

3 Le sport et nous (nach SB 132, 3)

GRAMMAIRE

G 34

Ich kann die reflexiven Verben passend und korrekt anwenden.

a Regardez d'abord les dessins et choisissez un verbe pronominal, puis écrivez une phrase qui correspond au dessin.

1. ______________________

2. ______________________

3. ______________________

4. ______________________

5. ______________________

6. ______________________

b Lisez et complétez le texte avec les formes correctes des verbes pronominaux de la liste. Attention aux 3 intrus! Amélie se présente sur son blog et parle de ses passions.

s'habituer | se lever | se passionner | s'arrêter | se moquer | se retrouver

s'intéresser | se préparer | s'éloigner | s'amuser | s'entraîner

Salut les ami(e)s! C'est moi, Amélie! Aujourd'hui, je veux vous parler du sport qui est ma grande passion. Je fais du tennis depuis 10 ans et je ______________ très souvent avec un moniteur. Je ______________ aussi aux autres sports comme le surf ou le basket. Avec mes copines, nous ______________ pour le sport et nous ______________ pour jouer ensemble le samedi. Même le dimanche, je ______________ tôt pour aller faire du surf avant l'arrivée des touristes. Je fais attention et je ne ______________ pas trop de la plage. Mes grands frères rigolent beaucoup parce que je fais toujours du sport et je n'aime pas qu'ils ______________ de moi. Quand ils font des matchs de rugby, ils ______________ aussi pendant des semaines! Le sport et moi, c'est le grand amour!

Lösungen und Lösungsvorschläge

Mit dem Lösungsteil könnt ihr euch selbst kontrollieren und SOFORT erkennen, ob ihr die richtige Lösung gefunden habt. Ihr braucht euren Lehrer / eure Lehrerin nicht. Damit ihr eigene Fehler erkennt, vergleicht sorgfältig, schaut sehr genau hin und unterstreicht die Fehler, die ihr gemacht habt, mit einem roten Stift. Benutzt für eure Verbesserungen eine andere Farbe. So könnt ihr euch später immer noch einmal klarmachen, welche Fehler euch unterlaufen sind. Denn auch aus Fehlern lernt man natürlich. Zu folgenden Teilen werden Lösungen angeboten: *Un peu d'entraînement*, *Bilan*, *Plateau* und *DELF*.

Unité 1

S. 4, Nr. 1, Un peu d'entraînement

1. Le lycée-collège Balzac est dans le quartier des Batignolles à Paris. 2. Lola a douze ans. Elle va au collège. Son frère Max a 17 ans, il va au lycée. 3. Le lycée-collège Balzac est très grand. Il y a 2000 élèves et 220 professeurs. 4. Au cours d'E.P.S., les élèves trouvent des tables de ping-pong, des paniers de basket et une piscine pour la natation. 5. Quand ils ont mal, ils vont à l'infirmerie. 6. Pour travailler, ils vont au CDI. Là, ils trouvent des livres, des magazines, des BD et des ordinateurs pour faire des recherches sur Internet. 7. À midi, ils vont à la cantine pour manger. 8. Les élèves qui ne rentrent pas à la maison le soir restent à l'internat.

S. 5, Nr. 2

Horizontal: 1. collège; 2. cantine; 3. écouter; 4. allemand; 5. internat; 6. élève; 7. lire; 8. cours
Vertikal: 1. CDI; 2. lycée; 3. travailler; 4. écrire; 5. anglais; 6. latin; 7. devoirs; 8. profs; 9. gymnase; 10. rentrée
Lösungswort: Les vacances

S. 20, Nr. 1a, Bilan

1. Il est triste. 2. Elle est contente.
3. Elle a peur. 4. Il est en colère.

S. 20, Nr. 1b

Lösungsvorschlag: 1. Il est triste ... parce qu'il a eu une mauvaise note. 2. Elle est contente ... parce qu'elle espère retrouver ses copines. 3. Elle a peur ... parce que c'est la rentrée. Elle trouve que c'est nul. 4. Il est en colère ... parce qu'il n'est pas dans la classe de son copain à la rentrée. Il trouve que c'est dommage.

S. 20, Nr. 2

1. Un homme style gothic; 2. Un garçon style sportif; 3. Une fille style classique; 4. Un garçon style rappeur.

S. 21, Nr. 3

1. Regarde les nouvelles chaussures que je porte. Elles sont très belles.
2. La rappeuse? Voici son nouveau look qui est très beau!
3. Regarde ma nouvelle robe qui qui coûte 40 euros! Tu es très belle !
4. Tom trouve le nouvel anorak qu'il cherche depuis un mois! Mais il n'est pas beau !
5. Ah non! C'est un bel anorak qui coûte 50 euros dans le nouveau magasin de la ville.
6. D'accord, les nouveaux vêtements sont toujours beaux! Mais les nouvelles modes ne sont pas toujours belles!

S. 21, Nr. 4

Horizontal: pouvez, peut, veux, voulez
Vertikal: veut, pouvons, peut, veulent, peux, voulons, peuvent

S. 21, Nr. 5

Lösungsvorschlag:
Voici Stefania Liberakakis. Son anniversaire, c'est le 17 décembre. Elle est petite et a des cheveux courts et bruns. Elle a des grands yeux marron. Elle a l'air sympa. Elle a un grand sourire. Elle a un pull rose. Elle aime danser, chanter et faire du shopping. Elle veut être prof. Sa chanson pour l'ESC, c'est "Supergirl".

Unité 2

S. 25, Nr. 1b; Un peu d'entraînement

Individuelle Lösung

S. 25, Nr. 1c

1. → B; 2. → A; 3. → C

S. 26, Nr. 2a

Horizontal: métro, avion, train, bus
Vertikal: taxi, vélo, voiture

S. 26, Nr. 2b
Vous connaissez la chanson: À Paris, à vélo, on dépasse les autos? Mais pour bouger dans Paris aujourd'hui, les vélos électriques dépassent aussi les voitures et les transports en commun comme le bus ou le métro. Bien sûr, quand vous arrivez à Paris en avion à Roissy Charles de Gaule ou en train à la gare de l'Est, ou quand vous cherchez un arrêt de bus ou une station de métro avec un grand sac, alors le taxi, c'est pratique. Parfois, le chauffeur de taxi tourne à gauche, tourne à droite, va, puis il continue son chemin et prend deux, trois fois le même chemin … Alors ça coûte cher! Alors, mes amis, quand vous visitez Paris, prenez un petit sac! Et prenez un vélo électrique. Ça va très vite! C'est bien, faites du sport et visitez Paris!

S. 41, Nr. 1, Bilan
1. J'ai peur!; 2. Je n'ai pas de réseau!; 3. C'est dangereux!; 4. Arrêtez! Vous avez perdu la tête!

S. 41, Nr. 2
Lösungsvorschlag:
Le monsieur sur la photo a eu une grande aventure. Il a trouvé le corps d'un homme dans un souterrain sombre et dangereux. Puis, il a entendu des bruits. Mais il n'a pas eu peur. Il a pris le corps de l'homme, il a traversé le réseau des tunnels mystérieux et il a cherché son chemin. Il n'a pas trouvé de
policiers. Il a cherché son chemin pendant 2 heures. Puis, il a entendu des voix dans le tunnel. Alors là, il a eu peur.

S. 41, Nr. 3
1. Excusez-moi, mais votre question n'est pas très sérieuse! 2. Alexandre est vraiment un garçon courageux. Il n'a pas peur dans le noir. 3. Hé, les filles, ne prenez pas ces portes secrètes – elles sont trop dangereuses! 4. Vous avez déjà visité les tunnels mystérieux de Dresde? Ils sont près de l'Elbe.

S. 42, Nr. 4
1. Hier, Miriam a visité la tour Eiffel avec sa copine Franka. 2. Après, les deux filles ont retrouvé leur copain Yves. 3. Il a proposé d'aller au «Miam Miam», un restaurant super. 4. Alors, ils ont mangé des spécialités de Paris. 5. Miriam: «J'ai aimé la visite de la tour Eiffel. Qu'est-ce que vous avez adoré?» 6. Yves et Franka: «Nous avons rigolé beaucoup ensemble!»

S. 42, Nr. 5
1. Mon frère et moi attendons devant l'école. 2. Je ne peux pas répondre à votre question, monsieur. 3. Est-ce que tu as entendu le bruit hier soir? 4. Les deux sœurs entendent une chanson bizarre. 5. Vous avec perdu votre chemin, madame? 6. Marlène ne perd pas ses affaires. Elle fait toujours attention.

S. 42, Nr. 6

1. → elle	3. → eux	5. → lui / elles
2. → toi	4. → moi	

Plateau 1

S. 46, Nr. 1
Individuelle Lösung

S. 47, Nr. 2
1. faux: Ils veulent prendre des photos des tombes mystérieuses.; 2. vrai; 3. vrai; 4. faux: Mais déjà les trois jeunes n'écoutent plus.; 5. faux: C'est Zoé qui montre la tombe d'Edith Piaf.; 6. vrai; 7. faux: Derrière la tombe d'un chanteur, il y a un groupe de jeunes qui dansent et qui chantent.; 8. vrai.

S. 48, Nr. 3a
1. une camarade
2. les animaux
3. l'infirmerie
4. les lunettes
5. être en retard
6. le professeur
7. écouter le guide
8. la gare

S. 48, Nr. 3b
- quelque chose à manger 2
- un sport 3
- un sentiment 5
- un vêtement 4
- un / une artiste 6
- quelque chose pour l'école 1
- un moyen de transport 8
- une activité en classe 7

S. 48, Nr. 4
- Samedi, j'ai invité des copains pour mon anniversaire.
- D'abord, nous avons mangé des gâteaux.
- Puis, nous avons écouté un CD.
- Tout à coup, il a regardé ma cousine.
- Après, elle a appelé des copains.
- Après, ils ont joué au monopoly.
- Enfin, ils ont oublié le cadeau.

S. 49, Nr. 5
Individuelle Lösung

S. 49, Nr. 6

1. Porte des Lilas est une station fantôme où Jules, Tom et Zoé vont tourner un film. 2. Pour la journée du patrimoine il y a une visite guidée qui commence à 16 heures. 3. Le guide donne des explications sur les stations fantômes que les trois jeunes n'écoutent pas. 4. Le groupe entre dans le tunnel par une petite porte que Tom trouve mystérieuse. 5. Dans la station ils voient un métro qui n'a pas l'air très moderne. 6. On monte dans la rame où on a déjà tourné beaucoup de films. 7. Jules prend des photos dans la rame que les autres visiteurs quittent.

S. 49, Nr. 7

1. Nous allons au cinéma. Je peux aller avec vous?
2. Après Jules va retourner à la maison. Je peux retourner avec lui?
3. Zoé va à la piscine aujourd'hui. Nous pouvons aller avec elle?
4. Ils vont passer les vacances dans une colonie. Nous pouvons partir avec eux?
5. Les filles vont faire un stage de surf. Nous pouvons faire le stage avec elles?

En route vers le DELF
S. 50, Nr. 1 Compréhension de l'oral
Exercice 1

1. Qui est l'élève? ☒ C'est un garçon.
2. Quel est le problème de l'élève? ☒ Il a oublié le cours. ☒ Il est en retard.
3. L'élève … ☒ raconte une histoire.
4. La prof pense que l'histoire de Jules est ☒ fausse.
5. Où se passe la scène? ☒ au cours de théâtre

Exercice 2

1. Qui téléphone à qui? ☒ Jules à Lola
2. La classe de Jules doit faire une exposé … ☒ sur Nice.
3. Après l'exposé, les jeunes veulent aller … ☒ au cinéma.
4. La station fantôme du métro de Paris s'appelle … ☒ porte des Lilas.
5. Qui doit rappeler qui? ☒ Lola doit rappeler Jules.
6. Il / Elle doit rappeler sur ☒ sur WhatsApp.

Exercice 3

1. Quel est le sujet du bulletin d'information? ☒ les transports
2. C'est le bulletin d'information ☒ du soir.
3. Le problème est sur les lignes ☒ 6 et 9.
4. Le problème est à la station ☒ Trocadéro.
5. Qu'est-ce qui a donné l'alarme? ☒ un système
6. Qui est là pour trouver une solution au problème? ☒ les policiers
7. Qui est dans le tunnel? ☒ des jeunes
8. Le tunnel est … ☒ dangereux
9. Dans le tunnel, il y a … ☒ des graffeurs.
10. A cause des gens, le métro a … ☒ du retard
11. Le problème va peut-être durer jusqu'à … ☒ demain.
12. L'alternative, c'est le bus … ☒ Nr. 22 et 32.
13. C'est un bulletin de … ☒ France Info.
14. Le journaliste s'appelle … ☒ Tom Durand.

S. 52, Nr. 2 Compréhension des écrits
Exercice 1

1. → –	4. → n° 6	7. → n° 3
2. → n° 7	5. → n° 4	8. → n° 5
3. → n° 8	6. → n° 2	

Exercice 2

1. Quel est le sujet de l'article? ☒ les transports
2. Quels sont les 3 domaines pour lesquels on utilise un moyen de transport en ville? 1. l'école 2. le travail 3. les activités du week-end
3. D'après l'article, dans quelle ville française est-ce qu'il y a un métro? (*plusieurs solutions*) ☒ Paris ☒ Lyon ☒ Lille
4. Le segway est un moyen de transport en commun. ☒ faux Justification: transport individuel comme le segway
5. Dans l'article on parle de la voiture électrique. ☒ faux Justification: le segway, le skate électrique, le vélo électrique
6. Les moyens de transport électrique ont deux problèmes.
7. Les problèmes des moyens de transports électriques sont … ☒ l'autonomie ☒ le prix
8. Le choix d'un moyen de transport est un problème … ☒ d'argent ☒ d'écologie
9. Combien coûte un segway? Entre 4000 et 7000 euros.
10. Combien coûte un vélo électrique? Entre 2000 et 3000 euros.

Exercice 3

Lösungsvorschlag:

1. Lasagne verte aux épinards + Mousse au chocolat + orangina = 9,50 €
2. Salade niçoise + Crème Caramel + eau minérale = 7,00 €

S. 55, Nr. 3 Production écrite

Exercice 1

Lösungsvorschlag:

- Monsieur le policier, j'ai observé des jeunes dans le tunnel du métro à la station Opéra. D'abord, j'ai pensé que c'est pour faire un film «Le fantôme de l'opéra». Mais non. Les jeunes ont eu l'air bizarre. En plus, c'est dangereux de marcher dans le tunnel du métro. La station Opéra, ce n'est pas une station abandonnée. C'est une vraie station.
- Merci pour l'information. C'est difficile pour nous de contrôler le métro. Mais vous êtes sûr qu'il n'ont pas tourné un film ou un reportage? Bon, alors nous allons aller à la station Opéra et arrêter ces jeunes. Car c'est interdit et dangereux.

Exercice 2

Lösungsvorschlag:

Bonjour Gustave, je m'appelle Arthur. Je suis de Leipzig. J'ai 14 ans et je vais au Reclam-Gymnasium de Leipzig. J'ai un grand frère, Julian, qui a 16 ans et une petite sœur, Elsa, qui a 10 ans. Moi aussi j'adore le sport. À la rentrée, je vais aller au Sportgymnasium de Leipzig. C'est bien quand on aime le sport. Je fais de la gymnastique. Je ne connais pas l'escalade. Comme ça, tu vas me montrer.
J'aime aussi la musique, mais pas le rock. Je préfère la musique de jazz. Ma mère écoute beaucoup Bach. Tu sais, Leipzig, c'est la ville de Bach. Oui, on peut écrire sur Facebook. Pas de problème. J'ai beaucoup de photos et de vidéos sur Facebook. Je suis content d'être ton correspondant et j'espère que tu vas me montrer Paris.   Arthur

S. 57, Nr. 3 Production orale

Individuelle Lösung

Unité 3

S. 61, Nr. 1a, Un peu d'entraînement

Individuelle Lösung

S. 61, Nr. 1b

1. Là, je fais du vélo-ski à la Chartreuse. ☺
2. J' adore! / C'est super!
3. Et là, nous faisons du ski de fond à Saint-Pierre de Chartreuse.
4. Mes sœurs préfèrent faire de la luge à Lans.
5. Là, nous sommes dans le Vercors. Nous faisons du snowboard.

S. 62, Nr. 2

1. Vendredi soir, Max a écouté de la musique dans le train et il n'a pas entendu le contrôleur. 2. Lola a regardé une BD puis elle a parlé à son frère. 3. Nos grands-parents Armand et Josie ont attendu à la gare de Nice. 4. Les jeunes ont discuté le programme avec les grands-parents. Le portable de Max a sonné mais il n'a pas répondu. 5. Nous avons filmé Max et Lola depuis la plage. Ils ont crié. 6. Vous êtes en retard! Vous avez marché sur un oursin? Ou alors, vous avez raconté une histoire?

S. 77, Nr. 1, Bilan

Lösungsvorschlag: Éric et moi, nous sommes partis tôt le matin vers la via ferrata pour faire de l'escalade. Nous avons pris le matériel nécessaire. Il a fait beau mais la montée a été difficile. On a mis 3 heures pour arriver à la Bastille. On a eu une belle vue et nous avons fait des photos. L'après-midi, nous sommes descendus avec le téléphérique.

S. 77, Nr. 2

1. [x] cuisine [x] toilettes [x] chaise(s) [x] table(s) [x] salle de bains [x] salon [x] chambre(s) [x] lit(s) [x] chien
2. [x] salle à manger [x] toilettes [x] chaise(s) [x] table(s) [x] salle de bains [x] chambre(s) [x] lit(s)
3. [x] cuisine [x] chambre(s) [x] lit(s)
4. [x] cuisine [x] salle à manger [x] toilettes [x] chaise(s) [x] table(s) [x] salle de bains [x] salon [x] chambre(s) [x] lit(s)

S. 78, Nr. 3

1. Jules, tu dois téléphoner à Lola.
2. Oui, je sais, mais je vais finir d'abord ma BD.
3. Mais, vous devez encore faire la présentation pour géographie.
4. Non, nous ne devons pas faire la présentation maintenant.
5. La prof est malade et nous ne savons pas encore quand elle va revenir.
6. Mais les autres, ils le savent peut-être?
7. Attends, c'est la prof principale de ma sœur: elle doit savoir quand la prof va être là.

S. 78, Nr. 4

Cher papa, 1. Aujourd'hui, j'ai été à la Bastille pour le concert de maman. 2. Alice, Mathias et moi, nous avons fait un tour en ville. 3. Au café, Alice a écrit une carte postale aux grands-parents. 4. Après, elle a voulu retourner à la maison. 5. Mathias et moi, nous avons pu rester en ville. 6. A 18 heures, nous avons pris le téléphérique. 7. Nous avons eu une belle vue sur la ville de Grenoble. Bises Jules

S. 78, Nr. 5

Anita: Les enfants, votre train part à quelle heure?
Jules: Mais maman, nous dormons encore. Il est 7 heures seulement.
Alice: Nous partons à midi. Est-ce qu'Éric, Mathias et Rose viennent aussi à la gare?
Anita: Non, Éric ne vient pas. Il est parti avec les cousins de Lyon. Mais Mathias et Rose vont venir avec nous.
Alice: Attends, maman, je viens tout de suite pour prendre le petit-déjeuner.

S. 78, Nr. 6

1. Aujourd'hui,, Lola est partie à 8 heures. Elle est allée à l'arrêt du bus. 2. À 9 heures. elle est descendue du bus avec Zoé. 3. Les deux filles sont arrivées à 10 heures au collège. 4. Tom et Léo sont venus leur dire bonjour. 5. Les quatre amis sont restés dans la cour pendant la récréation. 6. Puis, Léo est retourné dans la salle de cours et les filles sont parties pour faire une excursion avec la prof d'histoire-géo. 7. Tom est resté au collège.

Unité 4

S. 85, Nr. 1a, Un peu d'entraînement

Les boissons: une boisson, un café, une eau minérale, un orangina, un thé
Les desserts: un dessert, une crêpe, un gâteau, une gaufre, une glace, un macaron
Les endroits: une boulangerie, une buvette, une cantine, un café
L'intrus: un sandwich

S. 85, Nr. 1b

Vous connaissez la boulangerie *La baguette de Paris*? C'est là où madame Garnier achète des macarons, des gâteaux, des crêpes ou des gaufres pour ses élèves. Mais on peut acheter aussi des baguettes, des croissants, des pizzas ou des quiches lorraines. Bien sûr, vous pouvez acheter aussi des boissons comme par exemple un café, une eau minérale, un orangina ou un coca-cola. Pour madame Garnier et les élèves de son cours de théâtre, c'est presque comme à la cantine du collège.

S. 86, Nr. 2a

1. Éric fait du ski. 2. Anita fait de la musique. 3. Mathias fait de la natation. 4. Rose fait de la danse. 5. Papi fait des crêpes. 6. Mamie fait du théâtre. 7. Les voisins font du bruit. 8. Anita et ses copines font de la danse.

S. 86, Nr. 2b

1. Je fais de la musique; Je fais du surf; 2. Je fais du judo; 3. Je fais du foot / Je joue au foot; 5. Je fais du jogging; 6. Je joue au handball / Je fais du handball; 7. Je fais du ski; 8. Je fais de la cuisine; 9. Je fais du théâtre / Je joue au théâtre; 10. Je joue aux jeux vidéo.

S. 103, Nr. 1, Bilan

Individuelle Lösung

S. 103, Nr. 2

Bonjour, ici Lisa de Leverkusen. Je vous présente la cantine du collège Balzac.
Il y a trois menus: un normal, un végétarien, sans viande et un halal.
Les élèves peuvent prendre une entrée, un plat principal et un dessert. Il y a toujours une salade verte, des légumes et une soupe bien chaude. Ici, on ne gaspille pas la nourriture! Il faut tout manger, même quand on n'a pas très faim!
Voilà! Votre Lisa

S. 104, Nr. 3

Menu du collège Balzac: ☒ une pizza ☒ une crêpe au fromage ☒ une salade de tomates ☒ un steak-frites ☒ un yaourt ☒ du fromage
Menu du collège Stendhal: ☒ une salade niçoise ☒ une pizza ☒ une salade de tomates ☒ un yaourt ☒ une gaufre
Le repas de Jules: Entrée: Salade de tomates; Plat principal: une pizza; Dessert: un yaourt
Le repas de Nina: Entrée: Salade de tomates; Plat principal: une pizza; Dessert: un yaourt

S. 104, Nr. 4

1. Au dîner, je mange ☒ **de la** salade et je bois une carafe ☒ **d'**eau.
2. Pour un clafoutis, il nous faut 300 g ☒ **de** farine et ☒ **des** cerises.
3. Tu achètes ☒ **du** café pour ce soir? On va aussi manger ☒ **des** gaufres avec beaucoup ☒ **de** pommes.
4. Vous avez déjà mangé ☒ **du** yaourt avec ☒ **des** fruits?

S. 105, Nr. 5
1. Frédéric boit un orangina avec son copain Luc. 2. Les deux élèves boivent de l'eau minérale à la cantine du lycée. 3. Vous buvez du café après votre travail? 4. Est-ce que nous mettons nos vestes? Il fait très froid. 5. Tu ne veux pas mettre des cerises dans ton clafoutis? 6. Moi, je mets les fourchettes sur la table.

S. 105, Nr. 6
1. → Il en prend trois.
2. → Elles en achètent 250 g.
3. → Tu vas en manger deux?
4. → Vous en avez bu cinq bouteilles.
5. → On en prend 500 ml?
6. → Je ne vais pas en boire demain.

Plateau 2

S. 110, Nr. 1
Individuelle Lösung

S. 111, Nr. 2a
1. Où se passe la scène? Dans une cuisine
2. Décris la pièce: Il y a une table, des chaises, un four.
3. Sur l'image n° 2: Qu'est-ce que c'est peut-être?
4. ☒ un poulet rôti ☒ un coq au vin
5. Sur l'image n° 6: Qu'est-ce que tu lis comme onomatopée? prout
6. Décris l'image n° 8: Il y a une table avec 5 hommes et une femme avec un plat.

S. 111, Nr. 2b
1. Ça sent vachement bon!: → Die Lautmalerei hilft euch: Das riecht gut!
2. des marrons: → Ihr kennt schon die Farbe „marron" Maronen / Kastanien
3. une dinde: → Welches Geflügel isst man zu Weihnachten? eine Pute
4. le réveillon de ce soir: → Ein Festessen am Weihnachts/Silvesterabend … Weihnachten / Silvester
5. engraissé(e): → Welches Verb passt zu „Geflügel" und „Mais"? mästen
6. le maïs: → Denkt an das deutsche Wort: Mais
7. transgénique: → Im Zusammenhang mit Lebensmitteln: genmanipuliert
8. mutant(e): → Denkt an das deutsche Wort: Mutant.
9. végétarien(ne): → Das deutsche Wort fängt gleich an: Vegetarier.
10. un navet / une betterave: → Das Wort kann man nicht erraten. Aber ihr wisst, dass es eine Beilage ist, die man pürieren kann: Gemüse

S. 113, Nr. 3a
Pour faire une ratatouille il faut:
deux courgettes, une aubergine, un poivron vert, un poivron rouge, 3 tomates, un oignon, deux gousses d'ail, un bouquet garni, de l'huile d'olive, du sel et du poivre.

S. 113, Nr. 3b
1. On met du maïs? Non, on n'en met pas.
2. Tu mets de l'ail? Oui, j'en mets deux gousses.
3. Nous mettons des poivrons? Oui, nous en mettons un rouge et un vert.
4. Tu mets des pommes de terre? Non, je n'en mets pas.
5. On met des tomates? Oui, on en met 3.
6. On met du sel et du poivre? Oui, on en met.
7. Tu mets aussi des carottes? Non, je n'en mets pas.

S. 113, Nr. 4
1. Samedi, j'ai fait du sport. 2. Donc, je suis rentré tard et je n'ai pas pu manger avec ma famille. 3. Dimanche matin, on a fait la grasse matinée. 4. Puis je suis allé au marché avec Inès. 5. Nous avons acheté des choses pour une «ratatouille», son plat préféré. 6. Nous avons mis une heure à faire les courses. 7. Puis Inès et moi sommes allés retrouver des amis au café. 8. Inès et sa copine ont bu un café. 9. Mes amies et moi, nous avons pris un jus de fruits. 10. Après, nous sommes retournés à la maison où nous avons préparé le dîner.

S. 113, Nr. 5
1. un éco-délégué? C'est quelqu'un qui propose des actions éco-responsables au collège.
2. le gaspillage? C'est quand on jette trop.
3. l'environnement? C'est la nature.
4. le projet «assiette vide»? À la fin du repas on n'a plus rien sur son assiette.
5. les déchets? C'est toutes les choses qu'on jette.

S. 114, Nr. 6a
Individuelle Lösung

S. 114, Nr. 6b
Lösungsvorschlag:
Chère sœur, cher frère, J'ai passé aussi un week-end super à Paris. Samedi, j'ai lu beaucoup de livres, j'ai écrit une chanson, j'ai fait aussi de la musique avec ma guitare. J'ai fait aussi du sport avec une copine, j'ai voulu aller à la piscine, mais la piscine est fermée. Alors je suis restée dans mon lit et j'ai lu un autre livre. Ah, j'ai vu aussi un super film sur Netflix. Après

un copain est venu m'apporter un jeu vidéo. Il est parti vers minuit. Et dimanche, j'ai pris mon vélo et je suis allée au bord de la Seine. Je suis montée aussi sur la tour Eiffel. Là, j'ai vu Paris pour la première fois à 300 mètres! Vous voyez, j'ai passé un week-end de rêve!

En route vers le DELF
S. 115, Nr. 1 Compréhension de l'oral
Exercice 1

1. Qui téléphone à qui? [x] Julie à Soraya
2. La famille de Julie va …
   [x] partir en Bretagne.
3. La famille de Julie veut aller …
   [x] chez un cousin.
4. Julie voudrait [x] visiter Carnac.
5. Qui doit rappeler qui? [x] Soraya doit rappeler Julie.

Exercice 2

1. Qui est au téléphone?
   [x] un monsieur. [x] une dame.
2. Où travaille le monsieur?
   [x] dans un centre de vacances.
3. La fille de la dame va passer
   [x] une semaine en Bretagne.
4. La fille de la dame peut faire …
   [x] un stage de planche à voile.
   [x] une visite des menhirs.
5. Pour sa fille, la dame doit payer
   [x] 35 euros.

Exercice 3

1. Où se passe la scène? [x] dans la rue.
2. D'où vient la petite fille? [x] de Bretagne.
3. La petite fille … [x] cherche un jardin.
4. La dame … [x] connaît bien la ville.
5. La petite fille doit … [x] aller tout droit.
   [x] tourner à gauche.
6. Le jardin des plantes est … [x] gratuit.
7. La petite fille … [x] est à pied.
   [x] n'a pas de vélo.
8. La petite fille dit qu'elle …
   [x] a mal à la tête.
9. La dame … [x] va avec elle.

S. 117, Nr. 2 Compréhension des écrits
Exercice 1

C'est une petite fille blonde qui porte un short rose et un t-shirt blanc. Elle aime faire des promenades dans le parc avec son petit chien en laisse. → n° 7
Cette vieille femme a les cheveux gris. Elle porte un manteau vert et tient un petit sac noir parce qu'elle va faire ses courses dans un grand magasin. → n° 8
Ce petit garçon a les cheveux courts et porte un anorak noir et un pantalon blanc. Il a envie d'acheter des nouveaux CD de son groupe de rock préféré. → n° 2
C'est un jeune garçon aux cheveux bruns qui adore le sport. Il porte un jean, des chaussures de sport blanches et une casquette rouge. → n° 6
Cet homme élégant aux cheveux blonds va à son travail. Il tient un sac à la main. Il porte un costume noir avec une cravate grise. → n° 4
Cette jeune fille a les cheveux longs et porte une robe d'été bleue avec des sandales blanches. En été, elle adore nager dans la mer. → n° 3
Voilà une jeune femme qui porte une belle robe blanche courte et tient un petit sac à main noir. Elle a pris sa grande valise marron parce qu'elle va faire un voyage en train. → n° 5

Dessin en trop → n° 1

Exercice 2

1. Quel est le thème de l'article?
   [x] les jeunes et la presse
2. L'auteur dit que les jeunes ne s'intéressent pas à la presse. [x] faux Justification: ils s'informent et lisent les nouvelles aussi.
3. Nommez trois domaines pour lesquels les jeunes de moins de 15 ans utilisent Internet.
   1. réseaux sociaux 2. recherches
   3. communiquer
4. Les réseaux sociaux sont un moyen de s'informer que les jeunes n'aiment pas.
   [x] faux Justification: pour eux, c'est aussi une possibilité de faire des recherches et de s'informer.
5. Les jeunes savent toujours ce qui se passe dans le monde. [x] vrai Justification: ils ont (…) toutes les informations sur ce qui se passe partout dans le monde.
6. L'article dit que sur internet les jeunes de 16 à 18 ans …
   [x] lisent les titres. [x] cherchent des informations. [x] lisent des articles.
7. Quand quelque chose est important, les jeunes cherchent des détails. [x] vrai Justification: surfent pendant des heures pour apprendre plus de détails.
8. Pour comprendre le contexte, ils …
   [x] utilisent une appli.
   [x] vont sur les sites des journaux.

9. Pour les jeunes, il y a un média idéal.
   [x] faux Justification: ils répondent qu'il n'y a pas un média idéal.
10. Pourquoi est-ce qu'il faut lire tout ce qu'on trouve? pour rester informé et «branché».

Exercice 3

1. Hôtel des Remparts
2. Hôtel des Côtes
3. Hôtel de la Baie de Monaco
4. Hôtel de la Forêt

S. 118, Nr. 3 Production écrite
Exercice 1

Lösungsvorschlag:
J'ai passé une semaine en Bretagne avec mes parents et une cousine de 14 ans. Il a fait chaud mais avec un jour de pluie. C'est une jolie région avec des belles plages et beaucoup de rochers où nous avons fait de l'escalade. Un jour, on a fait un tour en bateau. Nous avons aussi visité les menhirs de Carnac et j'ai vu des costumes typiques. Et bien sûr, j'ai mangé des crêpes tous les jours! Des vacances géniales!

Exercice 2

Lösungsvorschlag:
Salut Miriam, J'ai lu ta lettre. Pas de problème, tu peux venir en vacances chez nous en août. Ma famille habite à Saarbrücken. Mon père est ingénieur, ma mère travaille dans un magasin de disques. J'ai 15 ans et deux petites sœurs. Comme toi, j'aime la musique et le sport.
Le samedi, je fais de la natation dans un club. Je fais du français depuis 5 ans. Nous avons un chien. Je suis contente de te rencontrer.
À bientôt Julia

S. 120, Nr. 3 Production orale

Individuelle Lösung

Unité 5

S. 126, Nr. 1, Un peu d'entraînement

1. Les expressions: Il fait quel temps? – fait beau. – Il y a du soleil. – Il fait chaud. – C'est les vacances. – On va sur la plage. – On va à la mer. – On va passer 3 jours à … – C'est un endroit super! – C'est intéressant! – C'est gratuit!
2. Les mots: la mer – la montagne – les vacances – les bateaux – le soleil – la plage – le vent – une vague – un château – une spécialité – un restaurant – un touriste – le départ – un dauphin – un oursin – un poisson – un endroit – un sauvetage – une piscine – un marché – une gare – une église
3. Les verbes: passer – visiter – monter – demander – sauter – nager – expliquer
4. Les adjectifs: chaud(e) – froid(e) – beau / bel / belle – intéressant(e) – grand(e) – petit(e) – gratuit(e) – bleu(e) – rouge – vert / verte – jaune – blanc / blanche noir(e) – gris(e) – long / longue – joli(e) – moderne – bizarre – sympa

S. 127, Nr. 2a

1. Où sont Hakim et Pierre? On va commencer sans eux?
2. Tom, tu veux essayer le surf avec Marie? Oui, je veux bien essayer avec elle.
3. Paul, tu t'intéresses aux oiseaux. J'ai besoin de toi comme moniteur du groupe.
4. Jules et Alice, vous allez avec lui!
5. Je propose la visite du musée du sous-marin. Qui veut le visiter avec moi?
6. Pascal téléphone à l'équipe des maîtres-nageurs: «Bonjour Monsieur, je peux passez chez vous avec le groupe à 11 heures»?
7. Pour notre blog, nous avons besoin de photos. Qui va les faire pour nous?
8. Jasmine et Gabrielle vont préparer le pique-nique. Qui peut porter les sacs pour elles?
9. Alors, je répète: qui va faire du surf? Tom et Marie: «Nous!»
10. Qui va guider le groupe «observation des oiseaux»? *(Alice zeigt auf Jules)*: «Lui!»
11. Et qui prépare le pique-nique? *(Die Gruppe zeigt auf Yasmine und Gabrielle)*: «Elles!»
12. Et qui téléphone aux maître-nageur? Pascal, lui, va prendre rendez-vous par téléphone.

S. 127, Nr. 2b

1. Markiere in Gelb die Sätze, die einen Personalpronomen nach einer Präposition enthalten. → Sätze 1–8
2. Markiere in Grün die Sätze, die einen Personalpronomen ohne Verb enthalten. → Sätze 9 und 11
3. Markiere in Blau die Sätze, die einen Personalpronomen zur Hervorhebung enthalten. → Satz 12

S. 140, Nr. 1a, Bilan

Nous avons passé deux semaines en Bretagne avec des copains en août. Nos premières vacances sans les parents! Tu imagines? D'abord, on a fait un stage de bateau avec des pêcheurs. On a beaucoup rigolé car mon copain Marco ne sait pas nager. Il a eu peur quand il y a eu un orage avec des grosses vagues. Il a eu si peur que son petit-déjeuner est sorti de sa bouche. Alors après on a fait du char à voile. C'est moins dangereux quand on a bien mangé au petit-déjeuner. Le vent avec l'air de la mer, c'est génial! La deuxième semaine, on n'a pas fait de sport. On a visité le château de Brest. Il est très grand.

S. 140, Nr. 2
Chers grands-parents,
J'écris de Bretagne, comme promis. Dans le centre de vacances, beaucoup d'activités nous attendent. La planche à voile ne m'intéresse pas. Mais la dame du centre nous aime bien mes camarades et moi, et nous allons visiter Carnac demain. On nous aide même à faire un tour sur un bateau de pêcheurs. Ah? La dame du centre me cherche, mamie. Je t'appelle vendredi soir et je vous attends, papi et toi, samedi. Je vous embrasse tous les deux, bises
Lola

S. 141, Nr. 3
1. – Tu connais ce sentier? – Quel sentier?
   – Le sentier des Douaniers sur la Côte de granit rose.
2. – Tu vois cette route? – Quelle route?
   – La route qui est inondée par marée haute.
3. – Regardez ces bateaux. – Quels bâteaux?
   – Les bateaux des pêcheurs dans le port.
4. – Tu as envie de faire ces excursions?
   – Quelles excursions? – Les excursions historiques.
5. – Vous avez vu ce film? – Quel film?
   – Le film sur la fabrication du cidre.
6. – Tu connais cet homme? – Quel homme?
   – L'homme qui nous fait signe.
7. – Tu écris à cet ami? – Quel ami?
   – L'ami que tu m'as montré en photo.
8. – Vous aimez cet endroit? – Quel endroit?
   – L'endroit où ont habité les pêcheurs des algues.

S. 141, Nr. 4
1. Ils demandent si Lola aime la Bretagne. 2. Elle répond que la Bretagne est une très belle région. 3. Ils veulent savoir si elle a partagé la chambre avec d'autres filles. 4. Elle dit qu'elles ont été quatre filles dans la chambre. 5. Ils demandent s'ils ont aimé le programme. 6. Elle explique qu'ils ont fait beaucoup de choses intéressantes. 7. Elle ajoute qu'elle a surtout aimé l'excursion à Brest. 8. Ils veulent savoir si elle est contente d'être de retour.

S. 142, Nr. 5
1. – Tu n'a pas ton ballon? – Non, je l'ai oublié.
2. – Regarde les vagues aujourd'hui.
   – Oui, je les vois.
3. – Les garçons ne sont pas encore là?
   – Non, il faut les appeler.
4. – Tu as les sandwiches? – Non, les garçons peuvent les prendre.
5. – Et le juis d'orange? Tu as la bouteille?
   – Oui, je te la donne.

S. 142, Nr. 6
1. C'est à Rennes.
2. C'est à Concarneau.
3. C'est à Lorient.
4. C'est à Quimper.
5. C'est à Carantec.

Unité 6

S. 148, Nr. 1, Un peu d'entraînement
1. Salut! Je m'appelle Sarah et j'ai 16 ans. Mes frères lisent toujours des messages sur leur smartphone et moi, ça m'énerve. Je préfère les médias classiques, comme par exemple le téléphone pour communiquer avec mes amies.
2. Ma petite sœur a 11 ans et passe son temps à faire des jeux en ligne avec ses copines.
3. En plus, elle veut un compte sur les réseaux sociaux. Je trouve ça nul! Là, on trouve souvent des informations qui ne sont pas vraies, il y a trop de fausses nouvelles sur beaucoup de sites internet.
4. Voilà, vous avez compris: je n'aime pas les nouveaux médias.

S. 148, Nr. 2

Questions	Détails	%
1. Qui utilise quoi ?	a) … b) …	92 99
2. Quand et comment les jeunes cherchent-ils des informations?	a) … b) … c) …	24 95 73
3. La différence entre les filles et les garçons?	a) … b) … c) …	41 23 39
4. Est que les jeunes sont accros au numérique?	a) … b) … c) …	80 7–8 96

S. 149, Nr. 3

1. Quels médias aimes-tu?
2. Regardez-vous des séries à la télé?
3. Combien de BD lisez-vous pendant les vacances?
4. Quelle appli utilises-tu pour communiquer?
5. Peux-tu faire des tutos?
6. Vos grands-parents utilisent-ils un portable?
7. Votre père a-t-il une tablette?
8. Votre mère a-t-elle un ordinateur?

S. 149, Nr. 4

Le directeur: Bonjour les jeunes! Bienvenue à votre stage. Marco, tu vas leur présenter notre équipe.
Marco: Ah bon, je ne leur montre pas les studios aujourd'hui?
Le directeur: Si, mais ce matin, tu dois d'abord leur expliquer qui fait quoi! Pour préparer leur interview, ils doivent parler aux collègues et leur poser des questions.
Miro: Bonjour monsieur. Merci, oui, nous allons leur demander beaucoup de choses.
Le directeur: Ensuite, tu vas visiter le nouveau studio avec Miro au premier étage.
Alexis: Oh ça alors! Vous lui montrez le nouveau studio, et pas à moi?
Le directeur: Tu viens avec moi. Ton copain n'est pas loin, tu peux lui envoyer un message vocal.
Marco: Écoute Simon, si les deux jeunes restent avec moi ce matin, je peux leur donner des infos importantes et toi, cet après-midi, tu peux leur apprendre comment on fait les émissions.
Le directeur: Bon, c'est vrai, je vais leur raconter tout ça après la pause de midi. Bon, allez-y.
Miro: Attendez, mon père m'a contacté. Je dois lui écrire pour lui répondre.
Alexis: Mais ne lui dis pas que je vais lui apporter un petit cadeau pour lui dire merci pour le stage!

S. 163, Nr. 1, Bilan

- Ma grand-mère utilise aussi les réseaux sociaux.
- Est-ce tu aimes aimes jouer à des jeux en ligne?
- Madame, que pensez-vous des fausses nouvelles sur les sites Internet?
- Papa, je vais t'envoyer un message vocal avec mon nouveau portable / smartphone.
- Sur TikTok, j'ai beaucoup de followers.
- Je peux vous expliquer la nouvelle appli si vous voulez.
- Ce soir, je voudrais regarder la télé(vision).
- Dans la classe de ma sœur, il y a un problème de cyber-harcèlement.
- Monsieur, vous pouvez / pouvez-vous me donner votre adresse e-mail, s'il vous plaît?
- Je trouve (que) les nouveaux médias (sont) très intéressants.
- Maman, quelle est ton appli(cation) préférée?
- J'adore les podcasts qui donnent des informations sur l'actualité.

S. 163, Nr. 2a

réseaux sociaux – tutoriel – ordinateur – tablette – Internet – actualité – communiquer – écran

S. 164, Nr. 2b

1. Vous imaginez la vie sans médias? Pourtant, Réausex Siouxca a utilisé des réseaux sociaux avec les autres indiens.
2. Et Ternetin, le petit hobbit, il a peut-être utilisé aussi Internet pour communiquer avec Quommuricen en latin.
3. Vous imaginez aussi le gladiateur Tialécuta être curieux de l'actualité et des fake news de CNN? On n'a jamais vu non plus le dinosaure Dinorareut avec un ordinateur!
4. Et Nérac, ce monstre, vous l'imaginez devant un écran? Il ne sait pas lire!
5. Tu connais le dieu Teblatte? Il a aussi 4 bras comme Shiva. Pour lui, c'est facile d'utiliser quatre tablettes en même temps. Il peut chatter avec Shiva.
6. Seul Litterou, peut-être un ami de Balzac, lui, on peut l'imaginer utiliser un tutoriel pour écrire des romans, des poèmes, des chansons …

S. 164, Nr. 3

1. Sait-on combien coûte cette nouvelle tablette?
2. Ont-elles envie de faire ce tutoriel avec nous?
3. Finis-tu ton exposé ce soir?
4. Montre-t-elle son nouveau podcast à sa classe?
5. Sait-il travailler avec sa tablette?
6. Regardez-vous la télévision ce soir?
7. Envoient-ils un mail à leurs parents?
8. Choisissez-vous un manga comme cadeau d'anniversaire?
9. Communiques-tu avec tes copains sur les réseaux sociaux?
10. Écoute-t-elle souvent les actualités à la radio? En trop: sur un sujet pour mon film.

S. 165, Nr. 4

1. Je suis dans ma classe et je lui parle de ma nouvelle idée.
2. Mon idée, c'est de créer un tutoriel pour apprendre le français et de le présenter à la fête du lycée.
3. Alice dit: – On écrit le scénario ensemble? – Non, je ne veux pas l'écrire avec vous! Alors Sarah demande:
4. – Tu présentes ton film aux copains demain? – Non, je ne peux pas encore le présenter à mes copains.
5. Notre prof de français arrive. Elle écoute et nous pose une question, mais on ne lui répond pas. Ensuite, elle dit: – Ton film, tu peux aussi l'envoyer par mail à vos corres français.
6. Mais cette idée, je ne la trouve pas géniale. Je ne veux rien leur envoyer car ces nouveaux corres, nous ne les connaissons pas encore.
7. Mais je ne dis rien car cette prof, c'est une cata. Quand elle n'est pas contente, elle met une mauvaise note aux élèves et elle leur donne trop de devoirs.
8. Mon père veut toujours l' appeler mais moi, je ne veux pas qu'il lui téléphone!
9. Mais aujourd'hui, elle écoute ses élèves et elle leur raconte une histoire intéressante sur le rôle de l'informatique à l'école en France.
10. Nous l' écoutons et à la fin du cours, nous sommes très contents. Alors, je lui ai demandé son aide pour mon nouveau projet.

Module

S. 168, Nr. 1c, Un peu d'entraînement

Salut les amis du rugby. Énorme victoire du *XV de France* hier contre *les Springboks* de l'Afrique du Sud avec une ambiance fantastique dans le stade! Alors on a mis la vidéo du match en podcast. Dès le coup d'envoi, c'est l'ailier droit Ali Veretiraka qui marque un essai à la deuxième minute. C'est ensuite Romain Ntamack qui a transformé l'essai. Le ballon de rugby est parti comme une fusée entre les poteaux des buts. Ensuite, à la 18ᵉ minute, Damian Willemse de l'équipe des Springboks a botté en touche. Puis, sur une faute de Demba Bamba, l'arbitre a sifflé une pénalité pour les Bleus. Quand le ballon est sorti de la mêlée, les Springboks ont attaqué et sur un plaquage de Siya Kolisi, l'équipe des Springboks a repris le ballon et marqué un 4ᵉ essai pour l'Afrique du Sud. Après 80 minutes de match, le score est de 29 à 26 pour les Bleus.

S. 169, Nr. 2a

Die meisten Sportarten sind gleich und leicht zu erschließen auf Französisch und auf Englisch. Die wenigen Unterschiede liegen a) in der Aussprache: z. B. „tradition" b) in der Reihenfolge der Wörter: z. B. a football club (Engl.) / un club de football (Frz.) c) in der Rechtschreibung z. B. individual (Engl.) / individuel (Frz.).

S. 169, Nr. 2b

Individuelle Lösung:

z. B. J'aime le sport en équipe comme le handball. I like team sport like handball.

S. 169, Nr. 2c

Individuelle Lösung:

z. B. Je pratique ce sport dans un gymnase.
I do sport in a gymnasium.
Das Training heißt l'entraînement.

S. 170, Nr. 3

Avant l'écoute

Les 2 premières photos ne vont pas avec le document sonore.

Pendant l'écoute

1. Nous sommes sur une plage … ☒ du Sénégal.
2. Comment est la météo? ☒ L'eau est chaude. ☒ Il y a du vent. ☒ Il y a du soleil. ☒ Il y a des vagues.
3. Pour avoir du succès en surf, il faut avoir du talent et de l'entraînement.
4. Khadija s'entraîne sept fois par semaine.
5. Pourquoi est-ce que Khadija s'entraîne aussi fort? ☒ pour être heureuse. ☒ pour ne pas avoir de problèmes. ☒ pour être comme un poisson.
6. Khadija s'occupe d'une école de surf pour les filles.
7. Avec elles, Khadija prépare les Jeux Olympiques.
8. Khadija pense que les filles sont plus courageuses que les garçons en surf.
9. ☒ faux. Justification: Les filles sont aussi bonnes et courageuses que les garçons.

Après l'écoute

Individuelle Lösungen

S. 171, Nr. 4a

1. C'est vraiment une jolie robe rouge là-bas. Tu ne trouves pas?
2. Karim pense que les filles de la 5ᵉC sont mignonnes et stylées.

3. Les tunnels du métro sont dangereux. Et quelquefois, on y trouve des personnes mystérieuses et bizarres.
4. Marie est fatiguée parce qu'elle regarde un film ennuyeux avec ses grands frères.
5. Ces voitures ne sont pas écologiques, mais elles ne sont pas chères.
6. Cet exercice n'est pas difficile, alors je suis très content(e)!

S. 171, Nr. 4b

1. petit(e) → grand(e)
2. mignon(ne) → moche
3. content(e) → triste
4. polluant → écologique

S. 180, Nr. 1, Bilan

- Le rugby, le football et le basket sont des sports collectifs.
- L'équipe de rugby qui a le plus de points a gagné.
- Le rugby est le sport collectif le plus populaire en France.
- Il faut du talent et beaucoup d'entraînement pour avoir du succès en sport.
- On peut participer à des compétitions pour rester en forme.
- Grégory Alldritt a marqué 6 points pour son équipe de rugby.
- Beaucoup de jeunes s'engagent dans des associations sportives.
- J'adore / Je préfère …
- Je veux arriver à faire plus de sport parce que …
- Pour moi, … est le sport le plus dangereux.
- À mon avis, … est le sport le plus facile.

S. 180, Nr. 2

1. Le judo est aussi dangereux que le surf, mais moins populaire que le football.
2. L'avion est plus rapide que le train, mais moins écologique que le vélo.
3. Nadja et Sonia sont plus sportives qu'Aurélie, mais Julie est la fille la moins sportive.
4. Tom et Clara sont meilleurs en maths que Malik, mais Malik est le meilleur en anglais.
5. Lyon est plus grande que Saint-Étienne, mais Paris est la plus grande ville en France.

S. 181, Nr. 3a

1. J'adore le sport et je m'intéresse au foot.
2. Sur la plage, les enfants s'éloignent de leurs parents qui ne sont pas contents.
3. Nous nous retrouvons demain à 3 heures devant le cinéma.
4. Un groupe de garçons se moque d'un surfeur qui est tombé (et ne peut pas se lever).
5. Un homme demande à deux filles: «Vous vous entraînez toujours ensemble?»
6. Les enfants s'amusent dans le jardin.

S. 181, Nr. 3b

Salut les ami(e)s!
C'est moi, Amélie!
Aujourd'hui, je veux vous parler du sport qui est ma grande passion. Je fais du tennis depuis 10 ans et je m'entraîne très souvent avec un moniteur. Je m'intéresse aussi aux autres sports comme le surf ou le basket. Avec mes copines, nous nous passionnons pour le sport et nous nous retrouvons pour jouer ensemble le samedi. Même le dimanche, je me lève tôt pour aller faire du surf avant l'arrivée des touristes. Je fais attention et je ne m'éloigne pas trop de la plage. Mes grands frères rigolent beaucoup parce que je fais toujours du sport et je n'aime pas qu'ils se moquent de moi. Quand ils font des matchs de rugby, ils se préparent aussi pendant des semaines! Le sport et moi, c'est le grand amour!

TIPP

Sicherlich hast du schon die eine oder andere Technik für dich entdeckt, um Vokabeln zu lernen. Diese Doppelseite stellt dir ein Werkzeug vor, mit dem du neue Vokabeln lernen kannst – zu Beginn mit etwas Aufwand, dafür aber langfristig fest verankert.

1 Je constate.

A vous. Tausche dich mit deinem/r Sitznachbarn/in für fünf Minuten aus:
1. Wie lernt ihr Vokabeln? Was funktioniert gut? Was eher weniger?
2. Welche Hilfsmittel (Heft, App, o.Ä.) nutzt ihr?
3. Wie oft und wo lernt ihr Vokabeln?
4. Gibt es bestimmte Wörter, die euch besonders schwer fallen zu lernen (kurze / lange Wörter, Verben o.Ä.)?

✓

2 Je teste.

A toi. Arbeite nun jeweils alleine.
1. Stelle den Timer (auf deinem Smartphone) auf 1:40 Min. (= 100 Sekunden).
2. Lerne in dieser Zeit die folgenden zehn Vokabeln. Nach Ablauf der Zeit hörst du auf und deckst die Vokabeln ab, so dass du sie nicht mehr siehst.

perdre qc [õɛʀdʀ] – etw. verlieren	**une porte** [ynpɔʀt] – eine Tür
seul,e [sœl] – allein	**un réseau** [ɛ̃ʀezo] – ein Netz
un concours [ɛ̃kɔ̃kuʀ] – ein Wettbewerb	**sombre** [sɔ̃bʀ] – dunkel
gagner qc [gaɲe] – etw. gewinnen	**entendre qc** [ɑ̃tɑ̃dʀ] – etw. hören
un avis [ɛ̃navi] – eine Meinung	**assez** [ase] – genug

A vous. Arbeitet wieder zu zweit.
3. Ablenkung! Stellt erneut den Timer auf zwei Minuten und unterhaltet euch über eure Pläne für das kommende Wochenende.
4. Fragt euch dann die Vokabeln ab (Partner/in **A** nennt nacheinander die deutschen Wörter, Partner/in **B** die französischen Entsprechungen) und prüft, wie viele Vokabeln ihr behalten konntet.

✓

3 Je découvre.

A toi. Die Schlüsselwortmethode ist ein Werkzeug, das hilft, Vokabeln langfristig und sicher zu lernen. Alles, was du brauchst, ist dein **Kopfkino**!

✓

1. **Lies** die französische Vokabel einmal **laut** für dich **vor** (Bist du unsicher wegen der Aussprache? Nutze die Vokabel-mp3-Dateien aus dem Internet.
2. **Kopfkino**! Schließe die Augen und stelle dir die Situation bildlich für etwa 10 Sekunden vor. Gestalte die Situation ausgiebig in deinem Kopf mit Farben, Gerüchen, Geräuschen etc. Übertreibe ruhig!
3. **Sprich** das französische Wort nochmal **aus** und gehe zur nächsten Vokabel.

Beispiel: **perdre qc – etw. verlieren**
Stell dir vor, eine reiche Dame **verliert** ihre **Per**lenkette.

4 J'applique.

A toi. Arbeite nun jeweils alleine.

1. Stelle den Timer (auf deinem Smartphone) auf 1:30 Min. (= 90 Sekunden).
2. Lerne in dieser Zeit die restlichen neun Vokabeln, nun mit der oben beschriebenen Methode (Aussprechen – Vorstellen – Aussprechen). Nach Ablauf der Zeit deckst du die Vokabeln wieder ab, so dass du sie nicht mehr siehst.
   Stelle dir vor …

✓

perdre qc [pɛʀdʀ] – etw. verlieren → Eine reiche Dame verliert ihre Perlenkette.	**une porte** [ynpɔʀt] – eine Tür → Vor deiner Tür liegt ein riesiges mit Geld gefülltes Portemonnaie.
seul,e [sœl] – allein → Du machst ganz allein ein Söl-fie (Selfie)	**un réseau** [ɛ̃ʀezo] – ein Netz → Du wirst eine Resolution zum Thema Netz in der Schule einbringen.
un concours [ɛ̃kɔ̃kuʀ] – ein Wettbewerb → Ein Wettbewerb mit Konkursware	**sombre** [sɔ̃bʀ] – dunkel → Du trägst einen dunklen Sombrero!
gagner qc [gaɲe] – etw. gewinnen → Du gewinnst beim Preisausschreiben 10 kg Garnelen!	**entendre qc** [ɑ̃tɑ̃dʀ] – etw. Hören → Du hörst: Enten drehen ihre Runden auf einem Teich.
un avis [ɛ̃navi] – eine Meinung → Deiner Meinung nach, spinnt dein Navigerät.	**assez** [ase] – genug → Du spielst Karten und dein Gegenüber sagt: „Genug! Du hast sicher noch ein Ass!"

5 Je prouve.

A vous. Arbeitet nun wieder zu zweit.

1. Stellt anschließend wieder den Timer auf zwei Minuten und unterhaltet euch über eure Pläne für die nächsten Ferien.
2. Fragt euch nun gegenseitig ab: Partner/in **A** beginnt und fragt alle zehn Vokabeln ab. Er / sie nennt zunächst das französische Wort, Partner/in **B** nennt die deutsche Entsprechung. Anschließend tauscht ihr die Rollen.
3. Nun fragt ihr euch auf Französisch ab: **A** nennt die deutsche Entsprechung, **B** nennt das französische Wort. Anschließend tauscht ihr wieder die Rollen.

✓

6 Je checke.

A vous. Arbeitet abschließend zu zweit.

1. Gefällt euch die Methode? Wie viele Wörter konntet ihr richtig nennen?
2. Wie funktioniert diese Methode? Stellt eine Regel dazu auf.
   Folgendes Schaubild kann euch helfen:

✓

Schlüsselwort (z. B. Portemonnaie) → **Deutsche Bedeutung** (z. B. Tür)
→ **la porte** → **Kopfkino** (Vor der Tür liegt ein Portemonnaie.)

Challenge: Wendet die Regel nun selbst an und dreht Kopfkinofilme! Nehmt dazu die ersten zehn Vokabeln der Unité 2, S. 180 / 181 im Schülerbuch. Am Anfang kann es ein wenig dauern, bis euch Schlüsselwörter einfallen, aber mit der Zeit wird es immer einfacher. Seid kreativ und übertreibt im Kopfkino. Fragt euch die Vokabeln gegenseitig ab und erzählt, welche Kopfkinofilme ihr gedreht habt.

In den ersten **Unités** sind bei den Aufgaben alle Arbeitsanweisungen übersetzt. Hier findet ihr die Übersetzung von weiteren Anweisungen. Wenn etwas unklar sein sollte, könnt ihr hier nachschauen.

Arbeitsanweisungen

Ajoutez …	Fügt … hinzu.
Attention à …	Achtet auf …
Barrez l'intrus / le mot.	Streicht den Eindringling / das Wort durch.
Chantez …	Singt …
Cherchez l'intrus.	Sucht den Eindringling.
Choisissez …	Sucht euch … aus. / Wählt ... aus.
Classez les mots.	Ordnet die Wörter.
Cochez la bonne réponse.	Kreuzt die richtige Antwort an.
Comparez avec …	Vergleicht mit …
Complétez les phrases / les dialogues.	Vervollständigt die Sätze / die Dialoge.
Complétez par …	Setzt … ein.
Continuez dans votre cahier.	Macht in eurem Heft weiter.
Contrôlez …	Kontrolliert …
Corrigez …	Korrigiert …
Ecoutez la scène / les phrases.	Hört die Szene / die Sätze an.
Ecrivez …	Schreibt … auf.
Entourez …	Kreist … ein.
Faites un portrait.	Fertigt ein Porträt an.
Faites une liste.	Macht eine Liste.
Faites des phrases.	Bildet Sätze.
Formez des groupes.	Bildet Gruppen.
Jouez …	Spielt …
Lisez à haute voix …	Lest … laut vor.
Marquez …	Markiert …
Notez …	Notiert … / Schreibt … auf.
Préparez …	Bereitet … vor.
Présentez …	Stellt … vor.
Racontez …	Erzählt …
Regardez les photos / les images.	Schaut euch die Fotos / die Bilder an.
Relisez le texte / les dialogues.	Lest den Text / die Dialoge noch einmal.
Remplacez … par … / reliez …	Ersetzt … durch … / verbindet …
Remplissez …	Füllt … aus.
Répétez les phrases.	Wiederholt die Sätze.
Répondez aux questions.	Beantwortet die Fragen.
Soulignez …	Unterstreicht …
Surlignez …	Markiert …
Travaillez à deux.	Arbeitet zu zweit.
Triez les mots.	Sortiert die Wörter.
Trouvez …	Findet …
Utilisez …	Verwendet …

Achtet besonders auf diese häufigen Fehlerquellen:

CHECKLISTE

1. ***Stimmen Subjekt und die Endung des Verbes überein?***
   Ils cherch**ent** un hôtel. **Nous** pass**ons** nos vacances à Nice.

2. ***Sind die Adjektive an das zugehörige Nomen angepasst?***
   Léa a une **grande** chambre avec des livres **intéressants**.

3. ***Sind die Begleiter (mon, ma, mes, le, la ...) an das zugehörige Nomen angepasst?***
   Il téléphone à **son frère** / **sa sœur** / **son amie** / **ses parents**.
   Ils invitent leur**s** ami**s** à la fête.

4. ***Stimmt das Hilfsverb beim Passé composé? Stimmt die Angleichung des Partizips beim Passé composé mit être?***
   Nous **avons** visité la Bretagne. Nous **sommes** resté**s** deux semaines.

5. ***Stehen die Objektpronomen an der richtigen Stelle?***
   Je **te** montre ta chambre. Je veux **lui** montrer sa chambre. Je **lui** ai montré sa chambre.

6. ***Stimmen die Mengenangaben?***
   Je mange beaucoup **de** légumes.

7. ***Hast du an den Teilungsartikel gedacht?***
   Pour faire un clafoutis, il faut **de la** farine. J'écoute **de la** musique.

8. ***Achte auf typische Fälle, in denen sich das Deutsche vom Französischen unterscheidet!***
   Sie ist 16. → **falsch:** Elle ~~est~~ 16. **richtig:** Elle **a** 16 **ans**.
   Ich gehe aufs Gymnasium. → **falsch:** Je vais au ~~gymnase~~. (= Turnhalle)
   richtig: Je vais au **collège** / au **lycée**.

9. ***Achte auf die unterschiedliche Schreibung im Englischen und Französischen! Wenn du nicht sicher bist, schaue in einem Wörterbuch nach.***
   (E) for ex**a**mple → (F) par ex**e**mple
   (E) exerci**s**e → (F) exerci**c**e
   (E) c**o**l**ou**r → (F) c**ou**l**eu**r

10. ***Beachte Besonderheiten bei einer E-Mail / einem Brief!***
    *Hast du beim **Datum** die **Grundzahl ohne Punkt** benutzt und den **Monat klein geschrieben?***
    → Hambourg, le **6** **a**oût 2016
    *Hast du ein **Komma** nach der Anrede gesetzt?* → Chère Camille**,**
    *Hast du nach Anrede und Komma deinen Brief mit **Großschreibung** fortgesetzt?*
    → Chère Camille,
    Merci pour ta dernière lettre.
    *Hast du eine passende **Schlussformulierung** gewählt und ein **Komma** gesetzt?*
    → Cordialement**,** *(förmlich)* / Amitiés**,** *(vertraut)* / Bises**,** *(sehr vertraut)*

Île Callot
Pleumeur-Bodou
Roscoff
Kerlouan
Carantec
Morlaix
Saint-Malo
Brest
Forêt de Huelgoat
la Bretagne
Quimper
Rennes
Concarneau
Forêt de Brocéliande
Lorient
Carnac
l'océan Atlantique
LA GRANDE-BRE
Londres
la Manche
Mont-Saint-Michel
la Normand
Brest
la Bretagne
Rennes
Carnac
Nantes
LA FR
l'océan Atlantique
La Rochelle
Lascau
Bordeaux
la Dord
l'Aquitaine
la Garonne
Bilbao
Biarritz
LES PYRÉNÉES
AND
L'ESPAGNE
0
100
200
300 km
Barcelon